LOUIS ULBACH

LE PRINCE
BONIFACIO

LA DAME BLANCHE DE BADE

LE PETIT HOMME ROUGE

LE DÉMON DU LAC

PARIS
LIBRAIRIE INTERNATIONALE
13, RUE DE GRAMMONT, 13
J. HETZEL ET A. LACROIX, ÉDITEURS

Tous droits de reproduction et de traduction réservés.

LE PRINCE BONIFACIO

LA DAME BLANCHE DE BADE

LE PETIT HOMME ROUGE

LE DÉMON DU LAC

OUVRAGES DE M. LOUIS ULBACH

EN VENTE A LA MÊME LIBRAIRIE

ROMANS

(CARTONNÉS, TOILE ANGLAISE)

L'Homme aux cinq louis d'or (3e édit.), 1 vol.	3 50
Suzanne Duchemin (3e édit.), 1 vol.	3 50
Pauline Foucault (3e édit.), 1 vol.	3 50
Les Roués sans le savoir (3e édit.), 1 vol.	3 50
Voyage autour de mon clocher (2e édit.), 1 vol.	3 50
Histoire d'une mère et de ses enfants (3e édit.), 1 vol.	3 50
Le prince Bonifacio (2e édit.), 1 vol.	3 50
M. et Mme Fernel (7e édit.), 1 vol.	3 50
Françoise (2e édit.), 1 vol.	3 50
Le mari d'Antoinette (2e édit.), 1 vol.	3 50
Les Mémoires d'un inconnu, 1 vol.	3 50

(*Sous presse*)

Louise Tardy, 1 vol.	3 50

LITTÉRATURE ET POLITIQUE

Écrivains et Hommes de lettres (2e édit.), 1 vol.	3 50
Causeries du Dimanche, 1 vol.	3 »

THÉATRE

M. et Mme Fernel, comédie en 4 actes.	2 »

Paris. Imp. Poupart-Davyl et Comp., rue du Bac, 30.

LOUIS ULBACH

LE PRINCE
BONIFACIO

LA DAME BLANCHE DE BADE

LE PETIT HOMME ROUGE

LE DÉMON DU LAC

DEUXIÈME ÉDITION

PARIS
LIBRAIRIE INTERNATIONALE
13, RUE DE GRAMMONT, 13
J. HETZEL ET A. LACROIX, ÉDITEURS

Tous droits de traduction et de reproduction réservés

1864

LE PRINCE BONIFACIO

I

OU L'ON PROUVE QU'IL EST DIFFICILE A UN PÈRE DE CONTENTER TOUT LE MONDE ET SON FILS

Il y avait une fois un prince, nommé Bonifacio, qui était bien le meilleur des hommes et le plus détestable des princes.

Je ne veux médire ni de l'humanité ni du pouvoir ; mais il est certain que les vertus privées du prince Bonifacio nuisaient à ses vertus publiques, et qu'étant doué d'une bonté fabuleuse, il ne voulait pas qu'on forçât ses sujets à payer l'impôt, les voleurs à qui la prison pourrait être malsaine à rester sous les verrous, les soldats qui avaient affaire chez eux à rester sous les armes ; et que, par suite de ces concessions, l'administration des finances, celle de la justice et celle de l'armée étaient dans un fâcheux état.

Or, tout le monde sait que, sans argent, les princes italiens n'ont pas de Suisses, et que tous les princes de la terre n'ont pas de serviteurs dévoués. Il est également constant que la justice a besoin d'être administrée, ne serait-ce que comme on administre les coups de bâton; et il n'est personne qui ignore qu'une armée est aussi indispensable à un ministre de la guerre qu'un lièvre pour faire un civet.

Mais le prince n'était pas un rigoureux observateur des formes monarchiques. Il en prenait à son aise, et tolérait qu'on agît de la même façon à son égard. Ses sujets ne le chicanaient pas à propos d'une vieille charte octroyée jadis par un de ses ancêtres; et lui, de son côté, se fût reproché amèrement de réclamer de ses apathiques administrés ce qu'il était en droit strict d'en obtenir. Une tolérance mutuelle confondait les devoirs, et les rênes du gouvernement formaient un écheveau assez embrouillé, que personne ne songeait à dévider.

Avec un pareil système, le prince Bonifacio était fort endetté, et il était obligé de recourir à de nombreux emprunts pour faire réparer les cheminées de son château. Le peuple n'était guère plus riche; l'argent, qui ne circulait pas, s'entassait dans les coffres de quelques financiers; les petits bourgeois se plaignaient du mauvais état des chemins qui conduisaient de la capitale aux guinguettes des environs, sans faire cette réflexion, que les belles routes se macadamisent avec de bons impôts autant qu'avec de bons cailloux.

Mais cet axiome était inconnu dans la principauté. Les ponts et chaussées n'avaient pas de représentants, et c'étaient les piétinements des passants qui traçaient les chemins.

Le prince Bonifacio XXIII se croyait néanmoins le bienfaiteur de son peuple; mais il n'en tirait pas vanité. Il demandait tous les matins à son surintendant de la police si tout le monde faisait ses quatre repas par jour; c'était là pour lui un scrupule de conscience. Le surintendant, dont la table était bien pourvue, rassurait le prince; et celui-ci, enchanté de réaliser à si peu de frais l'utopie de la poule au pot, digérait sans trouble et s'endormait sans cauchemar. On a pu dire de lui sur son épitaphe (la seule épitaphe princière véridique) qu'il ne cessait de rêver au bonheur de son peuple. Le sommeil étant en effet l'état le plus ordinaire du prince, les rêves étaient le seul travail de son intelligence; encore ne rêvait-il que parce qu'il ne pouvait s'empêcher de rêver, et ce travail était-il involontaire.

J'ai oublié de vous dire que les États du prince Bonifacio sont depuis longtemps effacés de la carte d'Italie. C'est donc un vieux conte que je débite, et les amateurs de synchronisme pourraient placer le règne du souverain en question parallèlement à l'histoire du roi d'Yvetot.

Tout allait donc mal dans la principauté. Cette négligence, en mettant l'incurie dans le gouvernement, mettait le désordre dans la société, non pas un désordre tumultueux, les habitants étant d'un naturel paisible, mais un désordre silencieux, pacifique, qui inclinait doucement, doucement la principauté vers la hideuse banqueroute.

Quelques esprits, un peu plus vigoureusement trempés, des fils de famille qui avaient été élevés dans de grandes capitales, à Monaco, par exemple, ou qui avaient humé l'air vivifiant de quelque puissante république, comme celle de San-Marin, essayaient bien de susciter de l'opposition. Ils voulurent fonder un journal. Personne ne les empêcha. Mais la liberté étant poussée à ses dernières limites, et ce qu'on pouvait écrire étant toujours inférieur à ce qu'on pouvait dire, personne n'éprouvait le besoin de se déranger pour lire une feuille mal imprimée. Les fondateurs du journal n'eurent qu'un abonné payant, le prince Bonifacio; encore payait-il mal, et était-on obligé de lui présenter vingt fois la quittance avant d'en obtenir le montant.

Le parti de l'avenir était désespéré. Susciter une révolution, c'était un moyen fort cruel, qui répugnait aux mœurs douces de ces bonnes gens; d'ailleurs il n'y avait pas de garde nationale dans la principauté. Et puis, pour avoir l'apparence d'un combat sérieux, il eût fallu recourir aux procédés en usage dans les pièces militaires, faire servir les mêmes figurants à représenter l'armée du prince et l'armée de la révolution. Or, ce moyen, excellent pour l'illusion du regard, est détestable dans la pratique révolutionnaire.

On avait bien essayé de mettre dans les intérêts du progrès le ministre de la cuisine du prince. Mais ce haut fonctionnaire ne voulait pas changer de régime, et redoutait les gens de l'opposition, comme s'ils eussent dû imposer le brouet noir universel.

Bonifacio XXIII, averti de ces murmures de quelques-uns de ses plus jeunes sujets, prenait plaisir à ces velléités insurrectionnelles; il regretta beaucoup le journal, quand celui-ci, pour satisfaire à la demande de ses nombreux abonnés, cessa de paraître ; surtout à cause des charades que cet organe de l'avenir avait cru devoir publier à la fin de chaque numéro, pour stimuler le zèle des abonnés et des patriotes. Mais il ne vint pas à l'idée du prince qu'il pouvait y avoir quelque satisfaction à accorder à ces jeunes gens.

Bonifacio était un homme d'habitudes ; il voulait mourir dans son pli. Depuis vingt-cinq ans, il avait les mêmes ministres et la même garde-robe. Il lui était impossible de changer de mode.

— Après moi, disait-il, mon fils fera ce qu'il voudra.

Cela valait mieux que de dire : Après moi le déluge. Mais Bonifacio parlait ainsi pour se débarrasser de toute réflexion ; car il était, au fond, très-éloigné de l'idée de mourir et de laisser la place à son fils. Il aimait trop ce dernier pour lui souhaiter un deuil aussi cuisant que le deuil d'un père, et il dormait trop bien sur son trône pour songer à aller dormir sur le froid oreiller de ses ancêtres.

Quand je parle du trône, c'est par pure fiction. Bonifacio avait, depuis longtemps, prêté son trône classique, pour augmenter les accessoires du théâtre de la capitale, et le siége royal était une figure de rhétorique, absolument comme le fauteuil d'un académicien.

Bonifacio, je viens de vous le dire, avait un fils ; il n'en avait jamais eu qu'un. Le ciel avait eu égard à l'apathie du prince, et n'avait pas voulu compliquer le gouvernement de ses États du gouvernement d'une famille un peu nombreuse. D'ailleurs, la princesse mère était morte quelques jours après la naissance de l'héritier présomptif, à la suite du repas de relevailles, qui avait été trop copieux.

Bonifacio avait pleuré sa femme comme un homme qui n'a pas l'habitude de pleurer, c'est-à-dire abondamment, bruyamment. Puis, il s'était consolé tout à coup, en vertu de cette loi de dynamique qui nous remet promptement en équilibre quand un brusque accident nous a dérangés, et qui fait que les caractères soumis à l'habitude en reviennent toujours à leurs antécédents. L'habitude du prince étant d'être heureux, il le redevint promptement.

Satisfait d'avoir un fils, de ne pas craindre que son sceptre tombât en quenouille, le prince s'en tenait à cet héritage légitime, et dérogeait à la dignité de son rang sur ce point, qu'il ne voulait pas de bâtards. Libre de la compagne qu'il conduisait de la main droite, il ne songea pas à embarrasser sa main gauche, et il mit ses deux mains dans ses poches, ou les croisa sur son ventre, avec la béatitude du meilleur des hommes, dans la meilleure des positions terrestres.

Lorenzo, le jeune prince, avait vingt ans. Il était beau comme un prince de conte de fées; ce n'était pas du tout le portrait de son père. Élevé jusqu'à l'âge de douze ans sous des habits de fille, pour économiser à la liste civile la dépense d'un précepteur, il avait eu une institutrice française qui s'était plu à développer en lui les sentiments tendres. Elle ne lui avait rien dit des devoirs constitutionnels d'un souverain, et si elle lui avait lu *Télémaque*, le jeune héritier s'était beaucoup moins préoccupé des sentences de gouvernement que de l'histoire de la nymphe Eucharis. Il connaissait tous les romans français, et ne demandait pas mieux que d'en faire à son tour en réalité.

Lorenzo était aussi libre que tous les sujets de son père, et les loisirs infinis que lui laissait l'absence de toute profession sociale, il les employait à rêver, à se promener mélancoliquement, et à passer sous une certaine fenêtre de la ville, à certaines heures de la journée. Je n'affirmerais pas que Lorenzo ne commît point en secret des petits vers ; je crois même, à parler franchement, qu'il était d'une certaine force sur l'art d'Apollon ; mais il n'osait confier à personne, j'entends à personne de son sexe, les essais de sa muse. Son Altesse Bonifacio XXIII eût éclaté de rire et se fût bien moqué de ces goûts romanesques.

Le jeune prince aimait son père ; mais on peut avouer qu'il eût voulu aimer un père un peu moins gras, un peu moins comique, un peu moins insoucieux des choses célestes et des choses terrestres, d'une majesté plus sévère, d'une bonté plus grave.

Le pauvre Lorenzo était un insuffisant convive ; il n'entendait rien aux dés ni aux cartes. Comme le Conseil des ministres se tenait à table et qu'on délibérait des affaires de l'État entre la poire et le fromage, Lorenzo voulait toujours dîner seul, à l'écart, par respect pour les secrets de l'État. Quelquefois Bonifacio regardait en soupirant la place vide de son héritier présomptif, et disait, en faisant emplir son verre par son premier ministre :

— Lorenzo me désole ; il n'entend rien à la politique !

La désolation du prince nécessitait quelques rasades ; et c'est ainsi que Lorenzo faisait à la fois le malheur et le bonheur de son père.

Le parti des mécontents, qui se réunissait dans une hôtellerie médiocrement fournie, et qui, par conséquent, paralysé dans son essor par l'insuffisance de la carte et la mauvaise qualité des vins, ne pouvait s'élever jusqu'à la conspiration, le parti des jeunes avait voulu enrôler Lorenzo et s'en faire un chef, c'est-à-dire un instrument. Mais Lorenzo avait décliné cet honneur par devoir ; seulement, il avait cru bon d'essayer plusieurs fois d'exciter dans l'esprit de son père quelque activité, quelque désir de progrès.

— Ta! ta! ta! répondait Bonifacio, que me demandes-tu? Que je crée à mes sujets d'autres besoins que ceux qu'ils satisfont? Ce serait courir la chance de les rendre malheureux. Est-ce que je les tyrannyse?

— Non, mon père ; mais la sollicitude...

— Ne veux-tu pas, d'un autre côté, que je me mette la tête à l'envers pour leur procurer des distractions? Je les laisse tranquilles ; qu'ils agissent de même à mon égard ; et vive la liberté!

Lorenzo quittait son père avec découragement. Cette liberté des nonchalants qu'il entendait si plaisamment évoquer était l'ironie, la parodie de cette belle et forte liberté qui a l'initiative et l'activité, et il rougissait de honte en pensant que son pays n'oc-

1.

cupait qu'un rôle ridicule dans l'histoire, et en voyant le vide se faire peu à peu dans les finances et le trouble dans les esprits.

Ce n'est pas, je le répète, que monseigneur Lorenzo eût des idées de gouvernement; mais il avait du cœur, et il y a toujours dans la tendresse, quelle qu'elle soit, une sorte d'illumination qui porte bonheur à la prévoyance. Le jeune prince eût été fort embarrassé de soumettre ses plans de réforme, mais il sentait confusément qu'il y avait autre chose encore à faire qu'à ne rien faire, et que l'abandon n'est pas un principe.

D'ailleurs il avait des idées accessoires. Ainsi il n'était pas belliqueux, mais il voulait une petite armée :

— Nous l'emploierions à des carrousels, disait-il au ministre de la guerre pour l'exhorter à appuyer ses projets.

Or, le ministre n'avait aucune raison pour préférer le travail à une sinécure, et il n'appuyait pas le moins du monde les propositions de Lorenzo.

— Développons alors les arts de la paix, essayait de dire le poëte Lorenzo; créons une académie, des jeux floraux.

Mais le ministre des beaux-arts et des belles-lettres était un joyeux compère qui n'aimait pas l'ennui et qui, sous prétexte de bibliothèque, faisait collection de toutes les œuvres grivoises de l'Italie.

Enfin, quand il avait échoué dans toutes les propositions de l'ordre moral, Lorenzo finissait par demander à son auguste père qu'au moins on fît balayer et éclairer les rues.

Car, j'ai honte de le dire, la capitale de la principauté était un cloaque, et, la nuit, on s'y fût heurté à toutes les murailles, si les gens dévots n'avaient eu l'idée d'allumer de petites veilleuses devant les statues de la bonne Vierge, nichées à tous les coins de rues. Grâce à ce système, qui pouvait servir à repousser le reproche d'obscurantisme que les gens sans foi se permettent encore, on pouvait rentrer chez soi sans courir le risque d'être plus d'une heure à trouver sa porte.

Mais Bonifacio XXIII ne voulait pas qu'on balayât les ordures. Il fallait, disait-il, songer à tout le monde ; et les chiens errants ne méritaient pas qu'on les privât des restes amoncelés auprès des bornes. Quant aux réverbères et aux lanternes, il les considérait comme des inventions funestes. Voici son raisonnement :

— La nuit, tous les honnêtes gens doivent dormir chez eux ; or, quand on dort, on n'a pas besoin de lumière. Si je laissais éclairer les rues, je ne pourrais pas empêcher qu'on s'y promenât ; or, en s'y promenant on pourrait faire du bruit et éveiller ceux qui dorment.

Il semblait que le sommeil fût le but de la vie, et

que le prince Bonifacio n'eût d'autre tâche que de veiller à ce que personne ne veillât.

Lorenzo était bien triste de cette résistance passive, d'autant plus triste qu'il était dans cette disposition d'âme où l'on veut faire le bien, non-seulement pour le bien, mais pour la beauté.

Lorenzo avait la faiblesse qui n'épargne pas toujours les princes : il était amoureux.

II

OÙ L'ON APPREND CE QU'UN SAVANT NE SAIT JAMAIS

Ce n'était ni d'une bergère ni d'une princesse que Lorenzo était épris. Sous ce rapport, il manquait à la fois à son éducation romanesque et à sa position d'héritier présomptif. Je sais qu'il ne tenait qu'à lui de prier sa divinité d'endosser le costume de bergère : les métamorphoses n'étaient pas plus difficiles que cela. Mais Lorenzo n'eût pas osé exprimer ce vœu, et Marta n'y eût peut-être pas accédé. Il eût été plus facile encore de devenir une princesse. Mais je dois déclarer que, dans la sincérité de son culte, Lorenzo ne songeait ni au charme des inégalités ni au prestige du rang.

Il aimait Marta parce qu'il l'aimait. Cette raison est péremptoire en amour. Toutes les subtilités ne prévaudront jamais contre elle.

Un jour qu'il se promenait dans les champs, guettant des rimes, il rencontra la jeune fille qui cueillait des simples. Le sort de Lorenzo fut instantanément fixé. Le doux rayon des yeux noirs de Marta, la façon chaste et fière dont elle fit la révérence, en saluant l'héritier de son souverain, le petit sourire compatissant qu'elle laissa voir au beau jeune homme un peu pâli par l'ennui, tout charma et conquit Lorenzo. Se jeter aux pieds de Marta, lui déclarer sa flamme et la menacer de se passer dans l'estomac une petite épée mignonne qui faisait joujou à son côté, c'était là le conseil que lui donnaient ses lectures et les souvenirs de son institutrice française. Mais le véritable amour rend indépendant. Lorenzo fut *lui*, pour exprimer des sentiments loyaux et sincères. Il aborda simplement la jeune fille et fut simplement accueilli. La botanique les fiança, sans qu'ils se fussent avoué qu'ils s'aimaient, et quand l'un voulut le dire et l'autre le laisser deviner, il se trouva que la déclaration était inutile. Ils se regardèrent, rougirent et échangèrent leurs deux cœurs dans une pression de main.

Marta était la fille d'un savant, maître Marforio. Elle avait perdu sa mère à l'âge où Lorenzo avait perdu la sienne.

Les deux orphelins se trouvaient une parenté dans ce deuil dont ils n'étaient pas encore consolés. L'un et l'autre se sentaient aussi libres que s'ils eussent été seuls au monde, le savant se montrant aussi négligent de ses devoirs de père que le prince Bonifacio.

Marta et Lorenzo faisaient de longues promenades, et Dieu sait qu'aucun amour plus innocent ne refléta jamais l'azur du ciel ; mais, au bout d'un mois, Lorenzo demanda à sa fiancée le droit de lui rendre visite dans la maison paternelle, et jura solennellement, sur la dernière touffe de fleurs qu'ils avaient cueillie ensemble, qu'il aimerait mieux renoncer au trône que de renoncer à l'espoir d'avoir Marta pour femme.

La jeune fille était trop ignorante des choses de ce monde pour apprécier à sa juste valeur le serment naïf de Lorenzo et pour se dire que le prince ne s'engageait peut-être pas à grand'chose, le trône de ses pères étant fort vermoulu et passablement exposé. Elle reçut cet engagement de bonne foi et promit à Lorenzo d'obtenir l'agrément de son père.

Je commence mon récit précisément le jour où Marta doit traiter cette délicate question avec le moins délicat des confidents.

Maître Marforio passait, aux yeux de quelques personnes, et surtout aux siens, qu'il croyait infaillibles, pour le plus grand savant de l'Italie. Je ne contredirai pas sa mémoire, et je suis disposé, après que je vous aurai raconté ses erreurs et ses folies, à admettre qu'il fut en effet un grand savant, un de ceux qui ne doutent de rien et qui n'admettent le bon Dieu que pour prendre plaisir à lui dérober ses secrets.

Maître Marforio avait tout scruté, tout analysé, tout fait passer par l'alambic de son observatoire, et tout fait réduire dans la cornue de son intelligence. Mais cet abus de l'investigation ne lui avait pas porté malheur, comme au docteur Faust. Il était, au fond, d'un assez aimable caractère. Bien différent de quelques-uns des savants de son temps et de beaucoup de savants qui l'ont suivi, il n'était pédantesque et sentencieux qu'à ses heures, quand il plongeait dans quelque problème difficile ; mais sa bonne humeur surnageait toujours, comme l'arche de Noé sur les abîmes. Un mécompte le stimulait sans l'irriter. D'ailleurs pouvait-il admettre des mécomptes ? Sa barbe avait blanchi, mais sans que son front se fût sillonné de rides trop profondes. Le travail sédentaire l'avait engraissé ; et il est de notoriété académique que lorsqu'un savant prend du ventre, il est sauvé de l'hypocondrie et de toutes les influences malsaines.

Maître Marforio passait pour sorcier ; et tout en riant de cette renommée qui n'était pas sans danger en Italie, il n'était pas éloigné de croire qu'il avait le don des miracles.

— Qui sait ? disait-il parfois, je n'ai jamais essayé.

Sur ce point, maître Marforio se trompait, il avait

fait un miracle : Marta était bien l'œuvre la plus prodigieuse de ce savant infaillible.

Comment cette jolie créature, si douce, si simple, si bien prise dans sa taille et d'une âme si candide, comment cette harmonieuse statue de l'innocence pouvait-elle le nommer son père ? C'était là un problème à confondre, mais qui ne confondait pas maître Marforio, parce qu'il n'y songeait guère. D'ailleurs, lui qui avait trouvé le secret de faire fleurir des roses sans rosiers, il n'eût pas été embarrassé pour revendiquer ce parterre embaumé de toutes les vertus, fleuri de toutes les grâces. Sa fille était classée, dans la série de ses œuvres, entre une expérience de chimie ou d'alchimie et une opération de physique.

Le cabinet du docteur Marforio eût réjoui un peintre et épouvanté un commissaire-priseur. Tout s'y trouvait entassé, confondu : c'était le chaos. Des squelettes couchés sur des livres, comme la mort sur la vie ; des fleurs pêle-mêle avec des monstres empaillés, des réchauds et des télescopes, et au milieu de tout cela ces ensevelisseuses infatigables, les araignées, couvrant de leurs sombres suaires les livres, les fleurs, les instruments, tous les débris, comme l'ironie du progrès qui efface et qui nivelle les instruments du passé.

A côté de ce sanctuaire officiel, dans lequel il donnait ses audiences, le docteur Marforio avait un mystérieux réduit dans lequel personne, j'ose dire personne de vivant, n'était entré. Ce qui se passait dans ce laboratoire, nul n'a pu le dire. C'était, pour l'innocente Marta, comme le cabinet de la *Barbe-Bleue*. La jeune fille ne croyait pas qu'il y eût des femmes méchamment mises à mort par son père, mais elle savait que pour une œuvre étrange, inouïe, dont le secret ne lui avait pas été confié, maître Marforio faisait commerce avec le fossoyeur, et que celui-ci entrait et ressortait quelquefois avec de lourds fardeaux.

Au reste, l'œuvre, quelle qu'elle fût, ne donnait aucun remords au savant; il était même, après chacune de ces visites passablement sinistres, d'une gaieté étourdissante. Il se frottait les mains, il se tapait sur le ventre, il se tiraillait la barbe :

— Bravo! bravo! murmurait-il, tout va bien! l'humanité marche à son cycle de rénovation. Paracelse n'était qu'un niais; la pierre philosophale n'est qu'un caillou. Isaac le Hollandais, Basile Valentin et tous ceux qui ont prétendu faire vivre l'humanité au delà du terme voudront ressusciter pour jouir de ma découverte. L'*homunculus* était une chimère. L'homme ne crée pas, mais il peut conserver; il ne donne pas la vie, il la garde. C'est le feu sacré.

Un jour donc, au beau milieu d'un de ces monologues qui se renouvelaient quotidiennement, avec-

quelques variantes, le docteur Marforio entendit frapper à la porte de son cabinet.

— Entrez! dit-il.

Marta, le sourire sur les lèvres, et un peu de rougeur sur le front, apparut, sans oser franchir le seuil.

— C'est toi, ma fille? demanda le savant avec un véritable étonnement et un petit ton solennel. Qu'y a-t-il de nouveau? quel motif si grave?

— Mon père, je voulais d'abord vous embrasser. Depuis quelque temps vous ne me regardez plus, vous ne songez plus à moi!

— J'ai tort, je le confesse, dit le docteur en entr'ouvrant sa barbe blanche, pour laisser passer un baiser. La vue de l'innocence est un bon conseil et une précieuse inspiration. J'ai tort, ô mon étoile! *Virgo virginea!* Albert le Grand ordonne aux humains de vivre loin des hommes: il n'a pas dit loin des jeunes filles. Je te permets de venir me dire bonjour tous les matins, miroir du firmament, et tous les matins je te bénirai.

En parlant ainsi avec sa volubilité ordinaire, le docteur Marforio avait attiré Marta et lui déposait, avec componction, le plus banal des baisers paternels sur son beau front, entre les bandeaux de ses longs cheveux noirs.

— Eh bien! es-tu contente, fillette? lui demanda-t-il après cette faveur et en faisant mine de la congédier.

Marta hésitait à parler. Il lui sembla sacrilége de livrer le pur et cher secret de son âme, qu'un éclat de rire accueillerait sans doute. Elle restait au milieu du cabinet, immobile, courbant la tête, et traçant avec son doigt des lignes bizarres et impossibles dans la poussière qui couvrait un gros livre placé près d'elle sur un bahut.

Fort heureusement, le docteur Marforio, s'il n'entendait pas grand'chose à l'art de provoquer des confidences, était d'une loquacité commode pour les auditeurs timides, il leur donnait le temps de se remettre et de ressaisir leurs idées. Les savants ont parfois de ces utilités de circonstance.

— Que veux-tu de moi ? dit-il à sa fille, tu n'es pas encore à l'âge où l'on a besoin de refaire l'écrin de la nature. Te faudrait-il un élixir pour garder, conserver ta chevelure ? Les savants à venir, les chimistes allemands ou français s'épuiseront en vains efforts pour trouver l'eau ou la pommade qui arrête la chute des cheveux. J'emporterai ce secret avec moi. Te faut-il de l'émail pour tes dents ? du vermillon pour tes joues ? Je t'en demanderais plutôt, charme de ma vie. Parle! je puis t'ouvrir l'infini; car je dispense la beauté éternelle, immuable! Ah ! j'avoue qu'il m'en coûterait pourtant, continua le docteur en devenant pensif, d'essayer sur toi certaine opération. La main me tremblerait peut-être... Marta, as-tu confiance en ton père ? es-tu persuadée, comme il convient de l'être, qu'il est le plus grand savant de la principauté, un des plus grands savants de l'Italie, et par conséquent un des plus grands savants du monde? Si je te disais : Ma mignonne, je vais, avec un petit instrument dont il ne faut pas t'effrayer, te faire là, au front, une incision légère, dont il ne faut pas prendre souci ; donner avec une jolie petite scie un ou deux petits coups à ton joli crâne ; dis, mon étoile, aurais-tu peur ?

Marta ouvrait de grands yeux et regardait son père: elle avait peur réellement, mais d'être obligée de reconnaître que son illustre père était fou. La pauvre enfant n'entendait rien à la science ni aux savants.

— Mais il ne s'agit pas de cela, balbutia-t-elle.

— De quoi donc alors s'agit-il? C'est vrai, j'ai tort, *primavera!* T'offrir de la jeunesse, c'est souhaiter des zéphyrs pour le printemps et des roses pour le mois de mai. Que veux-tu? Ton cœur soupirerait-il après quelque rêve impossible? Si ce n'est que cela, tu l'auras. Ou bien, fille d'une mortelle, te faudrait-il seulement l'amour d'un mortel, et viendrais-tu, pauvre fleur modeste, invisible aux regards, me demander un philtre, pour être vue et pour être aimée?

Marta ne put s'empêcher de sourire; son père effleurait son secret; mais la jeune fille ne venait pas chercher de philtre; son regard était un assez puissant alchimiste qui avait fait la besogne.

— Ah! ah! dit le docteur Marforio, qui vit le sourire de son enfant, j'ai deviné! *Euréka!* A nous autres savants rien n'échappe. Tu veux un philtre, Marta? c'est une grande imprudence, il ne faut pas jouer avec les philtres. Heureusement que je suis toujours là pour te guérir, pour te sauver; et il ne me déplaît pas que tu coures un danger, pour mieux prouver combien je suis infaillible.

— Mais, mon père, je n'ai *plus* besoin de philtre.

Et la jeune fille, riant et rougissant à la fois, appuya sur le mot *plus*, pour aider son secret à sortir.

Le docteur Marforio, bien que savant, n'était pas absolument étranger aux choses de ce monde. Il avait des instants lucides; c'était un reste d'infériorité. Hélas! qui peut se flatter d'être parfait? D'ailleurs, il avait peut-être été jeune aussi. A l'âge où la science est une muse et n'est pas encore une épouse acariâtre et exclusive, il avait peut-être expérimenté quelque chose d'analogue à l'amour. Il comprit donc la réclamation de sa fille, et faisant un mouvement de surprise qui n'attestait pas une profonde stupéfaction :

— Ah! ah! tu t'es permis?... Au fait, pourquoi pas? te l'avais-je défendu?... Alors, explique-moi ce que tu viens me demander.

Marta, sensiblement rassurée par ces façons qu'elle trouva paternelles, avoua le nom de Lorenzo et exposa le vœu timide de l'héritier présomptif.

— Un prince! s'écria le docteur avec un gros rire,

ce n'est qu'un prince! J'avais peur que ce ne fût Apollon en personne. Tu méritais mieux que cela, ma fille. Je sais bien qu'il eût été difficile de trouver quelque chose de mieux dans la principauté.

— Mon père, murmura la jeune fille avec un geste suppliant, vous vous moquez de moi!

— Eh bien! ne rions plus, reprit le joyeux savant. Que veux-tu faire de ton petit prince, ma petite fille? et que veux-tu que j'en fasse? Il craindrait peut-être d'humilier sa dynastie, vouée par tradition à l'inutilité, s'il soufflait mes fourneaux. D'ailleurs, Albert le Grand, dans son huitième précepte, dit expressement: « L'homme qui rêve au grand œuvre évitera d'avoir aucun rapport avec les princes et les seigneurs. » Est-ce que tu voudrais me faire échouer si près du port?

Marta n'y songeait guère ; elle avait bien envie d'interrompre son père pour lui faire remarquer qu'il ne s'agissait pas de lui, mais d'elle seule ; que Lorenzo n'adorait pas le savant, mais la fille du savant, et qu'elle ne venait pas demander l'office de souffleur pour son héros. Mais la jeune fille, sans être à même de s'avouer que les savants en général ont un égoïsme implacable, savait par expérience filiale que le docteur Marforio avait une façon toute particulière de juger les événements quotidiens, et que c'était peine perdue de vouloir l'intéresser longtemps à autre chose que son laboratoire. Elle soupira donc et continua d'écouter.

— Il est gentil, ton oiseau de romance, n'est-ce pas, ma mignonne? Eh bien! il ferait une triste figure au milieu de mes hiboux empaillés. Lâche le fil qui le retient par les ailes. Laisse-le s'envoler, Marta, et je te trouverai un beau savant qui se fera mon élève, et qui épousera ma doctrine en même temps que ma fille.

Marta ne savait plus trop si elle devait rire ou pleurer. Elle était fort émue.

— J'aime Lorenzo et je n'aimerai jamais que lui, dit-elle enfin.

— Paroles de jeune fille, feuilles légères qu'emporte le vent! comme dit Ovide.

— Lorenzo m'aime aussi, mon père. Et d'ailleurs, s'il est prince, il n'en est pas plus ignorant pour cela.

L'amour est l'école de la diplomatie; la dernière république française l'avait bien prouvé, en créant une école d'administration. Marta devenait habile.

— Que sait-il, ton beau prince? demanda le docteur avec une raillerie qui n'était pas exempte de curiosité.

— Oh! nous n'avons pas causé de science, repartit Marta; mais nous avons causé de vous, mon père, et Lorenzo vous admire.

L'encens ne perd jamais son parfum. Le docteur Marforio sourit. Mais on ne l'avait pas encore assez flatté.

— Eh bien! s'il admire ton père, je n'admire pas le sien, moi. Son Excellence Bonifacio XXIII est une brute dont les fourneaux ne servent qu'à la cuisine. Ah! s'il avait compris les savants! quel prince! et quelle principauté! Avec lui j'aurais pu expérimenter en grand mon système. Et tu veux que le fils d'un pareil prince, d'un bouffon qui ne s'occupe pas de moi, tu veux que l'héritier de la sottise soit autre chose qu'un sot! un joli sot, si tu veux, mais un sot.

— Je ne veux rien, mon père, dit Marta, qui se rassurait depuis quelques minutes et qui entrevoyait le triomphe. Je n'entends rien à la politique; mais je suis certaine que Lorenzo a de l'esprit, et qu'il aime assez la science pour faire aimer les savants par son père, s'il veut s'en donner la peine.

— Ne dirait-on pas qu'il faudrait un Cicéron pour prouver ce que je vaux? reprit le docteur en haussant les épaules; mais tu crois sérieusement, ma fille, que ton prince, s'il voulait...

— Il est irrésistible, mon père.

— Pour les jeunes filles? soit; mais pour le prince Bonifacio?

— Les bons pères n'ont rien à refuser à leurs enfants, dit Marta en appuyant son front avec câlinerie contre l'épaule du docteur.

— Bonifacio est donc un bon père? demanda maître Marforio en riant. Eh bien, alors, c'est la seule vertu qu'il ait oublié de laisser perdre. Tu peux dire à Lorenzo que ma maison lui est ouverte.

— Merci, mon père, dit Marta avec effusion.

— Tu seras princesse, à la condition que ton prince est ou deviendra savant. C'est peut-être le grand alchimiste des cœurs qui a préparé tout ce petit roman sentimental pour que je sois mis à même de présider aux destinées de cette principauté. Il y a une femme au début de toutes les grandes choses; mais ce serait manquer d'égards à la fortune que de lui céder sur un point. Tu ne seras princesse que le jour où je serai premier ministre de Bonifacio.

— Vous m'effrayez, mon père!

— C'est bon signe! Tant pis pour toi, ma mignonne, si tu me rends ambitieux. J'ai aussi mon amour en tête. Tu as ton prince, je veux avoir le mien.

Marta soupira et sourit. Lorenzo pouvait venir; voilà ce qui la ravissait; mais ces conditions burlesques, mais ces prétentions du savant lui paraissaient gâter ou compromettre le joli poëme qu'elle sentait vivre et chanter dans son cœur.

Quant au docteur, il était d'une gaieté à faire trembler un médecin d'aliénés. Il voyait distinctement son étoile s'élever à l'horizon. Et, bien qu'il fût pénible de n'être premier ministre que d'une principauté microscopique, il était impatient d'entendre sonner l'heure où la principauté, chétive comme État, deviendrait un gigantesque laboratoire, où les habitants seraient ses sujets d'analyse, le ministère son réchaud et le prince Bonifacio son soufflet de forge. Quant à l'ambition d'avoir pour gendre le prince héréditaire, il n'y songeait guère; et quant au bonheur pur et simple de sa fille, il n'y songeait pas.

Le docteur Marforio était un trop grand savant pour s'abaisser à ces sentiments vulgaires.

III

LA POLITIQUE DU SENTIMENT ET LE SENTIMENT DE LA POLITIQUE

Lorenzo fut prévenu des dispositions favorables du docteur, et, aussi ému que s'il se fût agi d'entrer, botté, éperonné, cravache en main, dans le parlement pour lui dire : Messieurs, l'État, c'est vous ! endossa son plus bel habit, se fit poudrer, parfumer, dévalisa les joyaux de la couronne, afin de trouver une épingle passable, et s'étudia pendant une heure à gâter ses charmes naturels.

J'ai remarqué souvent combien la nécessité des relations sociales, en intervenant dans un poëme, expose au ridicule les héros les mieux intentionnés.

C'est ainsi que Lorenzo était un bon jeune homme, plein de cœur et d'esprit. Si le ciel, au lieu de le faire naître prince héréditaire d'une couronne compromise, lui avait permis d'avoir un état utile et productif, il n'est pas douteux qu'il n'eût fait son chemin. Dans ses promenades de sentiment, que nul ne surveillait, il avait agi avec toute la délicatesse souhaitable, et Marta ne pouvait imaginer pour lui de plus beau costume que l'habit de soie gris perle, un peu usé, qu'elle lui voyait dans leurs rencontres de tous les jours. Mais l'inspiration, le sentiment de l'harmonie extérieure qui ne faisait jamais défaut au prince, dans les rôles d'amoureux, sembla l'abandonner quand il eut à préméditer son entrevue avec le docteur. Il sortait de son cadre. Comme il allait se mesurer avec les prétentions de la sottise, je me trompe, de la science, il crut nécessaire de mettre de la vanité dans son extérieur. Il voulut se faire très-beau, et conséquemment il se fit très-laid. Le séraphin se travestit en élégant râpé. Il emprunta des manchettes et un jabot à la garde-robe de son père, et il mit les jarretières du couronnement pour séduire maître Marforio.

Cette absence de goût est assez ordinaire chez les gens d'imagination et de beaux sentiments ; je n'en veux pour preuve que l'affublement grotesque de toutes les muses contemporaines. Mais, au fond, elle n'était pas aussi hors de propos qu'on pourrait le croire. Si Marta devait souffrir des travestissements de son amoureux, le docteur devait en ressentir un très-vif mouvement d'orgueil ; et comme il s'agissait moins de séduire la jeune fille que son père, il pouvait bien se faire que Lorenzo fût un fin connaisseur de l'âme humaine, au lieu d'être simplement un amoureux naïf, naïvement endimanché.

Quelle belle dissertation je pourrais entamer ici sur la dignité, l'opportunité, l'éloquence du costume, même du costume le plus laid! On ne sait pas assez combien il y a de prestige dans un habit de cérémonie. Un général gagnerait-il une bataille en robe de chambre? Les plaideurs se trouveraient-ils bien jugés par un juge qui n'aurait pas sa robe, et par un Minos qui garderait son bonnet de nuit?

Les proverbes, qui sont à la vérité ce que les remèdes de bonnes femmes sont à la grande médecine, les proverbes sont des mensonges spécieux. Mais de tous le plus faux est assurément celui qui prétend que l'habit ne fait pas le moine. L'inventeur de cet axiome ne connaît pas l'Italie en particulier et ne connaît pas l'humanité en général. Quelle différence entre un fonctionnaire et un administré, si ce n'est le costume? Et combien de diplomates qui seraient reconnus incapables si on leur refusait un habit chamarré pour la foule et de bons cuisiniers pour leurs collègues!

Maître Marforio n'était pas très-rigoureux sur l'étiquette, mais il était trop de fois académicien pour ne pas tenir à une certaine pompe artificielle. Quand il vit Lorenzo lui faire trois saluts et se présenter à lui avec un estomac chargé de dentelles, des mains chargées de bijoux et le dos voûté sous un habit de gala, le savant s'épanouit; il eut presque une velléité de coquetterie à son tour. Mais comme il savait bien que son génie était sa plus belle parure et que sa gloire répandait des lueurs sur son costume, il ne s'inquiéta pas autrement de réparer le désordre de sa toilette, et il fit trois pas au devant du prince pour le recevoir.

Marta, la pauvre enfant, s'était enfuie. Son amoureux lui déplaisait ce jour-là. Il ressemblait au prince Bonifacio, et elle ne retrouvait plus dans sa cravate empesée les lignes charmantes de ce joli cou flexible qui s'inclinait avec tant de grâce de côté, quand ils marchaient seuls, ensemble, par les petits chemins verts de la campagne. Les mains de Lorenzo, si mignonnes, si déliées du poignet, dont elle se moquait toujours, tant elle les trouvait jolies, les mains disparaissaient gauchement sous de gros parements enjolivés de guipures, et le malheureux, qui n'avait rien respecté de lui-même ce jour-là, avait glissé à ses doigts de grosses bagues de prélat qui achevaient de le déformer. Sa bouche seule, n'étant pas couverte, n'avait pas changé et gardait toujours dans la sinuosité de deux lèvres d'une bonne grosseur, mais d'un irréprochable dessin, ce faible et adorable sourire qui poursuivait Marta dans ses rêveries et surtout dans ses rêves. Sans cette bouche-là, elle l'eût pris en horreur ; mais le moyen d'en vouloir a ce sourire qui lui demanda pardon et auquel elle pardonna?

Lorenzo avait affiché tant de respect dans sa toilette gothique et officielle, il était si ému en abordant le docteur, que celui-ci oublia tout à coup le motif de l'entrevue et traita l'héritier présomptif comme un simple bachelier qui vient solliciter la faveur d'un grade universitaire ou d'un examen. Il ne lui laissa pas le temps de balbutier les quelques paroles d'introduction et d'excuse que le prince avait récitées tout le long de la route, pour mieux s'habituer à les dire et pour n'en pas manquer l'effet, et il le questionna *ex abrupto* sur ses connaissances physiques, sur ses prédispositions à la chimie, voire à l'astronomie.

Lorenzo ne s'attendait guère à cette épreuve ; je crois même que, s'y fût-il attendu, l'épreuve aurait été la même. Le peu que le jeune prince avait appris de physique ne valait pas la peine d'être retenu, et le peu qu'il avait retenu d'astronomie ne valait pas la peine d'être répété. Sa science, sa vraie science, c'était celle qui commence par les invocations et les extases, qui parle aux choses, mais ne les interroge pas, qui dit aux fleurs, aux herbes, aux horizons, aux étoiles : — Je vous aime ! — mais non pas : — Qui êtes-vous? d'où venez-vous? Lorenzo arrivait, le cœur gonflé dans son vieil habit de cérémonie, pour dire au docteur : — Laissez-moi adorer Marta ! et voici que le docteur lui demandait son opinion sur la transmutation des métaux, sur les frères de la Rose-Croix, sur le microcosme, sur tout, excepté sur l'état de son cœur.

Lorenzo avoua modestement qu'il ne savait rien; que, destiné au pouvoir, on avait voulu le préserver des systèmes, des partis pris, des préjugés, et le rendre inaccessible à l'erreur, en lui défendant de chercher la vérité, mais qu'il ne demandait pas mieux que de courir le danger d'apprendre.

— Ah! jeune homme! lui dit familièrement le docteur, que cette démarche vous honore! Les sciences ne sont point ingrates. On les croit maussades et rechignées; mais elles sont comme ces vieilles sorcières des légendes qui veulent être domptées par la force, et qui livrent ensuite au vainqueur une jeune et blanche fiancée.

Au mot de fiancée, Lorenzo rougit. C'était peut-être une allusion à l'objet de sa visite. Il voulut tenter un effort, et prononça le nom de Marta. Mais Marforio était en selle sur son hippogriffe et continuait de galoper.

— Vous régnerez un jour, jeune homme, vous aurez charge d'âmes, il vous faudra combiner des milliers de volontés, et vous ne savez pas combiner ensemble deux éléments inertes! Vous aurez des finances en mauvais état à administrer, et vous ne savez pas faire de l'or! Vous enverrez peut-être des hommes à la guerre ; au moins une fois dans votre règne, vous ferez tuer de braves gens qui ne demanderont pas mieux que de vivre, pour satisfaire le tempérament de quelques conseillers bilieux, ou pour amuser les enfants qui aiment les tambours et les défilés, et vous ne savez pas comment on peut empêcher de mourir ou faire peur à la mort! Dérision! dérision! Qu'est-ce qu'un prince qui peut troubler l'ordre moral et qui n'a pas de droits sur l'ordre physique? qui prend la responsabilité du bonheur de tout un peuple et qui ne sait ni prévoir une famine ni empêcher une tempête? Ah! jeune homme, jeune homme, pourquoi êtes-vous prince?

Lorenzo aurait pu répondre : — Parce que mon père est prince et s'appelle Bonifacio XXIII. — Il n'y a pas de meilleure raison que celle-là, et les enfants légitimes sont le principe et les garants de la légitimité.

Mais Lorenzo fut d'autant moins tenté de répondre que le docteur, qui l'interrogeait toujours, ne lui laissait pas le loisir de placer un mot. Au bout d'une heure de cette conversation, Marta, qui attendait, pleine d'anxiété et de trouble, le résultat de la conférence, et qui avait cru devoir, par un sentiment de respect et de pudeur, s'abstenir d'y assister, et même de l'écouter, Marta, qui ne trouvait pas Lorenzo assez laid pour qu'elle renonçât à l'espoir de le trouver beau le lendemain, se décida à venir frapper hardiment à la porte du laboratoire ; et comme personne ne répondait et qu'elle entendait son père discourir, elle tourna la clef dans la serrure et entra pour mieux entendre.

Le docteur, la tête rejetée en arrière, la bouche ouverte, un pied placé sur un escabeau, tenant en main un bocal dans lequel s'agitaient d'horribles monstruosités, expliquait au pauvre Lorenzo, qui n'osait bâiller, comment ce vase renfermait peut-être le véritable homunculus, le génie familier de Joseph-François Borri, le Milanais, qui avait été arrêté jadis par la sainte inquisition de Rome, pour avoir fait de la pierre philosophale, et qui mourut en prison pour avoir refusé d'en faire au profit de ses juges.

Lorenzo, triste, comme s'il eût écouté la lecture d'un poëme élégiaque, renversé dans son fauteuil, regardait le docteur et se demandait tout bas à quel moment il pourrait parler de son amour.

Heureusement pour lui, son amour incarné poussa vivement la porte, et la jeune fille, riant d'un rire mutin, entra tout d'un coup dans le laboratoire :

— Êtes-vous d'accord? dit-elle.

— D'accord! s'écria Marforio. Est-ce que par hasard, prince, vous voudriez susciter, encourager une opposition, une cabale contre mon grand système? parlez, dites-le !

— Moi! murmura Lorenzo, je viens vous demander le droit d'aimer Marta.

— Tiens! c'est vrai, répliqua le docteur Marforio, en replaçant le bocal pour prendre la main de sa fille, je l'avais oublié. Vous me parlez du droit? il me semble que vous l'avez un peu usurpé, mon prince. Sans rancune. Mais la fille du docteur Marforio ne peut pas être la femme du prince Lorenzo.

— Oh! je foule aux pieds les préjugés de ma naissance, dit Lorenzo d'un petit air révolutionnaire.

— Parbleu! et moi aussi, reprit le savant; mais j'entends que Marta soit la récompense de l'homme de génie qui me comprendra, et qui m'aidera à appliquer mon système au gouvernement des États.

Lorenzo pâlit; le bon jeune homme avait des scrupules. Il croyait que les sujets de son père ne lui appartenaient pas sans condition, et qu'il manquerait peut-être à ses devoirs d'héritier présomptif, en promettant de les livrer. On le voit, Lorenzo avait été mal élevé et ne connaissait pas ses droits, en s'exagérant ses devoirs.

— Monsieur le docteur, répondit-il gravement, ne faisons pas d'une question de bonheur intime une question de politique. Les destins de la principauté me sont chers; mais nous n'en sommes pas seuls les arbitres. Réglons ce qui nous intéresse personnellement; plus tard, nous verrons.

— Non, non, je ne me laisse pas leurrer, repartit le docteur. Marta m'est tout aussi chère que peut l'être pour vous la principauté. D'ailleurs, vos affaires ne vont déjà pas si bien, mon prince, et je ne vois pas le grand sacrifice que vous auriez à faire, en me faisant agréer par Son Altesse Bonifacio. Soyez donc tranquille. Cela ne peut pas aller plus mal.

— Monsieur !...

— Quoi ! n'est-il pas bien connu que vous payez vos fonctionnaires avec de petites images qui représentent de l'argent, mais qui n'en donnent pas; qu'une moitié de votre armée garde le lit, pour permettre à l'autre moitié de paraître en uniforme; que vous faites vendre au marché les légumes de la couronne pour acheter des gants, et si je voulais faire le prophète, je vous prédirais l'écroulement prochain d'une monarchie sans argent, sans vigueur, sans talent, qui ne peut ni payer de la police pour les coquins, ni payer des spectacles pour les honnêtes gens.

— Mais, encore une fois, monsieur, qu'a de commun l'état de l'opinion avec mon amour ?

— Comment ! ne comprenez-vous pas, jeune homme, repartit majestueusement le docteur, que je ne veux pas donner ma fille au premier prince venu ? Je veux un gendre solide qui m'offre des garanties; et puis, enfin, je n'ai que cette occasion-là, une occasion superbe, unique, d'expérimenter en grand ma merveilleuse découverte, et vous voulez que j'y renonce ! Ah ! vous n'êtes qu'un égoïste.

Lorenzo regarda la fille du docteur d'un air navré. Il souffrait de ce débat ridicule, comme elle avait souffert déjà ; mais il se mêlait à sa douleur un remords. Il pensait qu'à travers ces reproches grotesques, il y avait des vérités vraies, et qu'il était en effet un prince bien chétif, fils d'un père bien imprudent. Tout à coup une autre idée fit diversion à celle-là. Lorenzo vit, comme dans un éclair, le docteur Marforio premier ministre du prince Bonifacio, et malgré le respect auquel son titre de prince du sang l'obligeait pour le chef de sa maison, il jugeait si bien son père et le trouvait si parfaitement appareillé avec un compagnon comme maître Marforio, qu'en dépit de lui-même, un sourire effleura ses lèvres, sourire ironique et douloureux encore, et qu'il se sentit vaincu et prêt à toutes les concessions pour son amour.

Après tout, tant pis pour les habitants de la principauté ! Les peuples ont toujours les gouvernements qu'ils méritent ; et puisqu'ils se laissaient mal administrer par Bonifacio XXIII, c'est qu'ils ne voulaient pas être mieux administrés. Leur donner Marforio pour premier ministre, c'était donc aller au-devant de leurs vœux et compléter le pouvoir.

Lorenzo avait laissé pendant au moins cinq minutes son bonheur en balance avec le bonheur de ses futurs sujets. C'était plus qu'un prince ordinaire n'eût tenté, et il avait bien acquis le droit maintenant de faire pencher le plateau du côté qui lui plairait; d'ailleurs, on voulait des réformes dans la principauté. Le docteur Marforio paraissait d'humeur à en faire de toutes les nuances et de tous les calibres. On pouvait essayer. *Le parti des jeunes* serait peut-être satisfait. Malgré ses folies, ce savant n'était pas un ignorant. Il avait émis une opinion dont la profonde justesse avait frappé Lorenzo. Soyez tranquille, avait-il dit, cela ne peut pas aller plus mal. — Cette considération, qui n'est pas toujours admissible dans les projets humains, était de nature à rassurer le prince héréditaire. C'est la raison qui fait essayer des remèdes de bonnes femmes. On pouvait essayer de l'utopie du bonhomme.

Et puis, enfin, Marta valait toutes les couronnes, toutes les principautés. Pour être le mari de la fille du docteur, le prince Lorenzo eût donné toute la gloire à laquelle il pouvait prétendre. Qui sait si, tout au fond de son âme, une petite voix ne chantait pas la chanson qui console d'avance de toutes les peines, de toutes les chutes, la chanson qui conseille d'aimer et d'être heureux avant d'être riche et de régner?

Qu'importe que le vieux trône à clous dorés tombe en lambeaux et ne donne plus asile aux vers, pourvu qu'il puisse impunément s'asseoir, le tendre poëte, le prince charmant, sur la mousse des grands bois, à côté de sa bien-aimée et lui dire : Oublions l'univers à condition que l'univers nous oublie? Qu'importe qu'il ne mette pas à son front la couronne héraldique, pourvu que personne ne l'empêche de cueillir la fleur des champs, de la respirer, de la mettre à sa boutonnière?

Lorenzo était né troubadour. Il n'y a plus aujourd'hui que très-peu de princes qui aient cette vocation; mais avant M. de Metternich, les cabinets européens offraient d'assez nombreuses variétés de cette espèce.

Lorenzo n'essaya pas de lutter plus longtemps. Il promit tout ce qu'on voulut et risqua le bonheur de son peuple pour avoir le droit de venir répéter tous les jours à Marta combien il l'aimait. Il y a tous les jours des princes qui commettent la même imprudence, sans avoir le même prétexte. Le docteur promit en retour sa bénédiction. Marta ne promit rien; mais elle laissa prendre un baiser qui valait bien une province.

Quand l'héritier présomptif eut fait ses trois saluts, et quand la porte de la maison se fut refermée sur ses pas, maître Marforio eut un soupir de triomphe :

— Eh bien ! dit-il à sa fille, es-tu contente?

Marta tomba dans les bras de son père.

— Il est bien, ton petit prince, reprit le docteur, il est surtout très-élégant. Quel bel habit ! mais en revanche, il ne sait rien, tu m'avais trompé ; il est ignorant comme un mouton.

Marta ne voulut pas contredire doublement son père; mais elle trouvait que Lorenzo en savait assez et que son habit lui allait mal. Ce dernier point, surtout, lui tenait au cœur ; elle soupira.

— Va! console-toi, repartit le savant, qui se trompa une fois de plus à ce soupir, je lui donnerai des leçons.

Marta se promit bien, au contraire, de préserver son fiancé des leçons paternelles. Elle suffirait à l'instruire de ce qu'il ignorait, c'est-à-dire de la meilleur façon de porter les dentelles et de faire accommoder sa chevelure; à ces conditions-là son prince était parfait.

Ah! si les peuples n'étaient pas plus exigeants que la fille du docteur, on n'aurait besoin pour les mettre à la raison que de se servir du fer, j'entends du fer à papillotes!

IV

UNE CRISE MINISTÉRIELLE

Le prince Bonifacio XXIII ne se doutait guère du madrigal qui l'attendait ni des visées ambitieuses du docteur Marforio. Je sais bien que, comme il ne payait personne pour surveiller son fils, il avait les plus grandes chances d'être parfaitement renseigné. Pourtant, il ne le fut pas. Un jour, toutefois, un de ses chambellans se hasarda à lui dire qu'il croyait le jeune Lorenzo amoureux.

— Tant mieux! s'écria Bonifacio, avec le contentement d'un bon père et d'un bon roi, l'art d'aimer enseigne l'art de régner!

Cette parole méritait d'être recueillie, commentée par le journal officiel de la principauté et de prendre place un jour dans la collection des bons mots et des réponses célèbres de Son Altesse. Mais Bonifacio n'aimait pas qu'on entretînt le public de ses affaires intimes, pas plus des plaisanteries échappées à sa bonne humeur que de sa santé ; et quand il avait des indigestions, il ne mettait pas son point d'honneur à les raconter à ses sujets. La postérité devait donc ignorer les facéties débitées et les médecines prises par Son Altesse ; et l'histoire de cette principauté eût été difficile à écrire, par suite de la réserve des journaux officiels, si le parti des jeunes dont j'ai déjà parlé n'avait suppléé à la négligence, à la modestie ou au calcul du prince, par des notes secrètes, des mémoires et des pamphlets.

Bonifacio, en prince économe, aimait bien mieux une amourette, pour les distractions de son héritier, que quelque autre passion qui eût exigé de la monnaie. Il savait qu'un des priviléges des princes, c'est de faire ou de promettre un si grand cadeau, en leur personne, qu'ils sont ensuite dispensés d'en faire d'autres ; et il ne s'inquiétait en aucune façon de savoir le but et la raison des promenades quotidiennes de Lorenzo.

Un jour, Son Altesse était retirée dans son appartement, pour un travail secret avec son premier ministre, quand Lorenzo, résolu à remplir ses engagements envers le docteur, se décida à obtenir une audience.

On comprend, d'après les détails que j'ai donnés

sur les finances et le peu d'étiquette en usage dans la cour, que les laquais n'encombraient pas les antichambres, et que si l'on s'attendait à y trouver des huissiers, c'étaient des huissiers pour saisir le mobilier de la couronne et non pour introduire les visiteurs.

Lorenzo ne vit personne qui pût l'annoncer, et après avoir gratté à plusieurs portes et visité plusieurs chambres, il arriva à la salle dite du conseil, où Boniface XXIII, afin de ne rien laisser échapper des secrets de l'État, s'était retiré avec son ministre, en ayant soin d'ôter la clef de la serrure.

Mais les précautions excessives ont leur imprudence. Par le trou de la serrure, débarrassée de la clef, Lorenzo aperçut son auguste père, attablé devant son premier ministre, et sur le tapis du conseil, étalant des cartes, qui par leur dimension pouvaient bien suffire à la topographie de la principauté, mais qui, en réalité, étaient des cartes à jouer.

Lorenzo, au lieu d'admirer la délicatesse infinie de ce bon prince, qui s'enfermait plutôt que de donner un mauvais exemple, se sentit pâlir de honte et s'attrista de surprendre son père dans cette récréation. Je sais que le père Daniel assure que les cartes sont une école de diplomatie, et que le jeu de piquet, entre autres, enseigne l'art de gouverner les hommes; mais Lorenzo n'avait peut-être pas lu le père Daniel, et puis ce n'était peut-être pas le piquet que jouait son père. D'ailleurs, par les actes Lorenzo jugeait la théorie et ne l'estimait guère. Il soupira tristement et se dit, au fond du cœur, qu'il venait proposer sans doute une autre folie pour guérir son père de celle-là. Le docteur Marforio jouerait bien à un autre jeu que celui des cartes, et Lorenzo n'était pas sans appréhension sur l'effet du grand système du docteur.

Bonifacio ne se livrait pas seulement à l'oubli des grandeurs terrestres en consentant à jouer avec son ministre; nous verrons qu'il avait son calcul. Le soir le jeu est une élégance; le jour c'est un abandon. Ne nous étonnons donc pas si Son Altesse, dans le huis clos absolu qu'elle s'assurait, se laissait aller à un débraillé de costume et d'allure que le terrible parti des jeunes eût flétri en termes énergiques, s'il l'eût connu; mais jusque-là le secret n'avait pas encore transpiré, et on ne savait pas que Bonifacio XXIII, dans la salle même où ses aïeux avaient si fièrement levé la tête et tenu leur rang, restait en simple veste de basin, sans poudre et sans cravate, pour donner audience à des rois qui s'appelaient : David, Alexandre, César, Charles, et à des reines qui avaient nom : Judith, Argine, Rachel et Pallas.

Mais, je le répète, ce jeu n'était pas seulement pour le prince une débauche, c'était aussi un principe d'économie politique; et son rêve, vu la pénurie des finances, était de regagner à ses ministres les maigres appointements qu'il était contraint de leur

3.

donner, quand il ne pouvait plus se borner à les leur promettre. Ce système financier, que je livre pour ce qu'il vaut, ne réussissait pas dans l'application, et précisément à l'heure où Lorenzo regardait par le trou de la serrure, Bonifacio s'alarmait intérieurement des charges énormes que son ministère imposait au budget, et se demandait s'il ne pourrait pas se passer de ministres, ces fonctionnaires étant un objet de luxe destiné aux représentations officielles, et la besogne qu'ils ne faisaient pas pouvant tout aussi bien être négligée sans eux.

Le premier ministre avait une chance bien irrespectueuse, et le prince n'était pas éloigné de croire qu'il possédait un chef de cabinet expert dans l'art de donner de bons yeux au hasard aveugle. Accuser ce fonctionnaire de haute tricherie, c'était une extrémité à laquelle le prince n'osait descendre, sans avoir des preuves. En attendant, et bien qu'il ne fût pas de la famille de Henri IV, il faisait lui-même de vains efforts pour introduire quelque intelligence dans la répartition des atouts, et comme ses procédés étaient naïfs et inexpérimentés, le premier ministre les devinait et les déjouait, sans paraître les avoir soupçonnés ; ce qui dépitait une fois de plus Bonifacio.

Lorenzo lut distinctement par le trou de la serrure les sentiments empreints sur la physionomie paternelle. Son Altesse n'était plus sérénissime ; des plis orageux s'amassaient au-dessus de ses gros sourcils, et pour que rien ne manquât à l'image de la tempête, des gouttes énormes pleuvaient du front.

Bonifacio XXIII perdait avec une incroyable persistance; son premier ministre lui coûtait aussi cher que tous les autres à la fois; aussi jamais le sang n'était-il monté avec une fureur plus apoplectique à la tête du souverain. Il battait les cartes, dans le vrai sens du mot, les frottant avec une colère qui équivalait à une gourmade; comme il invoquait à son aide toutes les ressources du savoir ou du hasard, Son Altesse empruntait au tabac à priser des excitations factices qui ne profitaient ni à son jeu, ni à son nez, ni à son jabot.

Lorenzo jugea le moment opportun. Son auguste père n'osait par dignité jeter les cartes au nez de son premier ministre, mais il devait être enchanté d'une distraction.

En conséquence, le prince héréditaire frappa quelques petits coups respectueux; les joueurs s'arrêtèrent, comme si un fil de marionnette les eût retenus par le bras. Bonifacio, qui était en train de distribuer les cartes, resta la main levée, la bouche béante; le ministre, après quelque hésitation, repoussa son fauteuil et vint demander par le trou de la serrure qui était là et qui se permettait de troubler les délibérations du conseil intime.

Je dois avouer que, pendant cette interrogation, le prince Bonifacio, avec une prestesse qui dénotait certaines aptitudes politiques, essaya de tourner le roi ; mais, tout en parlant, le premier ministre regardait son souverain ; le geste compromettant fut surpris. Bonifacio jura bien qu'il ne pardonnerait jamais ce regard sournois et conçut une haine violente contre son adversaire, dont la perte fut résolue.

Lorenzo se nomma et demanda la permission d'entrer. Décidément le moment était bien choisi. En apprenant que l'importun était son fils, Bonifacio ramassa vivement les cartes et les enjeux et les glissa dans sa poitrine :

— Chut ! pas un mot, dit-il à son ministre, vous me répondez du silence sur votre tête !

La menace était évidemment exagérée. Bonifacio ne tenait pas plus à la tête de son premier ministre que le personnage de certaine comédie ne tenait au nez d'un marguillier. L'échafaud était aboli depuis longtemps dans la principauté, sans que personne (pas même parmi les voleurs) s'en fût trouvé plus mal et en eût réclamé la restauration. Mais il y a des formules banales, exagérées, qui existent ainsi depuis le commencement du monde, et qui sont à la disposition des princes et des sujets. C'est ainsi qu'on aime à faire jurer les gens sur leur tête, et à jurer soi-même sur son honneur. Cela ne prouve rien, cela n'engage pas ; il semble que le parjure soit rendu plus facile par l'exagération ou par l'inanité de la caution du serment.

Le ministre prit donc la menace pour ce qu'elle valait. Il mit le doigt sur ses lèvres et promit le silence.

— J'espère que Votre Altesse sera plus heureuse une autre fois, murmura le courtisan, en s'inclinant devant son maître.

Ce compliment de condoléance fut une dernière goutte de vinaigre ; Bonifacio redressa la tête et congédiant tout haut son ministre :

— C'est bien ! c'est bien ! lui dit-il, nous reparlerons de cela, j'examinerai l'affaire, et je vous ferai savoir ma volonté.

Le ministre sourit et se retira à reculons jusqu'à la porte. Quand il fut dehors, il osa rire aux éclats, en se couvrant la bouche, pour cacher sa gaieté séditieuse ; dans tous les pays du monde les murs des palais ont des oreilles ; en Italie, même dans la principauté la plus débonnaire, ils peuvent avoir des yeux.

— Tout va bien, disait l'éminent fonctionnaire ; jamais il ne pourra se rattraper. Si cela continue, je gagne un demi-siècle de ministère. A-t-il eu peur quand son benêt de fils est entré ! En voilà un qui n'entend rien aux cartes et avec lequel le pouvoir sera sans profit !

Et sur cette réflexion qui consolidait son dévouement au prince régnant, le ministre rentra chez lui, où son secrétaire l'attendait avec des dés, pour refaire une partie analogue à celle qui venait d'être interrompue. Le chef du cabinet appliquait à ses subordonnés le système que le prince appliquait à son égard, et il payait ceux-là de la façon qu'il était payé par celui-ci. C'était peut-être là une des occasions où l'esprit de justice trouvait le plus facilement à se satisfaire.

Pendant ce temps, le prince Bonifacio, étanchant la sueur qui mettait à son front une couronne fluviale, et se rajustant un peu, interrogeait son fils.

— Qu'est-il donc arrivé de si grave, Lorenzo, que vous soyez venu m'interrompre au milieu de mes occupations les plus sérieuses?

Lorenzo ne broncha pas; il n'eut ni rougeur ni sourire, et s'excusa d'avoir eu la témérité d'interrompre les travaux de son père.

— Oh! ce n'est pas que je sois embarrassé pour remettre à demain cette affaire et bien d'autres, dit le prince Bonifacio en souriant, mais quand on est en train!...

— Mon père, dit Lorenzo avec gravité en prenant le fauteuil laissé vacant par le ministre, j'ai à vous parler de deux choses qui vous sont chères, mon bonheur et le bonheur de vos sujets.

— Diable! l'entretien ne sera pas gai; allons, parle, mon fils, tu as des dettes et tu veux de l'argent, mais je n'en ai pas. J'expliquais précisément tout à l'heure à Colbertini un nouveau système de banque destiné à m'en fournir.

— Je ne vous demande pas d'argent, mon père, reprit Lorenzo avec un certain embarras, je ne veux pas être une charge pour le trésor.

— Une charge! quelle charge? Ah! ma foi, tu es bien bon, s'écria le prince saisi d'un accès de gaieté, tu ménages le trésor! il ne t'en sait pas gré, et ne profitera guère de ces bonnes dispositions. Tu n'as que des vertus inutiles, mon cher Lorenzo. Le beau mérite d'être économe à côté d'une caisse vide! Ainsi, tu n'as pas de petites dettes? Quand même ce seraient des dettes... de jeu, tu pourrais me les avouer. Je ne suis pas farouche, va!

Lorenzo savait bien que son père n'était pas farouche; mais comme pour ajouter un commentaire à ces paroles encourageantes, le prince tira vivement la main de sa poitrine et la tendit à son fils. Ce geste violent et parfaitement inutile, puisqu'il n'apprenait rien que Lorenzo ne connût déjà, eut pour effet de remuer les cartes et les jetons dans leur retraite, et Bonifacio vit avec effroi une cascade de piques, de cœurs, de trèfles et de carreaux tomber de sa poitrine sur la table. C'était plus d'effusion qu'il n'en voulait d'abord laisser paraître.

Mais le joyeux prince n'était pas homme à rester abattu, ni à se déconcerter pour si peu.

— Tu vois précisément, mon fils, dit-il avec une

certaine solennité, les pièces qui servaient, il y a un instant, à ma démonstration économique. Ne va pas croire au moins que ces instruments de plaisir...

— Mon père, interrompit Lorenzo, presque malgré lui et avec un accent de doux reproche, je ne vous demande pas les secrets de l'État.

Il y avait dans ces paroles une ironie tempérée par le respect, qui alla droit au cœur du prince Bonifacio. Il s'élança de son fauteuil comme un ballon qui prend son essor.

— Au diable! s'écria-t-il, les réticences et le décorum! j'ai bien le droit de me montrer tel que je suis à mon enfant, à mon héritier, puisque je fais déjà cet honneur à des étrangers, à ce Colbertini, par exemple, que je déteste. Cet homme-là est depuis bien des années mon premier ministre; on le croit la clef de voûte de mon cabinet. Eh bien, entre nous, c'est un âne. Il m'assomme; sans compter que je le crois un peu fripon. Imagine-toi que tantôt, pour nous égayer, et pour régler un petit compte, nous avons joué aux cartes. Ne le dis à personne! le scélérat m'a gagné avec un acharnement, une persistance!... Il y a des moments, Lorenzo, où je regrette de n'être pas un prince cruel; j'aurais du plaisir à faire souffrir ce Colbertini, à le tenailler, à le pincer jusqu'au sang. Mais on ne refait pas son caractère. Je suis pacifique, je suis bon, cela me ferait de la peine de trouver du plaisir à ces cruautés, voilà pourquoi je me contiens;

mais si je pouvais lui jouer un bon tour à cet insupportable ministre!...

— Précisément, mon père, je viens vous demander sa place.

— Pour toi? c'est impossible! tu ne peux pas être mon ministre. Ce serait plus économique, j'en conviens; mais ce serait contraire aux usages, et je crois que cela écorniflerait la constitution. Or, tu comprends que je n'ai pas envie d'attenter à une constitution à laquelle je n'ai jamais touché.

— Je n'ai pas l'ambition des affaires, reprit Lorenzo; ce n'est pas pour moi que je sollicite.

— Ce n'est pas pour toi? tant mieux. Tu as un ministre à me proposer? soit, je l'accepte, je le nomme; tiens, voilà du papier, une plume; c'est Colbertini qui a taillé la plume. J'écris : « Moi, Bonifacio XXIII, etc., etc., je nomme par ces présentes le seigneur... » Comment s'appelle-t-il mon futur ministre?

— Marforio !

— Un joli nom! Je n'ai que des ministres en *i*, cela me changera. Je signe, j'applique mon cachet, l'affaire est faite; il est nommé. Que c'est donc beau la toute-puissance! une feuille de papier, une plume arrachée à une oie, une goutte d'encre, et on a un ministre. Il n'est pas si facile d'avoir un bon cuisinier! Ah ça! que fait-il cet homme d'État?

— Comment, mon père! vous ne connaissez pas le

célèbre Marforio, la gloire de votre règne, le plus beau fleuron de votre couronne ?

— Ma foi, non, je ne le connais pas. On est riche comme cela sans s'en douter. J'ignorais que j'eusse cette merveille. Est-ce un chanteur, un danseur, un écuyer ?

— C'est un savant, mon père, le plus grand savant...

— De la principauté ? merci ! cela ne veut pas dire grand'chose. Mais je n'en veux pas de ton savant. J'aime mieux mon imbécile de Colbertini. Il ne manquerait plus que cela pour être ennuyé ! Rends-moi mon papier ; j'annule la nomination. Un savant dans mon conseil ! cela ferait disparate.

— Cependant, mon père, si vous connaissiez le docteur Marforio...

— Je ne veux pas le connaître ! Un savant ! il me brouillerait avec mon clergé, avec mon ministre de l'instruction publique. Et puis, il lui faudrait de l'argent, n'est-ce pas ? des dotations, des colifichets, des cordons de toutes les nuances ? Les savants ne vivent plus comme des anachorètes, et tu n'ignores pas, mon pauvre enfant, que j'ai les finances un peu délabrées. Si, du moins, il savait faire de la fausse monnaie, ton savant !...

— Il sait mieux que cela, mon père ; il vous servira gratis. Il ne vous demande que le droit d'expérimenter sur quelques-uns de vos sujets un système de perfectionnement physique et moral dont il attend les plus grands résultats. Du reste, le docteur Marforio est gai ; ce n'est pas un pédant, au contraire : c'est un homme aimable, spirituel, candide, un vieillard de bonnes manières.

— Alors, tu te trompes, ce n'est pas un savant. Mais un point me touche : il me servira pour rien. Voilà les bons serviteurs, les vrais, ceux qu'on ne saurait jamais payer trop cher ! Un ministre sans appointements ! voilà une merveille ! Sais-tu, d'ailleurs, que cela me donnerait un fameux lustre dans l'histoire ; et quoique je me soucie peu, au fond, de cette muse bavarde, je ne serais pas fâché de savoir qu'elle dira de moi un jour : « Le grand prince Bonifacio XXIII avait su résoudre le problème de régner avec peu d'impôts et de se faire servir pour rien. » Entre nous, c'est tout juste ce que vaut le travail ; mais puisqu'il serait mesquin de se priver de ministres, que c'est la mode d'en avoir, je me résigne à en supporter quelques-uns, pourvu qu'ils ne me coûtent pas cher et qu'ils aient de la tournure. A-t-il de la tournure, ton savant ?

— Vous verrez, mon père.

— Eh bien ! j'aime mieux, après tout, avoir quelques beaux ministres apparents et n'avoir pas à payer. Ah ! Lorenzo ! Lorenzo ! puisses-tu n'apprendre que très-tard, n'apprendre jamais quels soucis donne le pouvoir suprême ! Avec ton docteur Mar... Marfur...

— Marforio! mon père.

— Un joli nom! avec le docteur Marforio, j'ai résolu d'un coup le fameux problème économique que je m'épuisais à chercher avec ce traître de Colbertini. Puisque je ne le payerai pas, je n'aurai pas à lui jouer ses appointements aux cartes. C'est bien simple. J'y suis décidé. Va me chercher mon nouveau ministre.

— Oui, mon père, j'y cours, dit Lorenzo, ravi du dénoûment de sa démarche.

— A propos, s'écria le prince, comment as-tu fait la connaissance de ton docteur Marforio?

Lorenzo, qui allait sortir, s'arrêta et rougit.

— Ceci, mon père, est la seconde partie de mon secret, celle qui tient à mon bonheur personnel. Puisque les intérêts de l'État sont réglés, je puis vous parler des miens. Le docteur a une charmante fille. Quand vous aurez vu Marta, mon père...

— Je suis plus bête que Colbertini! s'écria le bon prince en retombant dans son fauteuil avec un gros éclat de rire. Comment! je n'ai pas deviné tout de suite que tu me tendais un piége d'amoureux! Ah! mon gaillard, tu seras un grand politique! Ah ça! est-elle aussi jolie que son père est savant, la belle Marta?

— Mon père, vous la verrez, et je ne doute pas que quand vous aurez admiré sa candeur, ses grâces ingénues...

— Assez, assez! je connais la nomenclature. C'était déjà la même de mon temps. Mais ce n'est pas un ministre que tu me proposes, c'est toute une famille!

— Si vous le voulez bien, mon père, ne parlons aujourd'hui que du ministre.

— N'en parlons plus, au contraire, puisque c'est une chose convenue, bâclée. Après tout, j'en ai bonne opinion de ton savant, puisqu'il a l'esprit d'avoir une jolie fille. Porte-lui sa nomination, et dis un mot à l'office. Je donne un grand dîner. Le budget peut bien me faire ce petit cadeau sur les économies que je lui procure.

Lorenzo sortit et courut en toute hâte porter la grande nouvelle au docteur Marforio. Pendant ce temps, le prince Bonifacio continuait à s'essuyer le front et répétait :

— Quelle journée! quel travail! et l'on croit que je ne fais rien! Un ministère changé, un encouragement public donné à la science dans son personnage le plus éminent, Colbertini foudroyé, une économie réalisée, mes pertes au jeu glorieusement vengées! Que de choses en un jour! Si l'opposition n'est pas contente, elle aura tort.

Le prince Bonifacio avait raison. Les événements de la journée pouvaient réjouir l'opposition à plus d'un titre.

— Mais, se dit le prince au bout de quelques minutes, Colbertini ignore sa disgrâce. Hâtons-nous de la lui annoncer.

En conséquence de cette résolution qui n'était pas exempte de malice, le meilleur des hommes et le plus ingrat des princes écrivit à son adversaire de la matinée :

« Mon cher comte,

« Je n'ai eu jusqu'ici qu'à me louer de vos services, et j'éprouve une très-réelle satisfaction à vous donner ce témoignage, au moment où de graves considérations me forcent à vous laisser aller vers cette retraite que votre âge et vos travaux réclament impérieusement.

« Je n'oublierai jamais que vous avez été le confident de mes pensées les plus intimes. Souvenez-vous en aussi.

« *P. S.* C'est le malheur des princes de rester insolvables envers ceux qui les ont le mieux servis. Je ne puis m'acquitter, mon cher comte. Mais je veux que le poids de ma dette me soit une occasion de penser toujours à vous.

« Sur ce, etc., etc.

« *Signé :* Bonifacio XXIII. »

— Comprendra-t-il bien ce *post-scriptum ?* demanda le prince Bonifacio avec une certaine inquiétude qui ressemblait à un remords. Je ne peux pas lui demander grâce pour la somme que j'ai perdue. Je la lui payerai, bien certainement, sur mes économies, quand j'en ferai. Mais s'il s'avise de me la réclamer, je le décrète d'accusation. Aux termes de la constitution, il est responsable de mes bévues; j'en trouverai bien quelques-unes d'assez solides pour le faire pendre. Voilà, d'ailleurs, un jeu de cartes qui commence le trésor des pièces à conviction.

Et pleinement rassuré par ces raisons d'État dont il ne sentait pas l'improbité, Son Altesse fit porter le fatal message et passa dans son cabinet de toilette pour se préparer à recevoir dignement le plus grand savant de sa principauté.

V

LES UTOPIES DU DOCTEUR MARFORIO

L'entrevue du docteur et du prince mériterait les honneurs de la comédie. Bonifacio, malgré le sentiment de sa dignité personnelle et de sa dignité officielle, était un peu ému à la pensée d'avoir pour ministre un savant, un vrai savant. Ces diables de gens qui discutent du ciel et de la terre ont quelquefois envers les puissances de ce bas monde des familiarités et des dédains que le prince redoutait. Si son premier ministre allait devenir son maître! Je sais bien qu'après tout la question des émoluments pesait d'un grand poids dans l'esprit de Son Altesse, et que la perspective d'être servi gratis donnait à l'apparition du docteur Marforio le charme d'une délivrance. *Sans appointements!* ces deux mots rayonnaient comme le *sans dot!* aux yeux de l'avare.

Marforio, de son côté, avait l'émotion d'un artisan du Grand-OEuvre qui touche au but suprême et qui n'a plus qu'à tirer un léger rideau pour recevoir l'entier éblouissement de la vérité. Le ministère n'était qu'un moyen ; la science était sa seule ambition. Peu lui importait d'être apppelé Excellence et de monter dans le vieux carrosse détraqué de Son Altesse. Pour lui, l'essentiel, c'était la possibilité de trouver des sujets d'expérience, de faire la nique aux préjugés et de poser le pied sur le front d'airain de l'ignorance.

Jamais l'orgueil, la joie de participer aux choses divines n'avait mis plus de lueurs dans les yeux et sur le front d'un mortel. La perspective du triomphe avait attendri le cœur du docteur ; il était devenu presque sentimental. Quand Lorenzo l'eut quitté, en lui recommandant de se hâter d'aller au palais, Marforio sentit ses jarrets s'amollir ; il s'assit.

— Marta, ma fille, viens m'embrasser, dit-il à son enfant ; et il lui donna un vrai baiser paternel.

— Allons, mon père, songez à votre toilette, répondit Marta, dont le cœur battait bien fort.

Le docteur endossa son plus bel habit et regretta pendant quelques instants d'avoir négligé jusque-là le soin de sa personne.

— C'est un habit bleu de ciel brodé d'argent que je devrais avoir, se dit-il, un habit couleur du firmament. A partir d'aujourd'hui, j'entre au service de l'Être suprême, et le costume est un symbole.

Marta craignait que les honneurs ne rendissent son père un peu fou. La pauvre enfant était indulgente pour le passé. Elle voulut arranger elle-même la perruque de cérémonie sur les beaux cheveux gris de son père. Elle cousit les dentelles au jabot et les manchettes aux poignets, tout en accumulant les recommandations.

— Savez-vous comment on salue un prince? disait-elle en époussetant le chapeau du docteur.

— Parbleu! je le saluerai en latin, en grec, en hébreu, dans toutes les langues passées, présentes, et j'oserai dire, futures.

— Ce n'est pas cela, mon père. Il y a une révérence à faire.

— Ne veux-tu pas que je prenne un maître à danser?

— Mon bon père, soyez patient et prudent. Le prince Bonifacio n'a jamais reçu de savants à la cour; il pourra manquer à ce qu'il vous doit; ne le rebutez pas !

— Sois tranquille, mon enfant, je sais quelle indulgence il faut avoir pour les grands du monde. Je l'épargnerai d'autant plus que ce n'est pas un aigle, ce bon Bonifacio !

— Surtout, mon père, ne répétez pas tout haut cette opinion-là à la cour!

— Oh! j'imagine qu'elle doit y être répandue, et

que Bonifacio lui-même ne s'aveugle pas à cet égard.

— Mais, s'il s'aveuglait, par hasard, mon bon père, ne lui ouvrez pas les yeux!

— Ne crains rien! As-tu encore quelque recommandation, petite prêcheuse?

— Ne soyez pas trop distrait. Il vous arrive de puiser dans la tabatière de votre interlocuteur plus que celui-ci ne le voudrait; prenez garde à cela. Et puis, enfin, ne m'oubliez pas; et quand vous serez installé, pensez que vous avez laissé au logis votre enfant toute seule.

— Et mon laboratoire aussi; ne crains rien : si Bonifacio me comprend, dès demain j'installe tous mes instruments, et tu viens me rejoindre.

— Oh! non, mon père, moi je n'irai pas; je ne dois pas aller à la cour, répliqua vivement la jeune fille en rougissant beaucoup.

— Sournoise, tu ne veux pas y aller encore? Mais, quand tu seras princesse, tu ne pourras plus refuser d'y venir.

— Princesse! reprit la jeune fille avec effroi, ce mot-là me fait peur; pourvu que je sois toujours aimée, je bénirai Dieu.

— Et ton père, n'est-ce pas, qui t'aura conquis une couronne par son génie? Allons, adieu; je te raconterai ma visite, et je promets de te rapporter des bonbons de la cour; car on doit en manger à tous les repas.

Quand on vint annoncer à Son Altesse Bonifacio que le docteur Marforio l'attendait, le prince se cambra démesurément, fit ouvrir à deux battants les portes du salon où il donnait ses audiences, et s'avança avec majesté, en levant le pied et en tendant la jambe.

Le docteur ne voulut pas paraître ému devant un souverain dont il jugeait sévèrement les capacités publiques et privées; mais l'effort même qu'il fit pour rester calme donna à sa contenance une roideur et un embarras que Bonifacio interpréta précisément dans le sens de cette émotion. Il voulut se montrer courtois devant un savant si modeste.

— Parbleu! docteur, je suis enchanté de vous voir et de faire votre connaissance. Mon fils m'a dit qu'il vous était agréable de prendre une part du lourd fardeau du pouvoir. Je n'ai rien à refuser à mon fils : vous êtes ministre. Asseyons-nous et causons comme de vieux amis.

— J'avoue, prince; qu'en songeant au ministère, répondit Marforio, j'ai moins ressenti le puéril orgueil de gouverner les hommes que l'ambition de doter le monde de mon système.

— Ah! oui, vous avez un système, une idée fixe. Nous allons en reparler. Je ne contrarie jamais mes ministres, moi; je les laisse libres d'agir et de faire ce qu'ils veulent, à la seule condition qu'ils ne m'ennuieront pas davantage. Taillez, rognez, amusez-vous ; mais ne me demandez pas d'argent. Quant au gouvernement des hommes, entre nous, c'est bien peu de chose! avec deux ou trois leçons, vous en saurez autant que Machiavel! Ah! si les peuples avaient le temps de réfléchir, ils auraient des tentations de se passer de nous! Tenez! moi qui vous parle, je ne suis que le fils de mon père, Bonifacio XXII; eh bien, si je voulais m'en donner la peine, je pourrais jouer, tout comme un autre, mon rôle de grand homme; ce n'est pas la mer à boire. Seulement, j'avoue que c'est fatigant; et puis, cela rapporte si peu à l'artiste et au spectateur, que j'aime autant la lueur paisible de mon règne. Cela n'éblouit pas, mais cela suffit à éclairer.

— Vous êtes un philosophe, dit Marforio.

— Et vous, mon cher ministre, vous êtes un flatteur, ce qui prouve une première aptitude pour le métier de courtisan ; je vous fais mon compliment. On dit que vous avez une jolie fille?

— Et vous, prince, vous avez un aimable fils.

— Oui, il est gentil, un peu timide ; c'est la faute de son institutrice. Heureusement, je n'ai pas besoin de lui. Il fait les yeux doux à votre héritière, mon héritier.

— Prince, croyez que je ne suis pour rien...

— Parbleu! vous êtes un savant! Vous regardez sans doute les étoiles avec une grande lunette et vous ne voyez pas ce qui se passe à votre nez. C'est toujours comme cela.

— Si Votre Altesse daignait m'instruire des devoirs de ma charge? demanda le docteur, un peu décontenancé par les persiflages du prince.

— Vos devoirs? c'est de parafer les ordonnances que je signe, et, soyez tranquille, j'économise le papier, je n'en signe guère. C'est de vous asseoir à côté de moi à table, d'être toujours de mon avis, excepté quand je suis du vôtre; car, alors, il faut avoir l'air de se résigner et de se courber, vaincu, sous le poids de mes raisons; et puis... Ma foi, j'ai oublié le reste. Mais le premier garçon de bureau du ministère vous dira cela. Règle générale, une seule condition est indispensable pour être mon ministre, la nomination. Puisque vous l'avez en poche, vous êtes un ministre aussi parfait que vos collègues. Il ne vous manque que le costume. Je vais le réclamer à Colbertini. Bien qu'il serve depuis vingt-cinq ans, je le crois encore mettable. Maintenant, mon cher docteur, que nous voilà liés l'un à l'autre, dites-moi donc, entre nous, là, franchement, ce que c'est que la science.

— Ce que c'est que la science, monseigneur? s'écria le docteur, qui croyait trouver une occasion d'enfourcher son dada.

— Oui, je devine ce que vous allez me débiter. Des grands mots, des grandes phrases! Mais nous autres, dont le métier est d'en apprendre et d'en réciter, nous ne sommes pas dupes de cette rhétorique. Je m'imagine que la science c'est comme le pouvoir, l'art de vivre du respect des autres et de s'en faire un joli petit édredon. Mais, vraiment, qu'est-ce que vous savez de plus que moi, par exemple?

— Il faudrait que Votre Altesse me renseignât sur ce qu'elle a étudié.

— Moi, je n'ai rien étudié, je m'en vante. J'ai joué autrefois très-agréablement de la viole; je ne suis pas sans adresse au bilboquet, et je manie les cartes sans trop de désavantage, excepté quand on me triche, ajouta Bonifacio avec amertume.

— Je ne sais rien de tout cela, moi, reprit avec fierté le pauvre docteur, qui trouvait son prince encore inférieur à la mauvaise opinion qu'il en avait; mais je connais l'origine du monde, je sais décomposer les éléments, combiner des forces inconnues.

— Et puis, après? Connaissez-vous une meilleure façon de brûler le café, de donner moins de mélancolie aux heures qui suivent le repas? Avez-vous trouvé l'eau de Jouvence? Tant que la science ne pourra pas prolonger d'une heure le plaisir de vivre, ni ajouter une jouissance à la somme des prétendues félicités terrestres, elle sera, comme le pouvoir, le pis-aller des ignorants.

— Eh bien! monseigneur, dit enfin le docteur Marforio en redressant sa taille, en s'efforçant de se faire très-grand pour se faire très-imposant, moi, votre ministre, je vous apporte précisément cette jouissance que vous regrettez. Cette eau de Jouvence que les jolies femmes désirent encore plus que les laides et dont bien des hommes chercheraient à s'abreuver, je l'ai fait jaillir et je vous l'offre; ce sera le payement de ma bienvenue.

— Vous pouvez rajeunir les gens? demanda Bonifacio avec une curiosité qui n'était pas désintéressée.

— Je n'efface pas les rides du front, et je ne fais pas refleurir les roses dans la neige, répliqua le docteur Marforio; mais je sais l'art, ou plutôt la science d'alléger le vol des années, d'empêcher toute action dévastatrice de la pensée sur le corps. Je prolonge la vie en la conservant. Cette flamme qui brûle en nous, je l'empêche de nous brûler.

— Parbleu! je serais curieux de voir cela, interrompit Bonifacio, qui ne comprenait pas bien, et qui se rendait cette justice que jamais la pensée n'avait fatigué son corps.

— Le problème de vivre est le seul problème intéressant, continua le docteur. Chacun l'a abordé. Les uns ont inventé des philtres; d'autres ont prétendu rajeunir par des évocations et des sortiléges. Ma science est moins empirique; elle repose sur la philosophie la plus judicieuse; elle a puisé ses éléments dans la connaissance du corps et dans l'étude de l'âme. Un de mes confrères, un de ces demi-savants comme l'Allemagne en propose pour modèle à la France, le docteur Flourentius, ne prétend-il pas qu'il suffit de boire frais, de manger avec discernement, d'user modérément de toute chose pour vivre jusqu'à deux cents ans, terme extraordinaire, et jusqu'à cent cinquante ans, erme moyen?

— Deux cents ans! c'est joli, murmura Bonifacio.

— Bah! qu'est-ce que cela, repartit Marforio, si je vous donnais l'éternité?

— Je l'accepterais, mais à la condition que ce fût toujours gratis, dit en riant le prince.

— Si je supprimais d'un seul coup les querelles, les disputes, les guerres, qui sont des agents de destruction?

— Bravo! ce serait une économie pour mon budget et un grand sujet de joie pour mon ministre de la guerre, qui est d'un caractère très-pacifique. Mais, mon cher Marforio, si les hommes ne mouraient plus, est-ce qu'ils continueraient toujours à se multiplier? Je craindrais l'encombrement : la terre est petite.

— J'ai prévu le cas, continua gravement le docteur; il y a des esprits si mal faits qu'ils ne sont jamais contents de rien. Ceux-là commenceraient à s'impatienter de la vie vers quatre-vingt-dix-neuf ans, et se tueraient à cent vingt-cinq ans. D'ailleurs, je donne la possibilité de ne pas mourir, mais je n'impose pas la vie.

— Oui, je comprends, on est toujours libre de ne pas boire de l'élixir. Quant à moi, mon cher docteur, ne craignez rien, j'ai le caractère bien fait, l'âme robuste. Je m'accommodais de l'existence mesquine et bornée que je menais déjà. Je ne me lasserai jamais de l'existence sans bornes et sans limites que vous me promettez. Quand déboucherons-nous la bienheureuse fiole?

— L'incomparable mérite de mon système tient précisément à ceci, continua Marforio ; je ne me sers ni de fiole, ni de pommade, ni de philtre. Je n'emploie que les seules ressources de l'humanité banale. Il suffira que je vive assez longtemps pour laisser des élèves, et que je trouve quelqu'un pour me faire jouir à mon tour du bienfait que j'aurai donné. Le salut du monde est à ce prix.

— *Per Bacco!* vous allez devenir un ministre précieux.

— J'ai remarqué, reprit le docteur, que le sommeil, qui passe généralement pour le repos de l'âme et du corps, est bien souvent pour celle-là une fatigue qui influe sur celui-ci, la plus dangereuse, la plus traître de toutes les fatigues, puisque nous n'en avons pas conscience au moment même, et que nous ne pouvons ni y faire diversion ni la suspendre.

— Je m'en étais toujours douté ! s'écria Bonifacio. Je me réveille quelquefois la tête lourde, l'estomac pesant! les rêves troublent la digestion. Ah ! si l'on pouvait dormir sans rêver !

— Vous touchez au point délicat, au pivot de mon système.

— Mon cher ministre, cette pénétration m'est habituelle. Faites-moi le plaisir de ne plus vous en étonner.

— Supprimer les rêves, continua Marforio, faire que le sommeil soit réellement ce qu'il devrait être, le repos, l'anéantissement de la pensée : ce serait doubler, tripler l'existence humaine. Combien de fois de pauvres dormeurs ne se sont-ils pas couchés avec des cheveux noirs et éveillés avec des cheveux blancs ! Ils avaient vieilli de vingt ans dans un rêve. Remarquez, d'ailleurs, que les rêves sont des reflets des pensées du jour précédent ou des projections des pensées du jour qui doit suivre. Mais, d'ordinaire, ils sont inutiles au passé et à l'avenir ; et on a regardé comme des miracles, comme des visitations célestes, tous les rêves qui ont eu un sens, qui ont contenu un avertissement logique. L'humanité a donc tout à gagner à ne plus rêver.

— Je ne verrais plus comme dans un cauchemar ce scélérat de Colbertini me gagnant sans cesse ! soupira Bonifacio. Mais les rêves sont souvent des remords. Vous supprimez la conscience, mon bon Marforio ?

— D'abord, ce serait assez commode aux hommes d'État, et je ne les engagerais pas à s'en plaindre, riposta Marforio : et puis qu'importent les remords, si je supprime les criminels ?

— Vous avez raison, les remords seraient du superflu. Mais comment vous y prendrez-vous ?

— Parbleu ! c'est tout simple : l'homme ne vivant plus dans une excitation continuelle, et se reposant complétement la nuit de l'humanité qui lui pèse le jour, n'aura plus de tentations fâcheuses. Supprimer l'obstination, l'acharnement de la pensée, c'est supprimer les écarts, les excès, les ivresses, les vertiges de l'imagination.

— Hum ! dit le prince en respirant, comme un homme qu'on a contraint pour la première fois de faire un plongeon et qui cherche à prendre de l'air, je ne vois pas trop comment vous ferez.

— Le cerveau est l'instrument de la vie intellectuelle et morale, continua le docteur ; j'ai découvert qu'il n'est pas l'agent principal de la vie physique.

— Je m'en suis toujours douté, interrompit Bonifacio, en croisant les mains sur son estomac.

— En conséquence de cette découverte, reprit Marforio, je crois que, si l'on pouvait refuser momentanément au cerveau les instruments qu'il fait agir, il ne travaillerait plus, et il laisserait le corps dans une immobilité profitable à l'organisme entier et au cerveau lui-même. Fort de cette conviction, j'ai expérimenté et voici mon résultat. Au moyen d'un délicat instrument, qui trancherait le fer comme un fruit, je pratique une incision circulaire dans la boîte osseuse, de manière à ce que le sommet du crâne puisse s'enlever comme un couvercle.

— Comme une tabatière qu'on ouvre, dit le prince en saisissant une pincée de tabac dans une boîte d'écaille.

— Votre Altesse comprend parfaitement. Avec une cuiller faite d'un métal composé par moi, et après que j'ai paralysé par un narcotique les résistances de la volonté, j'enlève délicatement la cervelle ; je laisse le cervelet qui suffit à la vie bestiale, et je dépose dans l'eau la plus limpide cette pauvre cervelle qui se baigne tout à son aise, et se pénètre de fraîcheur.

— C'est ainsi que nos fermiers font rafraîchir le beurre, dit Son Altesse qui avait un faible pour les comparaisons.

— Sans doute, repartit Marforio. Je laisse toute la nuit la cervelle se reposer de cette façon. Le corps, pendant ce temps, ne vit que d'une vie végétative. Le matin, au premier chant du coq, je pêche la cervelle dans le vase de cristal où je l'ai déposée ; je la replace dans le crâne ; je referme le couvercle ; et l'homme se réveille et agit, pense, travaille, complétement délassé, rajeuni, sans aigreur, sans les influences fâcheuses que laissent les mauvais rêves et les sommeils pénibles.

— Voilà qui est prodigieux ! s'écria Bonifacio. Mais croyez-vous le procédé infaillible ?

— Infaillible.

— Je pensais qu'on ne touchait pas impunément à la cervelle.

— Autrefois, c'est possible, parce qu'on s'y prenait mal. Mais maintenant on a trouvé le moyen de manier et de pétrir les cerveaux comme on le veut.

— Quel précieux ministre j'ai là ! dit Bonifacio en riant.

— Vous comprenez qu'avec un pareil système, j'allonge la vie de toute la quantité qui se perdait dans le sommeil. C'est une lumière que je souffle tous les soirs et que je rallume tous les matins.

— Au lieu d'emprisonner les gens, demanda le prince, ne pourrait-on à l'avenir se contenter de leur prendre la cervelle pour un jour ou deux ?

— Parfaitement.

— C'est fabuleux ! c'est fabuleux ! Mon cher ami, votre système m'enchante, il est peut-être absurde, mais il doit être amusant. Nous verrons s'il n'offre pas des difficultés dans l'application. Mais sur qui avez-vous fait des expériences ?

— Jusqu'à présent, je me suis contenté des morts...

— Ah bah ! s'écria Son Altesse en bondissant sur son siége ; mais alors vous ne répondez pas des vivants ?

— Au contraire, monseigneur, ceux-ci ont une complaisance qui facilite les expériences ; d'ailleurs, j'allais ajouter que j'ai aussi expérimenté dans les maisons de fous, et les résultats obtenus dépassent toutes les prévisions de la science. C'est à confondre l'entendement.

— Vous avez guéri les fous ?

— Oh! non, monseigneur ! Si je les avais guéris, j'étais vaincu, puisque je changeais les conditions de vie morale de leur cervelle. J'ai remarqué que non-seulement ils étaient le lendemain aussi fous que la veille, mais qu'il y avait même une petite recrudescence, un progrès.

— Voilà qui est tout à fait péremptoire, dit le prince; vous me montrerez ces bienheureux fous, assez sages pour ne pas guérir. Mais sur qui allons-nous opérer ?

— Je pensais que monseigneur serait enchanté de dormir sans mauvais rêves et de donner le bon exemple à ses sujets.

— Sans doute, sans doute; mais je ne serais pas fâché non plus d'avoir vu l'opération réussir sur mes ministres d'abord; je vous les abandonne.

— Monseigneur sera content.

— Eh bien, mon cher Marforio, je ne m'étais jamais douté que le dernier terme du progrès et le dernier mot de la science était de fêler les crânes! Je suis curieux de vous voir à l'œuvre; quand commençons-nous?

— Quand il plaira à Votre Altesse.

— Il faut que je prépare mon ministère à l'opération; ces gaillards-là n'auraient qu'à vouloir garder leurs cervelles intactes.

— Ah! monseigneur, croyez bien qu'ils ne tiennent pas à si peu de chose! Donnez-leur un titre, un hochet, et vous aurez toutes les cervelles de la principauté.

— Quel homme vous êtes! Vous franchissez d'un bond tous les échelons de la politique.

— Et vous, monseigneur, tous les abîmes de la science.

— Nous sommes faits pour nous entendre, mon bon Marforio.

— J'en ai l'espoir, monseigneur.

— Il ne me reste plus qu'à juger votre capacité à table. Mais j'ai de la confiance.

— Je la justifierai, monseigneur, dit Marforio qui ne se sentait pas d'aise, et qui, malgré la gravité des engagements pris par lui, eût dansé une sarabande au milieu du salon, s'il eût osé. Après tout, Richelieu dansait bien.

Bonifacio XXIII passa dans la salle du festin et présenta son nouveau ministre à ses collègues.

Marforio comprit du premier coup d'œil qu'il aurait facilement raison de ces excellentes gens. Ils n'avaient pas résisté à une vingtaine d'années de pouvoir et quelques-uns florissaient dans cet épaississement physique et moral qui était comme le but et la récompense des hautes fonctions exercées dans la principauté.

— Hein ! dit Bonifacio tout bas à son premier ministre, quelles bonnes têtes !

Le docteur s'assit avec appétit. Mais en lui voyant manier avec vivacité son couteau qui jetait des étincelles, le prince se demanda si l'aimable docteur pensait à son système ou au somptueux dîner que le budget lui donnait.

VI

COMMENT LE DOCTEUR MARFORIO LIVRA SON SECRET

Le dîner fut gai. Le docteur, je l'ai dit, n'était pédant qu'à son heure, et l'heure était passée ce jour-là. Il tint tête au prince Bonifacio et à tout le ministère. Or, les collègues de Marforio n'étaient pas des gens incapables. Le ministre de la guerre, notamment, qui se croyait obligé de représenter à lui seul toute la force militaire de la principauté, était une espèce de colosse, rouge comme une pivoine, orné de moustaches terribles, et buvant avec une intrépidité supérieure. Il ne dissimulait pas son dédain pour le savant, et, après avoir laborieusement cherché une plaisanterie, il finit par lui demander s'il avait inventé la poudre.

Cette facétie, qui se produisait avec des rires effroyables, se renouvela de minute en minute. Mais Marforio était d'une douceur admirable, et du coin de l'œil il prenait la mesure du crâne de son collègue et se disait tout bas :

— Au lieu de faire nager sa cervelle dans de l'eau, si je la plongeais dans le vin ! ce serait son élément.

Le ministre de l'instruction publique était le plus modeste. Il avait peur de laisser voir son ignorance et ne soufflait mot.

Le ministre des finances calculait, à chaque plat nouveau qu'il voyait apporter, les dépenses du festin, et songeait à la banqueroute.

Il n'y avait pas de ministre des travaux publics, le prétexte même pour cet emploi ayant toujours manqué.

Le ministre de la justice était un pauvre gentilhomme ruiné, qui s'était emparé, avec l'agrément de Bonifacio, du glaive de la loi pour n'en être point frappé, et qui n'avait trouvé d'autre moyen d'échapper aux procureurs et aux huissiers que de se faire leur général en chef. Il était inviolable et ne destituait pas ceux qui n'essayaient pas de le poursuivre.

C'est ainsi qu'on trouvait dans toutes les branches du gouvernement un petit système de compensation et d'équilibre qui faisait que la machine, sans marcher réellement, paraissait se mouvoir.

Marforio dans la conversation glissa quelques mots de son système. Toutes Leurs Excellences ouvrirent de grands yeux. Chacun porta la main à son front, mais personne n'offrit sa tête. Bonifacio fut outré de cet égoïsme.

— Je ne prétends pas que ce soient des têtes sans cervelle, dit-il tout bas au docteur ; car alors ils nous seraient inutiles, et ils auraient raison de nous refuser. Mais je vous assure que ce sont des ingrats. Et on s'étonne qu'avec de pareils instruments je ne fasse pas des merveilles !

— Grisons-les, répliqua laconiquement Marforio.

— Ce sera difficile. Ils se sont tous exercés, comme Mithridate, à ne pas redouter le poison.

Marforio multiplia les rasades. Peut-être bien trouva-t-il le moyen de mêler quelque breuvage auxiliaire aux vins versés. Quoi qu'il en fût, sur la fin du repas, le ministre de la guerre pencha sa forte tête sur son assiette et ronfla comme un canon. Les autres ministres subirent à leur tour l'effet de la contagion, et bientôt il ne resta plus d'éveillés que le prince et le docteur.

— Enfin le moment est venu ! s'écria à voix basse Son Altesse, qui s'essuyait le front avec sa serviette.

Marforio aiguisait son instrument. Il fit monter une caisse mystérieuse qu'il avait eu soin d'apporter en venant prendre possession du ministère, et, après avoir verrouillé les portes, il fit les derniers préparatifs.

La scène était étrange. Bonifacio pâlissait.

— J'aurais dû demander l'expérience avant le dîner, murmura-t-il.

Marforio, calme, solennel, radieux comme un prophète, versait de l'eau dans des grands vases de cristal et mettait des petites étiquettes pour les reconnaître.

— Voici le ministre de la guerre, disait-il, voilà Son Excellence de l'instruction publique. Ce bocal est pour M. le ministre des finances.

— Dépêchez-vous ! dépêchez-vous ! disait Bonifacio avec une sérieuse émotion et d'une voix entrecoupée qui démontrait suffisamment que le dîner avait été une imprudence de Son Altesse.

— Voilà ! je suis prêt ! répondit Marforio en faisant étinceler devant les bougies le fameux instrument qui ouvrait les crânes.

— Par qui commencerai-je ? demanda-t-il.

— Je n'en sais rien, répliqua Bonifacio dont la bonne âme ressentit tout à coup des scrupules. Si vous alliez leur faire du mal, mon cher ami !

— Je réponds du contraire, monseigneur.

— Il sera bien temps de vous contredire, quand vous les aurez tués ou rendus idiots !

Marforio sourit ; il trouvait la dernière crainte par trop chimérique.

— J'offre ma vie pour caution, pour garant, dit-il fièrement.

5.

— Allons ! j'ai promis, répondit le prince en se résignant.

— Qui Votre Altesse veut-elle m'indiquer ?

Bonifacio promena un regard mélancolique sur son ministère. Au fond, il se souciait aussi peu de l'un que de l'autre, et il les avait tous en fort médiocre estime ; pourtant il ne voulait pas les sacrifier à la légère :

— Commencez par le ministre des finances, balbutia-t-il ; c'est celui auquel je tiens le moins et que je remplacerai le plus aisément.

Marforio s'avança vers son *sujet* ; mais, au moment de pratiquer l'incision circulaire, et pendant que Bonifacio, véritablement tremblant, se couvrait les yeux pour ne pas voir cet acte de haute témérité, le docteur s'arrêta :

— Prince, nous n'avons pas fait nos conditions. Je vous donne le secret de vivre. Croyez-vous que le sot orgueil d'être ministre suffise pour me récompenser ?

— Qu'est-ce qu'il va me demander ? se dit le prince. Je croyais, mon bon Marforio, que tout cela était fait gratis ?

— Aussi, n'est-ce pas pour moi que je stipule. Monseigneur, si je réussis, permettez au prince Lorenzo d'épouser ma fille.

— Ce n'est que cela ! s'écria Bonifacio en dégonflant sa poitrine ; j'ai eu peur. Je vous donne ma parole, mon cher docteur, que Lorenzo est libre ; d'ailleurs, il régnera si tard, si tard, s'il règne jamais, que je n'offense guère mes aïeux en permettant cette mésalliance.

— J'accepte votre parole, dit Marforio, qui fit sauter lestement la perruque de son collègue des finances, et qui traça avec la pointe de son instrument une ligne autour du front.

Tremblant, agité, Bonifacio plongeait la tête dans sa serviette. Au bout de quelques secondes, n'entendant aucun bruit, il osa regarder et resta confondu du spectacle étrange qui s'offrit à lui. Le ministre des finances souriant et dormant du sommeil le plus profond était étendu dans son fauteuil. Son crâne était ouvert, une partie relevée permettait de voir qu'il était vide.

Marforio déposait avec les plus grands égards la cervelle de son collègue au fond du vase de cristal qui lui était destiné.

Un frisson d'admiration qui participait aussi de l'épouvante parcourut Son Altesse depuis les pieds jusqu'à la tête.

— C'est inouï! c'est inouï! répéta-t-elle plusieurs fois. Si je ne le voyais pas, je ne pourrais pas le croire.

— Votre Altesse peut s'assurer que son ministre est intact, et quand on lui referme le crâne, il n'a absolument rien de changé extérieurement.

Et Marforio donna un petit coup sec à la boîte osseuse dont le couvercle retomba avec un léger bruit.

— Il vit toujours? demanda Bonifacio.

— Tâtez son pouls! Écoutez sa respiration! Voyez même comme sa figure est embellie! Depuis que je lui ai retiré la pensée, il ne fait plus la grimace. Je suis convaincu, monseigneur, que votre ministre avait du chagrin!

— Pauvre Manfredi! cela serait-il possible? Est-ce qu'il prendrait à ce point mes intérêts? Il faudra lui enlever ce chagrin-là, mon cher Marforio.

— N'ayez aucune inquiétude! il le laissera au fond de l'eau.

— Si nous en restions là pour aujourd'hui?

— Impossible, monseigneur, demain mes collègues hésiteraient peut-être à boire et à bien dîner. J'ai hâte d'ailleurs de vous convaincre tout à fait.

La même opération fut donc renouvelée sur le ministre de la guerre, sur le ministre de la justice et sur le ministre de l'instruction publique. Marforio montra au prince que la vie n'avait pas été attaquée, et que ces éminents fonctionnaires, débarrassés du fardeau de leur pensée, prenaient dans le sommeil un air de béatitude incroyable. Bonifacio était vraiment jaloux du calme, de la bonne mine qu'ils avaient pendant leur repos, d'autant plus jaloux que lui n'était pas tranquille; s'il l'eût osé, il se fût offert tout de suite pour l'expérience; mais il réfléchit que l'expérience ne pourrait être complète et décisive à ses yeux que quand il aurait assisté au réveil ; et il avait tout d'abord grand besoin de savoir comment on se trouvait le lendemain d'une opération si capitale.

— Mon cher Marforio, dit-il, vous êtes un grand homme. Vous illustrerez mon règne ; et je désire apprendre au plus vite votre façon d'endormir les gens, pour vous rendre à mon tour le service que vous avez rendu aujourd'hui à mes pauvres ministres et que vous me rendrez demain.

— A quand le mariage de nos enfants, monseigneur, demanda Marforio ?

— Quand vous le voudrez. Arrangez cela avec Lorenzo.

Marforio s'inclina. Il triomphait modestement. L'immense orgueil qui dilatait sa poitrine craignait de se manifester devant ce prince ignorant. Il fut convenu que les cervelles des ministres seraient enfermées dans la salle du Trésor. C'était une pièce inutile, dans laquelle personne n'entrait jamais. Il y avait pourtant un grand honneur dans cette assimilation des objets répandus dans l'eau avec les joyaux de la couronne. La clef de cette précieuse retraite fut soigneusement retirée. Les corps furent transportés sur des lits. Aucun valet ne s'inquiéta au château des précautions prises par Bonifacio XXIII envers les ministres. Ce n'était pas la première fois qu'ils s'endormaient à table ; mais c'était la première fois que, dans un cas pareil, ils dormaient ailleurs que sous la table. Bonifacio, en voyant partir le docteur, lui renouvela encore l'expression de son admiration sincère. Il était impatient de rajeunir à son tour, d'avoir une mine aussi fraîche, aussi reposée que celle de ses ministres.

Marforio, lui, était si gonflé qu'il avait la légèreté d'un ballon. Il revint à pied chez lui; c'était une dernière concession qu'il faisait à l'humanité, avant de s'élever définitivement au-dessus d'elle. Marta l'attendait sur le seuil de la maison. Je dois avouer qu'elle n'était pas seule à l'attendre, et que Lorenzo lui tenait compagnie.

— Réjouissez-vous, mes enfants, dit le bon Marforio en embrassant sa fille; Marta, tu seras princesse, quand il plaira au joli prince que voici. Son Altesse a consenti au mariage; et moi, je suis, à partir de cet heureux jour, le plus grand savant du monde.

— Quoi! mon père n'a pas résisté? demanda Lorenzo, qui s'inquiéta fort peu de savoir si le système avait été mis à l'épreuve et si l'expérience avait réussi.

— Lui, me résister! repartit Marforio qui pensait trop à son récent succès pour s'apercevoir qu'on n'y pensait pas. Venez demain au château, mon ami Lorenzo, et vous verrez comment la science acquiert les titres de noblesse.

Sur ce, Marforio, qui avait fait un sacrifice suffisant aux émotions de famille et aux détails intérieurs, entra dans son laboratoire pour savourer tout à son aise la joie qui le débordait. Je respecterai ces épanchements inutiles à mon récit, et nous resterons, si vous le voulez bien, en compagnie des deux amoureux.

— Est-ce un rêve, Marta? demanda le sentimental Lorenzo.

— Je suis bien heureuse, murmurait la jeune fille en remerciant du regard la lune et les étoiles.

— O Marta, je vous aime! et j'eusse sacrifié l'espoir d'une couronne à l'espoir d'être votre époux.

— Non, monseigneur, vous vous devez au bonheur de la principauté, et Dieu ne veut pas que j'aie besoin d'être égoïste pour vous aimer.

— Si vous saviez, Marta, comme ce titre de prince me semble presque ridicule avec cette autorité dérisoire et au milieu de ces oripaux fanés! Au lieu de vous conduire à la cour, je voudrais la fuir avec vous.

— Je n'ai pas de ces frayeurs, et comme je n'ai pas d'ambition, reprit Marta avec un sourire qui éclairait jusqu'au fond de {son cœur; je veux être princesse, puisque vous êtes prince, et je veux vous soutenir et vous donner confiance. Allons, mon ami, ne redoutons pas le bonheur. Puisqu'il vient, prenons-le!

— Marta, vous êtes la sagesse, comme vous êtes

la beauté, dit Lorenzo en appuyant ses lèvres sur les mains de la jeune fille.

— Adieu, mon prince, répondit-elle en s'échappant; sachez bien que quand je serai princesse je détesterai les flatteurs.

Lorenzo ne protesta pas; il sourit et rentra au palais paternel, dont il avait toujours une clef sur lui.

Par suite des dispositions plus que tolérantes que j'ai mentionnées en commençant, Son Altesse Bonifacio XXIII n'avait pas de gardes pour veiller aux barrières de son Louvre. Il dormait tranquillement, sans avoir besoin qu'on fît sentinelle à sa porte; et comme il voulait que chacun chez lui se conformât à cette habitude, dès que le prince avait soufflé sa bougie, l'obscurité éteignait toutes les fenêtres, à tous les étages; depuis le grenier jusqu'à la loge du portier, tout le monde se mettait en mesure de dormir. Ceux qui avaient, par exception, le droit d'entrer ou de sortir de ce palais narcotisé étaient obligés de porter constamment avec eux une clef particulière.

Ce détail, vous allez le voir, n'est pas étranger à mon récit; car, au moment où le prince Lorenzo introduisait son passe-partout dans la serrure, il sentit qu'à l'intérieur un autre passe-partout rencontrait et contrariait le sien. Quelqu'un cherchait à sortir de la même façon qu'il cherchait à entrer. Comme le résultat demandé par ces deux mouvements contradictoires était le même pour tous deux, et qu'il s'agissait en définitive d'entrer et de sortir, et que, pour ce faire, l'ouverture de la porte était nécessaire, la porte s'ouvrit.

Une ombre, assez robuste pourtant pour qu'on la sentît au passage, essaya de se glisser entre la muraille et le prince Lorenzo.

— Qui êtes-vous ? demanda résolûment notre héros.

Il savait bien que les voleurs n'avaient pas plus affaire la nuit que le jour dans le palais.

L'ombre, tenue en respect par la main fine et nerveuse du prince, parut décidée à garder le silence.

— Prenez garde, reprit ce dernier, je vais appeler, faire venir de la lumière, et je saurai bien, malgré vous...

— Monseigneur, ne faites pas de bruit, se hasarda enfin à répondre l'ombre en question.

— Quoi! c'est vous, Colbertini!

— Hélas! oui, monseigneur, c'est moi, reprit avec un soupir et un accent piteux le président du conseil dépossédé. C'est moi !

— Que faites-vous ici à pareille heure? demanda le prince.

— Mais, vous le voyez, monseigneur, je m'en vais comme un serviteur qu'on a chassé! Ah! voilà le prix de vingt-cinq années de bons services ! Les princes sont des ingrats.

Lorenzo sourit et fut tenté de répondre : — Et les ministres, donc ! On a toujours fait plus pour eux qu'ils n'ont fait pour le prince ou pour l'État.

Mais le prince héréditaire ne voulut pas entamer une discussion de philosophie politique.

— Il me semble, monsieur le comte, dit-il à Colbertini, que vous vous en allez bien tard. Tout le monde dort au château ; de qui donc avez-vous pu prendre congé à cette heure ?

— J'avais oublié quelques petits objets, murmura Colbertini.

Lorenzo fut frappé de l'embarras de l'ex-premier ministre. Il sentit un mystère. Bien que le palais de Bonifacio XXIII n'eût pas de chances pour devenir jamais un volcan, et bien que Colbertini, un peu machiavélique quand il tenait les cartes, ne le fût plus guère lorsqu'il s'agissait seulement d'idées, Lorenzo craignit un complot, ou du moins une intrigue.

— Il se passe quelque chose, demanda-t-il vivement à l'ancien ministre et en essayant de le regarder en face ; manœuvre que l'obscurité rendait fort difficile, mais qui réussit parfaitement, à cause du peu d'héroïsme de Colbertini.

— Sans doute, monseigneur, il se commet d'effroyables folies dans le château, et j'ai bien peur qu'avant peu un conseil de régence ne soit nécessaire à Son Altesse Sérénissime.

— Monsieur le comte! dit sévèrement Lorenzo.

— Excusez-moi, monseigneur; mais, en vérité, c'est à faire douter de la raison en général et de celle qui préside aux destinées de l'État en particulier. Si vous saviez les horreurs, les sorcelleries que l'on pratique! Ah! j'ai eu bien tort, quand j'étais ministre, de refuser l'établissement d'une inquisition dans la principauté. J'aurais le moyen de me venger.

— Vous venger, de qui donc? demanda Lorenzo avec hauteur.

— Oh! je n'accuse pas Son Altesse, se hâta de répliquer Colbertini, dont la première émotion se dissipait peu à peu. On a méconnu mes services, c'était un droit. Mais j'ai bien à mon tour le droit de haïr ce faux savant, ce sorcier, qui m'a remplacé à force d'intrigues, et qui aura tué avant quinze jours la moitié de la principauté, si on le laisse faire?

Lorenzo sourit et haussa les épaules. Comme il ignorait les premiers éléments du fameux système de Marforio, il n'admettait pas les intentions féroces attribuées à celui-ci.

— Vous êtes injuste, reprit-il. Le docteur vous remplace, mais ne vous a pas supplanté. Et je puis vous avouer que c'est moi qui, sans nourrir contre vous de sentiments hostiles, ai sollicité en sa faveur. Quant à ses prétendues cruautés...

— Ah! c'est vous, monseigneur? repartit Colbertini d'un ton aigre. Je souhaite que vous ne vous repentiez pas un jour de l'imprudence que vous avez commise. Mais comme je ne veux pas que vous m'accusiez de calomnie, venez, venez, je vais vous montrer les premiers actes du nouveau ministre.

Lorenzo ne comprenait rien à la vivacité de Colbertini; je veux dire que, tout en admettant le dépit, le ressentiment du ministre évincé, il ne soupçonnait rien des prétextes que celui-ci mettait en avant pour colorer sa vengeance. Tout le monde, je l'ai dit, dormait dans le palais. Lorenzo et l'ex-ministre marchèrent quelque temps à tâtons; puis l'héritier présomptif trouva une cachette où son domestique avait la précaution de lui placer tous les soirs un briquet et un flambeau, et bientôt les deux interlocuteurs purent se regarder tout à leur aise.

— Comme vous êtes pâle! dit Lorenzo à Colbertini.

— Monseigneur va le devenir autant que moi, répliqua le ministre d'un air pincé.

On monta vers les appartements solennels. Quand on fut arrivé à la salle du trésor, Colbertini tira d'une de ses poches une petite clef qu'il introduisit rapidement dans la serrure.

— Entrez, monseigneur, dit-il.

Lorenzo se demanda s'il allait constater un déficit dans les joyaux de la couronne; mais la présence d'un trésor l'eût beaucoup plus étonné que son absence. Il regarda et ne vit rien que quelques vases de cristal emplis d'eau.

— Eh bien? demanda-t-il.

— Eh bien, monseigneur, voici tout ce qui reste de mes anciens collègues. Et Colbertini montrait les cervelles qui blanchissaient dans l'eau.

Lorenzo s'approcha avec sa bougie, et lut les inscriptions placées par Marforio au bas de chaque bocal.

— Qu'est-ce que cela veut dire ?

— Cela veut dire, monseigneur, reprit d'un ton hypocritement lamentable l'ancien président du conseil, que vous avez livré le sort de la principauté à un fou, à un démoniaque, et que sa première œuvre a été ce meurtre sacrilége.

— C'est impossible!

— Impossible, dites-vous! Je n'invoque que le témoignage de mes yeux. Justement alarmé pour le bien public de la destitution qui me frappait, je venais présenter à Son Altesse les humbles suppliques des administrés qui me connaissent, quand j'appris que monseigneur Bonifacio s'était retiré et enfermé avec son ministère. Une curiosité fort désintéressée, je vous le jure, et qui ne songeait qu'au bonheur de tous, me suggéra l'idée de regarder par le trou de la serrure.

— Tiens! dit Lorenzo, il paraît que c'est ainsi qu'on observe les ministres. C'est par le trou de la serrure que je vous ai aperçu ce matin travaillant avec mon père, vous savez?

Colbertini rougit un peu.

— Nos occupations du moins étaient inoffensives, reprit-il avec un mouvement d'orgueil. Monseigneur sait bien que si des ministres ne s'enfermaient jamais avec leur souverain, le vulgaire n'aurait pas confiance dans le pouvoir. Cela fait partie de l'art de régner. Mais jugez de mon épouvante quand j'ai vu, comme je vous vois, monseigneur, cet abominable savant mutiler les fronts de mes anciens collègues, leur ouvrir le crâne et en retirer ces cervelles qu'il destine sans doute à quelque œuvre diabolique.

Lorenzo regarda tour à tour Colbertini et les bocaux et se sentit fort troublé. Il y avait dans ce mystère un mélange de grotesque et d'horrible qui répugnait à la raison, mais qui n'était pas incompatible avec les extravagances du docteur.

— Où sont les cadavres? demanda le prince.

— Vous doutez encore? reprit l'ancien ministre, qui conduisit Lorenzo vers le lit de repos sur lequel les membres du conseil étaient couchés.

— Regardez cette ligne sanglante autour du crâne, dit Colbertini; voilà la trace du meurtre.

Lorenzo se sentit pris de vertige; il eut pourtant l'effroyable courage de toucher à un de ces crânes vides et de l'entr'ouvrir. Colbertini triomphait; un forfait inouï dans les fastes de la principauté avait été commis de complicité par son père et par son futur beau-père. L'honneur, l'amour, la puissance, tout croulait à la fois, et c'était lui, qui, dans l'intérêt égoïste de sa passion, avait facilité ce meurtre!

Ce pauvre jeune homme, qui avait sur le pouvoir des idées romanesques, et qui s'imaginait que l'inviolabilité de la vie humaine est le premier, le plus sacré des devoirs d'un souverain, ce pauvre cœur de vingt ans éclata en sanglots; il se laissa tomber dans un fauteuil.

— Tout est perdu! murmura-t-il. Ah! Colbertini, qu'ai-je fait?

Il faut être juste envers l'ancien président du conseil, cette douleur le désarma complétement, et il n'eut plus que le ferme désir de tirer le prince et la principauté de l'embarras dans lequel les mettait cette sauvage expérience. Comme sa rentrée au pouvoir était tout naturellement un des moyens les plus efficaces, on ne s'étonnera pas qu'il y eût songé immédiatement.

— Non, tout n'est pas perdu... encore, monseigneur, dit-il à Lorenzo avec un accent d'humble compassion. Il n'y a de moins que quelques personnages peu essentiels à l'équilibre de l'État. La mort de ces bonnes gens est un malheur sans doute; mais un malheur dont ils sont les premières, et je devrais dire les seules victimes. Que le secret demeure entre nous et qu'on dise au public qu'ils ont été frappés à table d'apoplexie, le public le croira. Nous ferons comprendre à votre auguste père que les jeux de cartes sont des jeux plus inoffensifs ; nous mettrons Marforio dans la maison des fous, et si vous le voulez, prince, nous obtiendrons de Son Altesse Bonifacio XXIII qu'elle abdique entre vos mains : nous administrerons alors la principauté pour la plus grande gloire du règne de Lorenzo ; et cet accident est le point de départ d'une ère de rénovation.

Lorenzo hochait la tête et paraissait approuver; mais il n'avait entendu, ni par conséquent compris un seul mot de tout le discours du ministre. Il pensait à son amour compromis et pleurait tout bas la perte de sa fiancée, beaucoup plus que la perte des hauts fonctionnaires.

— J'attends vos ordres, monseigneur, dit enfin Colbertini.

— Mes ordres, répondit le prince en sortant de sa rêverie, que voulez-vous que j'ordonne? D'ensevelir ces cadavres, de faire disparaître ces horribles vestiges. La nuit nous protége au moins ; réveillez, dans le château, quelque serviteur dévoué, faites-vous aider par lui, et demain, je me charge de tout auprès de mon père. Monsieur le comte, vous êtes dévoué à la dynastie : jurez-moi le secret.

Colbertini hésita un peu à jurer. Mais comme c'était un esprit faux, il pensa qu'un serment politique n'engage que ceux qui le reçoivent et nullement celui qui le prête; en conséquence il promit tout haut d'ensevelir dans sa mémoire les mystères de cette nuit; mais il se promit tout bas de les révéler à l'occasion, si l'on ne se hâtait pas de lui rendre son portefeuille et de l'inviter à reconstituer un conseil.

Lorenzo était candide; il reçut le serment et y crut; il avait hâte de se soustraire au vilain spectacle que la salle du Trésor lui offrait dans ce moment; il se retira bien triste, inconsolable, plein de remords, s'accusant de tous ces sortiléges et voyant la douce figure de Marta s'éloigner et disparaître dans des nuages sanglants.

J'affirme que le prince héréditaire fit un cruel apprentissage du rang suprême dans cette nuit-là; il ne se coucha pas, il resta jusqu'au point du jour accoudé à sa fenêtre, laissant tomber ses larmes sur le pavé de la rue et se lamentant comme fils, comme prince, comme amant, avec une ardeur qui eût provoqué l'enthousiasme du parti de l'avenir, s'il avait pu voir cette pieuse et sainte douleur.

— Que dira-t-on demain quand on saura que tout le ministère est mort et enterré? se demandait vingt fois par heure le pauvre prince. Croira-t-on à cette

6

fausse apoplexie? Comment mon père, lui si doux, si humain, a-t-il consenti à cette boucherie? Comment le docteur l'a-t-il demandée? Pauvre Marta! Que va-t-elle devenir? Qu'ai-je fait en réclamant le ministère pour Marforio? Voilà donc son système! des pratiques superstitieuses qui rappellent les époques les plus barbares. Oh! la science! Elle ne vaut pas un simple élan du cœur, et l'inspiration quotidienne de la conscience. Quel bonheur que Colbertini se soit trouvé là juste à point pour m'avertir! Mais pourquoi était-il là? Il y a là-dessous un mystère que j'éclaircirai. Pourvu qu'il trouve quelqu'un de discret pour l'aider!... Je n'ai pas osé rester là, j'avais peur de ces cadavres qui ont servi de jouet. Dans quelques heures ils seront enterrés; je fonderai une messe expiatoire, j'irai trouver mon père; mais Marta! que va-t-elle devenir?

Au fond de ses remords, de ses agitations, c'était toujours le nom de sa fiancée qu'il retrouvait comme la pointe la plus aiguë, comme le glaive le plus acéré qui pût entrer dans sa poitrine!

Vers le matin, brisé par cette nuit d'insomnie, Lorenzo se regarda dans un miroir et se fit peur à lui-même tant il se trouva pâle.

— Colbertini avait raison, j'ai plus pâli que lui; je prends mon visage de prince. Oh! le bonheur des autres, quel pesant souci!

Ce jeune et charmant égoïste oublia d'ajouter à

cette réflexion : que le bonheur des autres est surtout une tâche difficile quand le bonheur individuel s'y mêle et s'en mêle, c'est-à-dire le contrarie. Ajoutons que le bonheur de la principauté et même le salut des âmes que Lorenzo croyait mises à mort par le procédé de Marforio le préoccupaient beaucoup moins que la question de savoir si son mariage avec la fille du docteur n'était pas à jamais compromis ; on trouve toujours et partout des ministres en y mettant le prix. Mais l'amour, qui peut le remplacer ?

— Heureusement, dit en soupirant Lorenzo pour résumer toutes ses méditations et toutes ses angoisses de la nuit, heureusement que les morts sont enterrés, que Colbertini sera discret et que j'ai réparé tout le mal !

Je puis, sans anticiper sur les faits, assurer que le prince se trompait au moins sur deux points ; il avait tout aggravé et n'avait rien réparé ; quant à Colbertini, sa discrétion était plus que problématique, et peut-être bien qu'en jurant de garder le silence, il avait suivi les instructions du révérend père Sanchez, lequel assure qu'on peut se dispenser de tenir un serment, en estropiant les mots, quand on jure ; en disant, par exemple : *uro*, je brûle, au lieu de *juro*, je jure. Il est hors de doute que s'il avait dit qu'il *brûlait*, Colbertini était dans la vérité la plus exacte ; car il brûlait de ressaisir le pouvoir.

Pour ce qui est de l'ensevelissement des morts,

nous verrons comment il s'était acquitté de cette tâche. En attendant, je puis bien vous avouer que la présence du ministre à une heure assez avancée de la soirée, dans le palais du prince, tenait au désir immodéré de Colbertini de savoir au juste ce qu'il avait mal appris par le trou de la serrure ; et quand le hasard lui fit rencontrer Lorenzo, il partait en ruminant une effroyable vengeance, à laquelle rien ne pouvait évidemment l'avoir fait renoncer.

VI

OÙ LA FORTUNE DU DOCTEUR MARFORIO ATTEINT SON APOGÉE

Lorenzo avait été plusieurs fois tenté, dans la nuit, de s'échapper du palais, de courir chez le docteur et de lui dire :

— Fuyez, disparaissez avec vos mains teintes de sang ; ne touchez pas à votre fille et laissez-la-moi.

Mais pour parler au docteur avant l'heure de son lever, il fallait le réveiller, faire du bruit, causer peut-être le scandale qu'on voulait empêcher. Lorenzo était timide devant l'esclandre ; il resta décemment chez lui jusqu'à l'heure où Bonifacio permettait qu'on remuât et qu'on donnât signe de vie dans le palais. Mais dès qu'il entendit demander le premier déjeuner de Son Altesse, laquelle faisait plusieurs déjeuners, Lorenzo descendit en toute hâte et courut vers la demeure du savant.

Il le rencontra à moitié chemin, radieux, superbe, plus endimanché que jamais, ayant sur la figure cette illumination particulière aux fous et aux hommes de génie, qui fait souvent confondre les uns avec les autres. Benvenuto Cellini raconte, dans ses Mémoires, qu'arrivé au point culminant de sa carrière, il portait autour du visage une auréole parfaitement distincte dans l'ombre. Il assure que ses amis ne s'y trompaient pas. Les ennemis, bien entendu, n'y voyaient goutte.

L'auréole du docteur Marforio pouvait éblouir ses ennemis eux-mêmes. Lorenzo était loin de compter parmi les détracteurs du savant, bien que sa foi se sentît considérablement ébranlée. Il vit cette lueur et soupira.

Marforio tendit les bras au jeune prince; il eût voulu pouvoir étreindre l'univers entier, tant son triomphe lui dilatait l'âme.

— Ah! jeune homme, lui dit-il, le jour qui commence datera dans les fastes de la principauté.

— Hélas! soupira Lorenzo qui ne savait comment entamer la série de ses reproches et de ses recommandations.

— Je n'ai pas fermé l'œil de la nuit, continua le docteur; une si grande émotion, à mon âge!

— Je n'ai pas dormi non plus, reprit Lorenzo.

— En effet, monseigneur, le clair de lune a déteint sur votre visage. Douce insomnie que celle des amoureux! Allez raconter vos soupirs à ma fille ; quant à moi, je suis pressé.

— Où allez-vous?

— Parbleu! au palais!

— Au nom de votre honneur et de Marta, je vous en conjure, n'y allez pas.

— Pourquoi donc?

— Vous me le demandez, docteur, après les étranges folies dans lesquelles vous avez entraîné mon père! Ah! le premier coupable, c'est moi, qui vous ai écouté, qui vous ai recommandé ; mais nous nous repentirons, nous expierons ensemble, n'est-ce pas, docteur?

— Expier? mais quoi? Nous repentir? de quoi donc?

— Ah! docteur! vous, un homme si bon, si doux, si inoffensif!

— N'allez-vous pas ajouter si bête! Voyons, quel crime ai-je commis?

— Et le meurtre d'hier au soir! dit Lorenzo d'une voix vibrante à l'oreille du docteur.

Celui-ci haussa les épaules. Cette insouciance était un signe de folie. Lorenzo essaya pourtant de faire entrer le remords dans le cœur sanguinaire de Marforio.

— Se peut-il que la science pousse au mépris des

lois les plus saintes de la nature? Vous, docteur, tuer de sang-froid!

— Mais qui ai-je donc tué? demanda le docteur en souriant et en continuant d'avancer malgré les efforts de Lorenzo qui le retenait doucement par le bras.

— Qui vous avez tué? Et les ministres de mon père?

— Ah! ah! vous croyez que je les ai tués? Eh bien! venez avec moi, mon jeune ami, et je vous ferai voir des merveilles!

— Docteur, je vous en conjure, n'allez pas au palais. Fuyez, quittez la ville; la rumeur publique sera prompte à vous accuser; je crains que le secret n'ait pas été gardé aussi religieusement que je l'avais espéré. Épargnez-nous la douleur de vous voir accusé, convaincu de meurtre.

— Ah! que vous êtes plaisant, mon prince, avec votre mine effrayée! J'avais bien raison de dire que vous étiez un ignorant! Mais sachez donc que vos précieux ministres ne courent aucun risque.

— Hélas! je le sais, ils n'en courent malheureusement plus aucun.

— Comme vous dites cela! Venez les voir dans leur bon sommeil, et vous m'en direz des nouvelles.

— Encore une fois, il est inutile, docteur, que nous allions au palais. Vous n'y trouverez plus rien.

— Comment?

— J'ai fait disparaître les preuves de vos sinistres erreurs.

— Quoi! que voulez-vous dire?

— Que j'ai fait respectueusement enterrer les ministres...

— Est-ce possible? s'écria Marforio, qui bondit sur lui-même avec une fureur dont on ne l'eût jamais cru capable. Triple fou que j'étais de me confier à des princes! Mais l'assassin, c'est vous! mais le meurtrier, c'est vous! Ah! ah! mon Dieu! vous avez raison, je suis perdu! une si belle expérience!

Et Marforio, agitant les bras, tirant sa barbe, se livrant à un désordre de gestes qui dénotait la tempête, marchait en toute hâte vers le palais. Lorenzo s'efforçait de le suivre, essayant de le calmer et de le ramener à des sentiments moins barbares.

— N'avez-vous pas de honte, docteur, de ne regretter que l'expérience, quand vous avez tué...

— Mais je n'avais tué personne! Ils vivaient, ils dormaient; vous les avez enterrés tout vifs.

— Pourtant, dit Lorenzo que cette assurance étonnait sans le troubler, ces crânes ouverts, ces cervelles retirées?

— Ne voilà-t-il pas une preuve? Est-ce qu'on meurt parce que la tête a une fêlure? Est-ce que leur cervelle était indispensable? Pour l'usage qu'ils en faisaient!

— Vous osez rire, docteur?

— Moi! mais regardez donc si je ris, répliqua brusquement Marforio en forçant Lorenzo à se mettre devant lui face à face et en laissant voir ses yeux pleins d'éclairs et pleins de larmes. Vous m'avez déshonoré, prince, et vous avez tué ceux que j'allais sauver!

— Pourtant, balbutia le prince, qui se sentit pris de terreur, j'ai bien vu... Et Colbertini, de son côté...

— Ah! Colbertini! c'est lui, le traître, qui pour se venger a tout fait! Ces pauvres collègues! enterrés! Que faire? on ne voudra pas me croire!

Lorenzo marchait, tout haletant, à côté de Marforio, qui avait pris sa course. Enfin, n'y tenant plus et suffoqué, le prince s'arrêta. Mais les jarrets et les poumons du docteur n'étaient pas à bout. La crainte de voir échouer son expérience, et, d'un autre côté, un espoir d'autant plus ardent qu'il était plus illusoire, plus insensé, le précipitaient vers le château. Il tenait son chapeau d'une main, dénouait de l'autre sa cravate et courait à belles enjambées. Tout à coup il s'arrêta, et se retournant vers Lorenzo :

— Si vous leur aviez tâté le pouls! cria-t-il d'une voix étranglée.

Lorenzo soupira et ne put s'empêcher de s'avouer à lui-même qu'il avait en effet oublié de tâter le pouls aux ministres en question; mais comment supposer qu'il n'était pas superflu de tâter le pouls à des gens dont on venait de voir les cervelles nager dans l'eau!

L'indignation du docteur, la singulière assurance qu'il avait mise à protester jusqu'au bout de l'innocuité de son système, frappèrent Lorenzo..

— Mon Dieu! se dit tout à coup le bon jeune homme, si j'avais été le meurtrier! si par un phénomène improbable, mais possible, cette opération n'avait pas eu les conséquences que Colbertini m'avait fait entrevoir! Et maintenant ils sont en terre! Quel horrible châtiment le ciel inflige à mon égoïsme! C'est parce que j'ai voulu faire passer la raison de mon amour avant la raison d'État, c'est parce que j'ai voulu que Marforio fût ministre, que tout ce désordre est dans la principauté. Ah! Marta, ange d'innocence! pourras-tu me regarder sans horreur?

Lorenzo exagérait un peu; car son imprudence, à lui, partait du plus généreux et du plus religieux mouvement du cœur. Il ne pouvait avoir eu que le tort de faire enterrer un peu trop tôt des gens véritablement exposés. Le seul coupable, c'était toujours le docteur. Colbertini, s'il avait tâté le pouls, n'était pas sans reproche. Mais lui, Lorenzo, que pouvait-il avoir sur la conscience? la responsabilité d'une inhumation trop précipitée, tout au plus. Mais, outre qu'il n'existait probablement pas dans la principauté de règlements sur les délais légaux à accorder aux sépultures, il en était du soin de différer l'enterrement comme de la précaution de tâter le pouls. Soins superflus, précaution dérisoire!

Lorenzo, pour un prince, attachait donc trop d'importance à des détails secondaires. Il était louable sur un seul point, louable sans restriction, sans réserve : il n'avait pas une joie, pas un chagrin qu'il ne fît tout aussitôt une invocation à Marta. Son amour était le pôle immuable vers lequel ses pensées se tournaient, et il était impossible d'obéir plus complétement aux exigences de sa dignité d'amoureux.

Mais si l'amour satisfait la conscience, il n'a jamais eu dans les rapports sociaux et dans les rapports politiques la valeur d'un principe. L'on comprend, par exemple, que dans un intérêt d'ambition, d'orgueil, un prince écorne la loi morale : cela s'appelle un acte vigoureux qu'on applaudit s'il réussit, qu'on blâme s'il échoue; les peuples ont l'enthousiasme facile pour les événements engendrés par la cupidité et la soif des honneurs. Mais qu'un joli petit prince, comme Lorenzo, s'avise de prendre l'amour pour inspiration et pour guide; qu'il subordonne sa conduite à ce sentiment naturel, humain, sublime; personne ne comprendra; parce qu'il est bien convenu que le cœur n'a rien à voir, n'a rien à dire dans le maniement des hommes, et que l'art de régner, quoi qu'en disait le bon Bonifacio, qui ne s'y connaissait guère, n'est pas du tout la même chose que l'art d'aimer.

Lorenzo avait donc un grand poids sur le cœur et sentait peser sur lui toute la terre amoncelée sur les pauvres ministres. Que dirait-on dans la principauté quand on saurait les événements étranges de la veille? A qui en appeler? devant qui défendre son père, Marforio et lui-même?

Le prince s'était assis sur un banc de pierre dans une rue déserte, et là il méditait douloureusement. Il était entre le palais et la maison du docteur, à peu près comme l'âne biblique entre les deux picotins. Ce n'était pas, grand Dieu! que dans les circonstances ordinaires l'attrait fût égal des deux côtés, mais si les doux yeux de Marta l'appelaient à gauche, du côté du cœur, l'honneur, le devoir l'appelaient à droite. Que faire? Il y avait bien un troisième parti, le parti des poltrons, que les grands politiques eussent recommandé au prince : c'était de n'aller ni à droite ni à gauche, mais de marcher devant lui et de s'en aller à l'aventure. Lorenzo, âme loyale, candide, répugnait à ce moyen, et après bien des soupirs, bien des hélas! bien des défaillances et des éblouissements, il résolut de marcher au danger, d'affronter tout ce péril, et d'aller d'ailleurs prêter un peu d'aide à son père et au docteur, que l'escapade de Colbertini avait mis dans le plus terrible embarras.

Lorenzo n'osait regarder de loin le palais paternel, il en avait horreur; il fut tout surpris, quand il ne fut plus qu'à dix pas, de n'entendre aucune rumeur. Un cuisinier, qui plumait une volaille sur le seuil de la porte principale, chantait, en faisant envoler le duvet de sa victime. Je ne sais trop dire pourquoi, mais la vue de la chair blanche du poulet donna la chair de poule à Lorenzo. Était-ce en évoquant le souvenir des ministres? ou bien était-ce seulement parce que ces préparatifs de gala (on ne plumait pas tous les jours dans la maison de Bonifacio XXIII) concordaient mal avec le deuil du prince? Quoi qu'il en fût, Lorenzo, blanc comme ses manchettes, franchit le seuil avec un battement de cœur terrible, et gravit l'escalier en se tenant à la muraille.

Comme il atteignait le premier étage, il entendit un cri, puis deux, puis trois; puis une porte s'ouvrit avec violence dans la galerie à laquelle aboutissait l'escalier, et le docteur Marforio, les habits en désordre, la perruque rejetée en arrière, passa devant Lorenzo et entra dans l'appartement de Son Altesse.

— Il est fou! le désespoir l'a achevé, pensa le prince.

Au même instant, par la porte qui venait de donner passage à Marforio, un homme sortit. Était-ce un homme? un spectre? Lorenzo ne put le dire. Mais tout son sang se figea dans ses veines; il se crut changé en statue. Le ministre de la guerre, ou l'ombre du ministre de la guerre, s'avançait lentement, gravement, marquant le pas en quelque sorte. Derrière lui venaient ses collègues; pas un ne manquait; tous, le visage frais, un sourire sur les lèvres, une petite ligne rouge au milieu du front, défilaient et pénétraient dans l'appartement de Bonifacio.

Lorenzo n'osa pas adresser la parole à ces apparences de ministres; et, quand elles eurent disparu, il essuya son visage, soupira, leva les yeux au ciel, cherchant dans l'air une solution, un renseignement qui lui permît de décider qui était fou, de lui ou de Marforio.

Il n'était pas sorti de sa stupeur quand une voix se fit entendre à son oreille :

— Gardez-vous de rien dire, monseigneur : tout est pour le mieux !

C'était Colbertini qui, lui aussi, avait assisté au défilé, et qui, sans être moins surpris que Lorenzo, dissimulait davantage.

— Ah ! c'est vous ? répondit le prince avec un soupir d'allégement. Expliquez-moi cette vision : les cadavres de cette nuit?

— N'étaient point des cadavres, monseigneur ; je m'en suis apercu au dernier moment. Je n'ai pas abusé de la facilité qui m'était donnée pour me venger. J'aurais pu profiter du prétexte et faire enterrer dans l'état où je les trouvais mes anciens collègues.

— Quelle horreur !

— O prince ! en politique, on se tue souvent pour moins que cela et d'une façon plus cruelle. Mais j'ai réfléchi. S'il y a quelque sorcellerie, pourquoi ne l'aiderais-je pas à se montrer? Maître Marforio empiète sur les.droits de la Providence. Grand bien lui fasse ! ce n'est pas moi qui l'empêcherai, et je suis curieux de voir jusqu'où il ira.

Colbertini se frottait les mains avec une satisfaction mesquine, qui prouvait que, chez cet homme d'État, les passions ne s'élevaient jamais à des hauteurs impersonnelles.

— Ainsi, demanda Lorenzo stupéfait, ils sont bien vivants?

— Sans aucun doute, monseigneur, je leur ai parlé, et je vous atteste qu'ils n'ont rien de changé, je puis ajouter : malheureusement pour eux !

— C'est étrange ! murmura le prince héréditaire, que ce phénomène jetait dans des tourbillons, et qui ne savait que dire et que penser.

Colbertini s'inclina et se hâta de descendre l'escalier du palais. Il se croyait suffisamment dégagé du serment de discrétion. Il avait promis de ne pas révéler la mort des ministres ; mais il n'avait pas juré de taire l'état singulier dans lequel il les trouvait ; et pour faire germer sa vengeance, il n'était pas fâché de semer partout dans la ville l'annonce des prodiges accomplis par son successeur ; c'était à la fois donner une preuve apparente de générosité et créer des impossibilités futures pour le pauvre Marforio. Un ministre obligé de gouverner par des miracles continuels ne peut rester longtemps au pouvoir ; s'il n'est pas crucifié, il est bafoué. Et l'une et l'autre des deux alternatives plaisaient à Colbertini.

— Allons, dit enfin Lorenzo dès qu'il fut seul, ne réfléchissons pas ; vivons au milieu de ces sortiléges; ne discutons rien ! La raison est exposée à de grandes erreurs. Le cœur seul est infaillible. N'écoutons, ne suivons que mon cœur. O Marta ! dans cet océan de doutes où me jettent des événements si bizarres, si inexplicables, tu es mon phare de salut, mon étoile !

Et après cette invocation, qui résumait et complétait toujours les diverses opérations de son esprit, Lorenzo voulut se donner le spectacle complet des ministres ressuscités; il aimait mieux les appeler ainsi, croyant plutôt au miracle de la résurrection qu'à celui de la vie sans cervelle. On riait, on parlait à haute voix dans les appartements de Bonifacio. Quand Lorenzo entra, Marforio était dans les bras de son souverain ; et comme ces deux obésités ne pouvaient pas facilement s'étreindre, elles se rapprochaient par le haut du corps, en s'éloignant par la base.

— Viens, mon fils, dit l'excellent prince ; salue dans ton père le monarque le plus heureux de l'Italie, et dans ton beau-père le savant le plus infaillible.

Lorenzo eut un frisson en pensant à Colbertini et à l'idée d'enterrer les ministres.

Ceux-ci, un peu abasourdis de l'étonnement dont ils étaient l'objet, comprenant à grand'peine ce qui s'était passé et ce qu'on s'obstinait à leur raconter, ne sachant pas s'ils devaient se fâcher ou se réjouir, étaient là, béats et béants, tournant de temps en temps la tête pour s'assurer qu'elle était bien fermée.

Le ministre de la guerre, moins calme que les autres, se secouait un peu.

— Ce n'est rien, ce n'est rien, lui disait Marforio pour le rassurer. Il sera entré un peu d'eau dans le crâne; je m'y prendrai mieux demain.

— Colbertini leur avait tâté le pouls, ajouta le docteur à demi-voix, en marchant vers Lorenzo. Chut! ne parlez pas de nos terreurs, ils s'en épouvanteraient.

Et se redressant, comme s'il n'eût pas craint de se heurter au firmament, Marforio exhalait un orgueil, resplendissait d'une joie qui échappent à toute analyse. Bonifacio cherchait des formules, des exclamations.

— O renversement de toutes les lois humaines! ô glorieuse usurpation des droits de la Providence! Marforio, mon ami, je t'autorise à te laisser tutoyer par moi; tu es plus que mon ministre, tu es mon ombre, mon satellite, mon *alter ego*, le surintendant de ma cervelle. Je vais créer tout exprès un ordre, une décoration, et tu en seras le premier, le seul décoré. Je veux que les populations de ma principauté se ressentent de l'heureux événement qui vient de s'accomplir. Qu'elles me demandent ce qu'elles voudront et je le leur donne immédiatement. Si une constitution peut leur faire plaisir, je leur en donne une ou deux de plus. Je veux être prodigue, pour signaler un phénomène si étourdissant. Mon bon Marforio, tu m'ouvriras le crâne quand tu le voudras, et celui de Lorenzo.

— Mon père, je n'ai pas d'ambition, dit Lorenzo, qui ne se souciait que médiocrement de mieux dormir et qui tenait trop à ses rêveries pour ne pas tenir également à ses rêves.

— A l'âge de Lorenzo et quand on est amoureux, répliqua d'un petit air miséricordieux le bon Marforio, on ne songe guère à économiser la vie et le repos. Plus tard, il y songera.

Les ministres écoutaient ce débordement d'expansion de leur souverain et de leur collègue, sans s'y mêler autrement que par un faible sourire. Ils n'avaient pas une conviction bien assise ; et, je le répète, ils passaient avec des petits gestes furtifs et inquiets leurs doigts autour du front, pour s'assurer que la fermeture était hermétique.

— Oh ! c'est solide, disait Marforio.

— Vous vous rappelez, n'est-ce pas, nos conversations d'hier ? demandait Bonifacio, pour s'assurer que la mémoire n'avait pas changé.

Et les complaisants ministres, répondant aussitôt, répétaient, dans les mêmes termes, les opinions qu'ils avaient exprimées la veille.

— C'est merveilleux! merveilleux! ne cessait de dire Bonifacio.

— Est-ce que cela recommencera tous les soirs? demanda le ministre de la guerre.

— Certainement, reprit Marforio, vous en trouvez-vous mal?

— Jusqu'à présent, non ; j'ai dormi comme à quinze ans, mais j'ai quelque léger embarras.

— Oui, oui, je sais, un peu d'eau! ce n'est rien... Une première fois, vous comprenez, on ne prend pas toutes les précautions.

Cette remarque judicieuse fit trembler tout le ministère. En effet, on ne prend pas bien ses précautions une première fois, et ils auraient pu courir des risques autrement sérieux.

En somme, le système du docteur fut jugé, acclamé. Il y eut fête au palais, mais une fête dont on ne voulut pas dire trop haut le motif. Marforio craignait les contrefacteurs maladroits, et il eût été dangereux de mettre à la portée du premier venu un moyen d'endormir qui fournissait en même temps le meilleur moyen d'empêcher le réveil.

On but à la santé des ministres. Ceux-ci, ménageant leur cerveau et excitant leur cervelet, tinrent tête à l'ovation. Je vous fais grâce des plaisanteries qui égayèrent le repas. Marforio fut étouffé d'embrassements. Il n'est pas jusqu'à Lorenzo qui, contraint de se rendre à l'évidence, n'eût son petit mot louangeur et son grain d'encens.

Colbertini, qui n'avait pas de raison d'être discret, était allé colporter partout la nouvelle de ce prodigieux événement. Le soir, tout le monde sut que Marforio avait dérobé les secrets de Dieu. Une manifestation populaire, qui tourna à l'honneur de la science, fut immédiatement organisée. Le parti des jeunes, irrité de longue date contre Colbertini, fut enchanté d'exalter son successeur. D'ailleurs, il y avait, au premier aspect, dans l'application de la science et de la physiologie au gouvernement des États, la réalisation d'une grande idée. Ce n'était plus l'influence du nom, la prépondérance de la fortune qui décidaient de l'aptitude aux affaires, c'était la science, dans son expression la plus élevée. Et quelle science ! celle qui touchait à l'instrument de l'intelligence lui-même, qui en modifiait les ressorts, qui prenait en pitié les fatigues, les consomptions de l'esprit.

Quelques bonnes gens, habitués, par suite de leur costume, à voir tout en noir, hochèrent la tête et crièrent au matérialisme. On les laissa crier; mais on opposa ce miracle au miracle de saint Janvier. Personne ne douta de la possibilité de déplacer les cervelles. Le fameux parti des jeunes décida que l'invraisemblable était le vrai; que le progrès se manifestait par des coups pareils; qu'il n'y avait pas

7.

lieu de douter ; et, je le répète, personne ne douta. On poussa le fanatisme jusqu'à déclarer que les ministres avaient bien mérité de la patrie.

Des poëtes composèrent des cantates sans être payés, ce qui ne se voit qu'en Italie. Des chanteurs les chantèrent sans y être contraints. Ce fut un beau jour pour les États de Bonifacio XXIII.

Qui sait à quelle autorité morale Marforio aurait pu prétendre, s'il eût pu consentir à ne point avoir d'autorité positive ! Un homme qui avait fait une si grande révolution dans la physiologie et donné une si furieuse entorse à la routine pouvait découvrir, avec un peu d'effort, la navigation aérienne et le moyen d'aborder dans la lune. Mais les délices de Capoue attendaient Marforio, et le progrès ne fut pas accéléré dans sa marche, autant qu'on aurait pu l'espérer ou le craindre.

L'union du jeune Lorenzo et de la belle Marta était une conséquence si naturelle de la pleine réussite du fameux système, qu'il n'y eut plus qu'à commander les cierges et les violons. Bonifacio tenait beaucoup plus à l'existence qu'à la naissance. Il ne craignait pas d'humilier ses aïeux en bénissant dans sa bru la fille d'un académicien. Il pensa que cette mésalliance serait agréable à son peuple.

Je dois avouer qu'elle ne lui fut pas désagréable, car il n'y songea que tout juste assez pour voir passer le cortége et admirer la grâce et l'éclatante jeunesse des époux. Les ministres à cervelle mobile furent l'objet de l'examen, de l'attention publique. On ne se lassait pas de leur trouver bon air, bonne façon; ils causaient comme des personnes naturelles ; les gens à imagination vive prétendaient même qu'ils avaient acquis de l'esprit. Mais Marforio lui-même n'allait pas si loin dans son enthousiasme.

— A moins, disait-il, que l'eau pure n'ait des qualités qu'on n'a pas encore soupçonnées ! Car il est impossible que ces messieurs acquièrent, en réfléchissant moins, des vertus spirituelles qui leur ont toujours fait défaut, quand ils avaient, nuit et jour, le libre exercice de leurs facultés.

Trois jours après les noces de l'héritier présomptif, Bonifacio XXIII, qui voyait que ses ministres engraissaient, rajeunissaient et n'éprouvaient aucun ennui, consentit à confier son auguste front au bistouri du docteur.

— Surtout, lui dit-il, avant d'avaler le narcotique nécessaire, ne sois pas trop ému; oublie la dignité de mon front, et dis-toi bien que ton souverain n'est plus que ton sujet.

Marforio n'était pas ému. Il scalpait avec une dextérité incroyable; la cervelle de Son Altesse alla dans l'eau comme les autres ; la seule distinction que le docteur lui accorda fut un vase un peu plus orné que les autres ; mais pour la dimension, la couleur, la pesanteur, la cervelle de Bonifacio XXIII n'avait absolument rien qui pût la faire trouver différente de celle du premier crâne venu.

— O égalité! dit Marforio en voyant baigner dans l'eau l'instrument des pensées de son prince.

Le lendemain de son premier sommeil, Bonifacio fut ravi et se promena dans sa capitale, pour bien montrer à ses sujets qu'il était un illustre exemple de la supériorité du système de son premier ministre et qu'il ne reculait devant rien pour encourager les sciences, accélérer le progrès et ajouter aux éléments de bonheur et de civilisation de la principauté.

Mais sur ce dernier point le doute commençait à naître; et le parti des jeunes, perfidement excité par Colbertini, qui en était devenu l'âme, après en avoir été pendant si longtemps la terreur et la bête noire, le parti des jeunes commençait à murmurer et à se demander si de toutes les utopies celles de la science n'étaient pas les plus vaines, et s'il y avait d'autres moyens empiriques de faire le bonheur des peuples que de les laisser libres et de les aimer avec intelligence.

Je vais vous montrer par quelles manœuvres Colbertini voulait prendre sa revanche et faire expier à Marforio sa gloire et son ambition.

VIII

OU L'ON DÉMONTRE QUE LES PLUS GRANDS SAVANTS NE
PEUVENT PAS TOUT PRÉVOIR

Les ministres de Bonifacio et Bonifacio lui-même se trouvaient fort bien de l'opération subie; ils s'éveillaient sans fatigue ; à peine si quelquefois un petit peu d'air s'infiltrant dans le crâne mal fermé les faisait souvenir de leur fêlure. Marforio prenait les plus grandes précautions pour qu'il ne restât pas une goutte d'eau dans les interstices de la masse cérébrale; la salle du Trésor était un sanctuaire qui préservait admirablement les bocaux sacrés; personne, excepté Colbertini, n'avait de clef de cette retraite. Nous verrons que l'exception était fâcheuse et combien Lorenzo eut à se repentir de n'avoir pas réclamé cette clef, lors de sa rencontre avec l'ancien premier ministre..

Un jour, un véritable et sérieux danger menaça le gouvernement : un chat fut subrepticement introduit dans le palais, et fut trouvé miaulant et grattant à la porte de la salle du Trésor. Marforio frémit en songeant au péril que les augustes cervelles auraient pu courir. Des précautions furent prises en conséquence, sans qu'il fût possible d'en expliquer le motif. Les passions mauvaises n'auraient pas manqué de profiter du renseignement ; et le régicide, mis à la portée des chats, serait devenu un instrument d'opposition formidable.

On se contenta de charger la police de distribuer des boulettes malsaines dans tous les coins du palais, et l'on fit griller les fenêtres de la salle du Trésor.

Ces dangers violents n'étaient pas, au surplus, le seul ni le plus grand inconvénient du système ; on ne tarda pas à constater le singulier phénomène que voici :

Le cerveau, interrompant brusquement le petit travail de la réflexion par une mort apparente de quelques heures, revenait, en reprenant ses fonctions, au point de départ de la veille. La mémoire ne souffrait pas de cette interruption violente ; mais la mémoire seule lui survivait, la mémoire stérile, sans acquisition nouvelle. On s'aperçut (quand je dis *on*, je pense à Lorenzo comme observateur bienveillant, et à Colbertini comme espion), on s'aperçut peu à peu que les ministres et le prince en gagnant du repos avaient perdu ce privilége commun à tous et qui fait découvrir instantanément au réveil l'idée vainement cherchée avant la nuit.

Marforio avait supprimé la fatigue, cela était incontestable ; mais il avait aussi supprimé le travail.

Le ministre de l'instruction publique était, au jour où il subit l'opération, en train de rédiger une circulaire à ses administrés, pour leur recommander un abécédaire qui venait d'être publié, après quinze années de préparation, par une académie du voisinage. L'infortuné ministre s'était arrêté, avant d'aller souper, à une phrase très-difficile, dans laquelle il cherchait à expliquer ce qu'il n'avait jamais bien su, l'utilité de la lecture. Quand le lendemain Son Excellence, reposée, calmée, rafraîchie, voulut continuer sa phrase, il lui fut impossible de trouver autre chose que ce qui était déjà. Il s'était fait un temps d'arrêt dans son intelligence.

Cette circulation incessante de la séve intellectuelle qui accumule dans le sommeil les forces que l'activité dépensera dans le réveil était interrompue et ne pouvait plus se rétablir. Il recommençait tous les jours la même besogne et tous les jours il la quittait de la même façon, au même endroit, avec le même mot.

Le ministre de la guerre donna un exemple tout pareil. Il examinait, pour en donter la musique de l'armée, un système de mirliton fort ingénieux ; mais l'intraitable ministre n'avait voulu autoriser cet instrument qu'après avoir appris à en jouer lui-même ; il paraît même qu'il avait fait jusque-là des progrès assez rapides. Après l'opération en question, il s'obstina à chantonner le même refrain, sans pouvoir en sortir.

Les autres ministres et Bonifacio XXIII éprouvèrent le même effet de cette lacune volontaire qu'ils creusaient dans leur existence morale. Le plus petit effort de l'esprit leur devenait inutile ; on les eût dits attachés à une œuvre de Pénélope ; toutes les nuits un lutin défaisait le dessin tracé le jour, et il fallait le recommencer.

Lorenzo, inquiet de ce résultat, demanda un remède à Marforio. Mais son beau-père se mit à rire ; il s'était déclaré infaillible, et la meilleure preuve qu'il pût donner de son infaillibilité, c'était de ne pas consentir à reconnaître une erreur.

— De quoi te mêles-tu, jeune homme? dit-il à son gendre. Ai-je jamais prétendu qu'ils auraient tous plus d'esprit après l'opération qu'ils n'en avaient auparavant? Ils étaient bêtes, ils le sont restés. Le respect m'empêche de te dire que ton père n'était guère plus fort. Trouve-moi un homme d'esprit qui consente à se laisser opérer, et s'il devient stupide, ton objection aura de la valeur.

Cette réponse était péremptoire. Où trouver en

effet un homme d'esprit qui consentît à se laisser manier la cervelle?

L'héritier présomptif, qui n'avait jamais eu d'enthousiasme pour l'utopie de son beau-père, croyait de son devoir de garder le secret le plus absolu sur les observations critiques auxquelles il se livrait, et de veiller en même temps à ce que l'insuffisance des hommes du gouvernement ne transpirât pas trop au dehors. Il assistait aux rares séances du conseil ; s'il y avait un décret à rendre, une mesure à prendre, il s'efforçait d'enlever une décision aux tâtonnements des ministres et du souverain.

Le public ne se fût jamais aperçu de l'immobilité intellectuelle qui résultait du fameux système, si Colbertini n'avait pris soin de la faire remarquer au parti des jeunes, et de s'en étonner et de s'en indigner tout haut. La foule, qui voyait la mine florissante de Bonifacio et qui ne se sentait pas plus gênée dans ses allures qu'auparavant, admirait l'adresse de Marforio et ne réclamait rien.

Peu lui importait cette paralysie organisée ; on n'augmentait pas les impôts : et si on ne faisait rien pour elle, on ne lui demandait rien. Mais vous savez que l'opinion publique ne se manifesterait jamais avec force, s'il n'y avait pas des gens de précaution pour l'éveiller, la mettre sur la route des protestations, et pour lui trouver un mot d'ordre, une formule. C'était précisément là la mission du parti des jeunes. Il allait stimuler l'apathie des habitants, et leur démontrait qu'au lieu de se trouver heureux, ils devaient se croire très-malheureux, puisqu'ils étaient très-mal administrés.

Cette propagande utile fut un peu lente à agir, et peut-être n'eût-elle jamais abouti, sans un singulier renfort qui lui vint de France dans la personne d'un cabaretier. Il s'établit une hôtellerie nouvelle, dont les vins et la bonne chère, en accélérant la vie dans les jeunes cervelles, donnèrent plus d'accent et plus de feu aux remontrances. La mauvaise humeur que l'on conçut contre les anciens restaurants monta jusqu'au pouvoir.

Il est de la fatalité des gouvernements absolus (fussent-ils paternels, comme croyait l'être le gouvernement de Bonifacio XXIII) d'être responsables de tout, du mauvais temps et des épidémies, comme de la misère et des souffrances morales. Visant au rôle de la Providence, ils en assument les charges, en voulant en recueillir les profits. N'excitant pas, n'encourageant pas l'initiative individuelle, ils sont comptables envers chaque individu de sa part d'activité et de son libre arbitre. Il est injuste, selon les lois éternelles, de leur en vouloir de la grêle, de la pluie, de la peste ; mais il est logique de leur demander raison du peu de secours moral ou matériel que chacun trouve en soi pour résister au fléau ou s'en consoler.

Je vous demande pardon de cette petite boutade un peu solennelle pour l'histoire de la principauté en question. Mais l'histoire a des principes immuables, et c'est surtout dans un conte qu'il faut les invoquer.

Le parti des jeunes faisait donc de superbes dîners et d'éloquentes protestations. Il fulminait contre l'engourdissement séculaire du pays, et parlait avec irrévérence du fameux système de Marforio qu'il avait d'abord acclamé, et des têtes fêlées du ministère dont il se moquait. Les murs étaient couverts de caricatures où l'opération des cervelles était commentée et traitée de la belle manière.

Je vous laisse à juger si Lorenzo était triste de cette opposition qui grossissait de jour en jour. Accordons-lui cette justice, que son mariage ne l'avait pas rendu égoïste. Retiré dans un coin du palais paternel, il vivait dans une extase quotidienne, et il ne s'interrompait de répéter à Marta les plus doux noms et les plus doux vers qu'il pût imaginer, que pour la serrer tendrement sur son cœur, en bénissant Dieu de l'avoir béni. Mais une douleur aiguë se mêlait à cette ivresse. Lorenzo pensait parfois que son bonheur était la récompense et le résultat des utopies de Marforio, et il craignait toujours quelque catastrophe. Aussi, bien qu'il n'eût pas le moindre goût pour le pouvoir, et surtout pour un pouvoir impuissant et ridicule, il essayait, comme je l'ai dit plus haut, de s'occuper un peu des affaires dont personne ne s'occupait, et chaque soir, avec Marta, qui n'était pas de mauvais conseil, il causait à la belle étoile, sur une terrasse du château, du malheur irréparable d'être l'héritier présomptif d'une révolution imminente.

Son brave homme de père et de souverain se trouvait le plus heureux des monarques, et éprouvait un contentement inouï quand Marforio lui avait remis le matin sa cervelle en place. Lorenzo essayait vainement de faire entrer une idée ou l'ombre d'une idée dans cette pauvre tête. L'intelligence, qui reprenait chaque jour son mouvement, son tic-tac, comme un moulin arrêté pendant la nuit, n'avait plus d'élan, plus de force; elle n'avait plus ce mystérieux travail de la nuit qui est peut-être le seul véritable, le seul profitable. Lorenzo reconnaissait que le sommeil n'est pas le réparateur, mais l'initiateur solennel et tout-puissant, et il conjurait Marforio et les têtes fêlées de vouloir bien renoncer au bain d'eau froide. Mais le savant ne voulait pas en démordre, et les sujets de l'expérience s'accommodaient trop bien de l'inactivité pour y renoncer.

Un jour l'opposition en corps sollicita une audience de Bonifacio XXIII, et vint lui exposer respectueusement ses griefs. Le prince reçut avec le plus charmant sourire la députation; il était entouré de ses ministres, et jamais la béatitude n'eut des représentants plus frais, plus roses, plus convaincus.

Bonifacio ne comprit pas un mot de tout ce qu'on lui débita ; il prit avec son inaltérable bonne humeur la pancarte qu'on lui tendit et qui, rédigée dans la fameuse hôtellerie française dont j'ai parlé plus haut, avait, d'un côté, le menu du dernier dîner de l'opposition, et, de l'autre, les demandes les plus urgentes du parti des jeunes.

L'éclairage, le balayage des rues, la mise en vigueur d'une constitution un peu délaissée, quelques idées de réforme aussi simples que modérées, formaient tout le programme. Bonifacio promit d'en délibérer en conseil, et, en effet, il en délibéra ; mais, par une erreur bien excusable, il avait pris la pancarte du mauvais côté, et ce fut sur le menu du dîner qu'il disserta congrûment avec ses ministres, sans pouvoir tomber d'accord. Je dois ajouter que Marforio n'assistait jamais au conseil. Il avait trop de choses à étudier pour cela, et Lorenzo, espérant que des griefs aussi plausibles et aussi faciles à satisfaire pouvaient être discutés même par des cerveaux fêlés, voulant d'ailleurs s'assurer une dernière fois de ce qu'il y avait à attendre de son père et de ses ministres, s'abstint de cette délibération.

Le lendemain et les jours suivants, la députation se représenta ; on la reçut avec le même sourire, on lui fit dans les mêmes termes les mêmes promesses, on recommença les mêmes délibérations, pour arriver au même néant. C'en était fait ; l'opposition se disposa à agir énergiquement, et Lorenzo comprit que, s'il n'intervenait pas, la couronne de son père était menacée.

Le jeune prince ne tenait guère au pouvoir pour le pouvoir; mais s'il avait des goûts modestes, il avait aussi le sentiment d'un double devoir; comme héritier présomptif et comme fils, il devait défendre les droits de Bonifacio. Il eût été bien heureux, l'innocent troubadour, de quitter le palais en serrant sous son bras le bras charmant de Marta et d'aller avec sa douce compagne oublier, dans quelque poétique retraite, la méchanceté des gouvernés et la sottise des gouvernants. Il ne connaissait pas cette formule que les philosophes de la romance n'avaient pas encore inventée : *Une chaumière et un cœur*, mais il en avait le sentiment, je devrais dire le *pressentiment*.

Ah! si, par un miracle dont il eût été reconnaissant envers Marforio, la principauté avait pu s'évanouir dans l'air, comme s'évanouissent les châteaux des fées; s'il avait pu se retrouver seul, avec sa chère Marta, sous les ombres de quelque retraite comme celles que l'Arioste a dépeintes, quelle vie poétique! quel madrigal en duo! Mais son rêve devait demeurer blotti dans son âme, comme un papillon qui n'a pas de fleurs; et il lui fallait s'occuper de ces personnages grotesques, Marforio et les ministres, sans oublier que son auguste père ne se séparait pas assez dans son esprit des caricatures de son entourage.

Lorenzo eut une conférence avec le chef du parti des jeunes. Il promit d'user de toute son influence pour que les espérances de progrès ne fussent pas toujours déçues ; il s'engagea, au nom du gouvernement, à produire quelque chose de nouveau qui satisferait la curiosité publique et qui ne tromperait pas l'attente des patriotes.

Lorenzo sentait la témérité de ses engagements ; mais depuis le jour fatal où, n'écoutant que son amour, il avait introduit Marforio chez son père, il se disait solidaire du bien et du mal qui se commettaient dans la principauté ; d'un autre côté, si peu prince qu'il voulût être, il l'était encore trop pour ne pas tomber dans le défaut des princes et pour ne pas promettre plus qu'il n'osait et qu'il pouvait tenir.

Un événement extraordinaire sembla le tirer d'inquiétude et donner ample satisfaction au parti des jeunes.

Marforio venait tous les matins très-ponctuellement visiter les bocaux confiés à ses soins, en retirer le mieux qu'il pouvait les cervelles de Son Altesse et de Leurs Excellences, et les replacer toutes dans leurs boîtes respectives. C'était la seule occasion qu'il voulût conserver de fréquenter ses collègues.

Un jour, le docteur s'était acquitté de sa tâche avec l'attention accoutumée, et après avoir hermétiquement fermé les têtes des éminents fonctionnaires dont il réglait les mouvements intellectuels, il était rentré dans son laboratoire pour continuer une série d'expériences fort curieuses, quand Lorenzo, essoufflé, courut après lui et vint frapper à sa porte.

— Eh bien ! qu'y a-t-il encore ? demanda le savant, surpris de l'émotion de son gendre.

— Oh ! rassurez-vous, murmura Lorenzo naïvement, Marta n'est pas malade.

Le pauvre prince s'imaginait que le premier cri du père était pour sa fille ; il oubliait que le père était un savant.

— Il ne s'agit pas de ma fille. Est-ce qu'on aurait voulu encore enterrer mes sujets ?

— Non, répliqua Lorenzo ; mais êtes-vous bien sûr, docteur, de ne pas vous être trompé ce matin en remettant chaque cerveau dans sa boîte ?

— Très-sûr ; les précautions que je prends me garantissent contre toute surprise.

— Alors il se passe un phénomène inexplicable et que je vous conjure de venir voir. Les ministres ont des idées toutes nouvelles, des goûts différents de leurs goûts habituels.

— C'est tout simple, interrompit Marforio, rougissant d'orgueil, le progrès est accompli. Vous doutiez de la rénovation de l'intelligence ; je savais bien, moi, qu'à un moment donné, l'instrument reposé aurait des accents différents de ceux qu'il rendait autrefois.

— Il n'est pas possible, docteur, qu'une flûte,

parce qu'elle aura dormi quinze jours, vous joue des airs de violon !

— Ouais ! Vous devenez railleur, mon gendre ! Il vous sied bien de vous moquer de ce que vous ne comprenez pas !

— Oh ! je ne me moque pas, je vous jure, j'ai trop peur, dit Lorenzo.

— Peur de quoi !

— Peur de cette activité qui succède à cette atonie.

— Bah ! je vous démontrerai que tout cela est logique.

Lorenzo secoua la tête et revint au palais avec Marforio.

Il se passait en effet une scène fort étrange et que toute la science du docteur allait peut-être se trouver impuissante à expliquer.

IX

OÙ LES MINISTRES COMMENCENT A TRAVAILLER

Quand j'ai parlé des sinécures constituées au profit de chaque ministre de Bonifacio, je n'ai pas exagéré ; mais il est bien évident que cette inaction n'empêchait pas qu'il y eût une organisation, des bureaux, des employés, du papier et des plumes et que chaque ministre eût à recevoir les compliments de ses subordonnés au jour de l'an, et à leur donner des semonces, de temps en temps, pour faire croire à un travail. Bonifacio n'eût pas demandé mieux, cela ressort assez de ce récit, que de congédier tous les ministres et tous les employés du ministère. L'équilibre du budget était un idéal insuffisant pour lui. Il en poursuivait la légèreté absolue, la volatilisation, en quelque sorte. Mais, si disposé qu'il fût aux économies et à la simplification du pouvoir, le prince était contraint à un décorum officiel envers ses voisins. Le respect humain, je devrais dire le respect *souverain*, l'obligeait à des complications dispendieuses dont il gémissait.

C'est une des particularités de l'Italie, que chaque État peut y aspirer individuellement à la liberté, mais ne peut s'affranchir de l'obligation de rendre des comptes à la curiosité du voisin. La terre où fleurit l'oranger est contrainte à l'humiliation de mettre ses fleurs sous le nez des étrangers pour que ceux-ci règlent leur bonne humeur sur le plus ou moins de parfum qui s'exhale. On n'a jamais su pourquoi, mais ce pays des fées est continuellement exposé aux accidents qui poursuivent les princes charmants dans les féeries ; quand il veut s'asseoir, quatre ou cinq bras tiraillent son siége sous le prétexte de s'assurer de sa solidité. Veut-il manger ; avant qu'il ait porté un morceau à ses lèvres, quatre ou cinq bras se lèvent et retiennent la bouchée, sous le prétexte que l'Europe est intéressée à la bonne digestion du convive. C'est sans doute pour que l'Italie soit maîtresse chez elle qu'il s'est formé des sociétés de charbonniers. On sait que le charbonnier n'aime pas en général qu'on commande chez lui.

Du temps de Bonifacio XXIII, les charbonniers n'avaient pas encore noirci l'horizon ; mais la curiosité des voisins était déjà excessive, et c'était déjà pour la satisfaire que le père de Lorenzo gardait ses ministres. On l'eût contraint par la violence à faire comme les autres petits potentats du voisinage et à avoir des ministres allemands, s'il n'en avait pas eu d'italiens. Les formes et les formules, voilà un des grands principes de l'équilibre européen ! Bridoison y entendait quelque chose. Quant au sentiment, il n'a jamais rien à voir. Bonifacio pouvait tailler, rogner, scalper les ministres et les sujets ; mais il devait avoir des miniatres. C'était déjà bien assez qu'on lui passât sa jovialité, sa tolérance de bonne humeur. Depuis longtemps on l'eût contraint à la tristesse, si un judicieux prélat, en tournée diplomatique dans la principauté, n'avait fait remarquer que la bonhomie de Bonifacio, au lieu de profiter à la liberté, comme on le craignait, faisait les affaires de la licence, ce qui était bien différent.

En effet, la liberté, parmi tous ses inconvénients, a celui d'être d'un fâcheux exemple ; elle ne justifie pas non plus toujours une intervention. La licence, au contraire, a cela d'avantageux qu'elle met les États de celui qui en est atteint à la disposition du premier redresseur de torts du voisinage, en goût de conquête. Les qualités aimables de Bonifacio n'effarouchaient donc pas les tyrans du voisinage; l'ordre par le travail, l'activité par la liberté les eussent mis dans d'autres dispositions à son égard.

Je ne m'étends sur ces considérations qui retardent le dénoûment de mon histoire que pour faire comprendre comment Bonifacio, obligé d'avoir des ministres, avait par conséquent des employés de ministères, et comment ces derniers furent très-surpris un certain jour du changement qui s'était opéré dans les idées de chacun de leurs ministres.

Le ministre de la guerre, qui commençait tous les matins ses prétendus travaux par des études sur le fameux modèle de mirliton, demanda ce jour-là pourquoi les *abécédaires* n'étaient pas distribués. Il y eut une stupéfaction profonde dans les bureaux. Distribuer des abécédaires à l'armée ! Vouloir que les soldats sussent lire, et probablement écrire. Quelle innovation ! Quel progrès ! Créer des baïonnettes intelligentes ! quelle idée hardie, mais imprudente !

Un quart d'heure après, le bruit s'était répandu dans la ville que le gros ministre de la guerre cachait un esprit fort alerte dans son épaisse enveloppe et qu'il déployait une prodigieuse activité.

Un phénomène en sens inverse, mais également extraordinaire avait lieu au ministère de l'instruction publique. Le ministre était entré en fredonnant des couplets galants, qui constituaient l'air national de la principauté, et s'était informé auprès des inspecteurs de l'état des mirlitons. Là il n'était plus question d'abécédaires, mais de ces curieux instruments à pelure d'oignon qui devaient donner une musique agréable et économique à la principauté.

Les employés se regardaient en ouvrant des yeux

démesurés; ils pensèrent que la musique allait prendre sans doute dans le programme de l'éducation une importance méconnue jusque-là, et un chef zélé expédia tout aussitôt une circulaire aux écoles de la principauté pour recommander l'étude du mirliton avant toutes choses, la volonté de Son Excellence étant expresse à cet égard.

Le ministre de la justice ne parlait que de sommes à toucher, ce qui alarma et scandalisa d'abord un peu ses employés, lesquels eurent la crainte que la vénalité du ministre ne se décelât par ces propos financiers. Mais ils finirent par penser qu'il s'agissait plutôt d'augmenter leurs appointements, et cette nouvelle manière d'envisager la question changea en enthousiasme les premières défiances. Encore un ministre dont les dispositions furent publiées, commentées, et, quand on le pouvait, énergiquement prônées!

Le ministre des finances, lui, si attristé d'ordinaire par le problème insoluble de son budget, se trouva d'une gaieté charmante. Il fit venir son trésorier et lui parla pendant une heure, le rire sur les lèvres, de corde, de pendaison, de prison, de gendarme; si bien que le trésorier s'imagina qu'on allait faire rendre gorge à tous les détenteurs de deniers, aux financiers qui profitaient de la détresse du prince et des embarras du peuple, et que ce bruit répandu rapidement, s'il fit pâlir quelques traitants, suscita dans la foule une explosion de bravos.

Le parti des jeunes, qui était bien jeune, se laissa prendre à ces rumeurs.

— Enfin ! disait-il, voilà le gouvernement qui va marcher ; ce n'est pas sans peine ! Comme l'opposition atteint toujours son but ! Décidément Marforio est un grand savant !

Lorenzo ne fut pas le dernier à entendre parler des résolutions toutes nouvelles des ministres de son père. Il alla trouver celui-ci. Bonifacio était, comme d'habitude, frais, rose, souriant, assis près d'une fenêtre, occupé à regarder des petits poissons rouges s'ébattre dans l'eau. Par une affinité singulière et qu'il ne s'expliquait pas, depuis quelque temps il s'était pris d'une belle passion pour l'eau claire et pour les bocaux.

Lorenzo interrogea ; mais le prince ignorait tout. Un conseil des ministres fut immédiatement convoqué. Les Excellences arrivèrent avec une allure qui ressemblait à l'ivresse. Elles sautillaient et secouaient toutes la tête, comme si, avec la cervelle, on eût enfermé une ruche dans chacun des crânes.

— Eh bien ! qu'y a-t-il ? demanda Bonifacio ; vous avez des façons singulières aujourd'hui, mes chers amis ; calmez-vous et causons.

Lorenzo, par faveur spéciale, était souvent admis à l'honneur d'assister au conseil. Tous les ministres prirent alors la parole à la fois, et la confusion la plus étrange, la plus comique, en même temps que la plus effrayante, signala cette conférence. Le ministre de la guerre croyait administrer l'instruction publique, le ministre de l'instruction publique parlait de la guerre, le ministre des finances ne voulait entendre parler que de la justice, et le ministre de la justice cherchait querelle à Bonifacio pour ses dépenses de table.

Non-seulement les rôles semblaient intervertis et les personnalités paraissaient changées, mais chacun des ministres n'avait pas tellement abdiqué son ancien caractère qu'il ne restât quelque chose, soit dans le geste, soit dans les allures, soit dans les paroles, de son état primitif; et ces restes d'habitude ajoutaient au désordre et à la cacophonie.

— Qu'est-ce qu'ils ont donc? se demandait Bonifacio, dont la placidité se maintenait avec peine au milieu de ce tohu-bohu.

— J'ai peur qu'il ne soit arrivé quelque chose pendant la nuit, disait Lorenzo, qui ne voulait pourtant pas trop alarmer son père sur les inconvénients du système de Marforio.

— J'ai envie de les destituer tous, reprenait Son Altesse. Ils m'ennuient avec leurs bourdonnements et leurs façons d'empiéter sur les devoirs les uns des autres.

— Attendez, mon père, jusqu'à l'arrivée du docteur; lui seul peut expliquer et guérir la fièvre qui les agite.

Nous savons comment Lorenzo, plus ému qu'il ne l'avait laissé croire à son père, alla chercher Marforio; comment celui-ci le suivit en raillant les terreurs du jeune prince; mais nous devons ajouter que le savant lui-même fut un peu abasourdi du tumulte au milieu duquel il tomba.

Les ministres piétinaient en se promenant et ne tarissaient pas; c'était un flux de paroles qui grossissait toujours, comme ces horloges dont le ressort se brise et dont on entend le mouvement se dérouler avec bruit; toutes ces cervelles détraquées avaient un mouvement rapide, bruyant, qui finissait par se communiquer au corps. Les figures étaient pourpres; la sueur perlait sur tous les fronts. Évidemment la folie marquait et prenait ses victimes.

Marforio, en dépit de sa confiance, ressentit quelque crainte. Je dis qu'il eut peur, je ne dis pas qu'il ressentit l'ombre d'un remords. Il tâta le pouls aux différents ministres, essaya de comprendre quelque chose à leurs discours interminables et confondus.

— Quelqu'un est entré dans la salle du Trésor, dit-il enfin après avoir réfléchi.

— Personne, dit Bonifacio.

— Et moi, dit Lorenzo, je suis de l'avis du docteur, et je crois, en effet, qu'un imprudent et un traître a osé toucher aux bocaux.

— Si je savais son nom! s'écria Son Altesse.

Lorenzo, par prudence ou par un reste de pitié, n'osa pas livrer encore le nom de Colbertini.

— Qu'est-ce qu'on leur a fait? demanda Bonifacio sérieusement inquiet et en portant les deux mains à son front.

— Parbleu! on a changé les étiquettes et on m'a exposé à changer les cervelles de maîtres.

— Quelle horreur! s'écria le prince; et ce malheur pouvait m'arriver!

— Heureusement qu'il n'y avait personne contre qui l'on pût échanger la cervelle de Votre Altesse!

Cette réponse, que Bonifacio interpréta comme une flatterie, le calma un peu.

— Il faudrait aviser, dit-il.

— Sans doute, répliqua Marforio, quoique au fond, en y réfléchissant, je ne sois pas absolument fâché de l'expérience nouvelle qui m'est offerte.

— Hum! mon cher premier ministre, vous expérimentez trop.

— Laissez faire, monseigneur, il n'y a pas de danger. L'essentiel, n'est-ce pas, c'est qu'ils vivent.

— Sans doute.

— Eh bien! les gaillards m'ont l'air robuste.

— Oui, mais cette fièvre?

— Bah! quand ils parleraient un peu trop! ils gardent depuis tant d'années le silence.

— Sans doute, mais ce charivari?

— Bouchez-vous les oreilles. D'ailleurs, est-ce que Votre Altesse a l'habitude de les écouter?

— Je n'en sais rien; ils n'ont jamais rien dit. Mais comment ne pas les entendre? Et puis, que pensera le public?

— Ce que pensera le public! repartit Marforio, qui avait parfois des accès de pénétration. Il sera enchanté; il vous accusait de gouverner avec des muets; il ne pourra, certes, plus en dire autant. Le public prend le tumulte pour le travail, les paroles pour des faits; il n'aime au fond que le changement, et se soucie fort peu du progrès, pourvu qu'on lui renouvelle de temps en temps ses affiches, ses programmes. C'est un maniaque dont l'estomac ne peut manger qu'une nourriture, mais qui veut qu'on lui change fréquemment les assiettes.

— Hein! Lorenzo, dit le prince ravi de cette boutade, quel homme d'État que ton beau-père!

— Mais que prétendez-vous obtenir? demanda Lorenzo, qui n'était pas aussi prompt que son père à avoir confiance et à se distraire de son inquiétude.

— Je n'en sais rien, répliqua Marforio; mais j'augure bien. Si mon système allait prendre un développement auquel je n'avais pas songé d'abord! Le hasard est le grand initiateur, comme il est souvent le grand secret des triomphes. Est-ce que vous croyez qu'il me serait impossible de donner au même homme plusieurs intelligences à la fois? Du moment que la cervelle consent à n'avoir plus l'importance exclusive que les ignorants de savants lui attribuaient autrefois, pourquoi ne pourrait-elle pas, en voyageant à travers différents crânes, acquérir des idées? Ce sont là des conjectures, mais des conjectures qui reposent sur l'expérience.

— Je ne tiens pas, pour ma part, à apprendre quelque chose, dit Bonifacio.

— Mais, objecta Lorenzo, comment la cervelle, en occupant des places vides, peut-elle acquérir des idées?

— J'attendais cette remarque, dit Marforio. Mon cher, l'intelligence se modifie selon l'espace, l'air et la configuration de la boîte qui l'enferme. Le crâne est le cabinet d'étude, et tout le monde sait que, selon qu'on peut s'étendre, bâiller, se remuer à droite, à gauche, un cabinet vous inspire plus ou moins. Il y a d'ailleurs des habitudes du corps, des dispositions du cervelet qui influent à leur tour sur la cervelle.

— Mais s'ils allaient devenir fous? dit Lorenzo en montrant le ministère tout entier, qui chuchotait, s'agitait, se démenait, en parlant à tort et à travers.

— Il sera toujours temps de les calmer s'ils vont trop loin, dit Marforio.

— Ainsi, mon cher, demanda le prince, votre avis?...

— Mon avis est qu'ils sont bien comme cela, qu'il faut les laisser, que la Providence, en permettant cette confusion, m'a mis sans doute sur la trace d'une nouvelle découverte, et que j'aurai là une nouvelle occasion d'ajouter à la gloire de votre règne et au prestige de la principauté.

Lorenzo, voyant que son père allait consentir à prolonger cette dangereuse comédie, voulut intervenir; mais Bonifacio ne le laissa pas parler.

— Puisque l'expérience est commencée, autant vaut la laisser achever, dit-il. Mon bon Marforio, prends-y garde. Ne donne pas trop d'idées à mes ministres. Ils sont assez amusants dans cette ivresse qui les tient; mais ils font bien du bruit.

— Cela se calmera, répondit Marforio avec autorité, ils ne sont pas encore habitués à ce changement de cervelle.

Lorenzo s'était enfui. Le malheureux prince avait peur de perdre la tête.

— Ah! dans quel cabanon me faut-il vivre! murmurait-il en levant les bras au ciel. O Marta! se peut-il que l'amour le plus pur et le plus loyal ait eu des conséquences si odieuses et si grotesques!

Nous savons déjà que Lorenzo faisait du nom de Marta sa première et sa dernière invocation dans l'embarras; mais, fidèle aux sentiments qui l'avaient fait aspirer à la main de la fille du docteur, le plus délicat des princes et le plus malheureux des héri-

9

tiers présomptifs ne songeait point à regretter son amour. Il déplorait seulement que le bonheur de la principauté ne fût pas une conséquence de son bonheur intime, et que sa pastorale eût un si fâcheux dénoûment.

Il sentait bien d'ailleurs qu'il n'était pas au bout de ses épreuves. Marforio était infatigable et intraitable. Le docteur devait trouver toujours, même dans les échecs, la confirmation de son infaillibilité. Jusqu'où Lorenzo verrait-il descendre la majesté souveraine dans la personne de son père? Et c'était lui, lui seul, lui Lorenzo, qui avait voulu qu'on donnât le ministère à Marforio! C'était lui qui avait indirectement causé tout ce désordre! Il ne pouvait s'en prendre à personne; et il n'avait, hélas! personne sur qui il pût se venger. Pourtant, en y réfléchissant un peu, Lorenzo se dit que Colbertini, si c'était réellement lui qui avait changé les étiquettes des bocaux, avait une terrible responsabilité à assumer; et comme il fallait que quelqu'un payât pour tout le monde, et même pour Lorenzo, par une logique assez ordinaire de la vie et faite particulièrement pour l'usage des princes, il fut convenu que Colbertini recevrait un châtiment exemplaire.

Colbertini, qui avait été pendant plus de vingt-cinq ans ministre, n'ignorait pas la façon de raisonner des souverains; il avait prévu que Lorenzo, quoique parfait relativement, ne renoncerait pas au plaisir de lui faire expier les torts, c'est-à-dire les imprudences du château. En conséquence, après avoir joué à Marforio le tour que nous venons de voir, il s'était prudemment caché, et il avait mis en sûreté la fameuse clef de la salle du Trésor que l'héritier présomptif avait eu la maladresse de ne pas lui réclamer.

Je sais bien que Lorenzo aurait pu conseiller à son père de faire changer la serrure de la salle en question. Mais on ne s'avise jamais de tout, et si les princes étaient infaillibles, il n'y aurait jamais de dynastie en péril, de catastrophe, de révolution, de restauration, et le monde s'ennuierait bien.

Colbertini se réservait de se montrer au moment critique. Il espérait bien que les sortiléges de Marforio ne prévaudraient pas toujours contre la politique traditionnelle. Il avait rendu par ses intrigues le parti des jeunes fort exigeant, et il pensait que le ministère et Bonifacio lui-même ne résisteraient pas toujours aux exigences de cette opposition. Quant à l'opposition, Colbertini, en fait de nouveautés, pensait lui offrir les vieux programmes et la bercer des vieux contes d'autrefois, rajeunis pour l'occasion; d'ailleurs, rien ne calme et ne désarme un parti comme le triomphe, et on n'en a jamais vu un seul qui ait persisté dans l'inflexibilité de sa ligne, après avoir été admis à participer aux affaires.

Tel était le calcul de Colbertini. Pour manquer de grandeur et de générosité, il ne manquait pas de certaines chances ; mais, par une inexplicable illusion du pays, par un de ces mirages qui ravissent les peuples, par une de ces utopies qui dépassent toutes les probabilités, le piége tendu à Marforio servait à sa gloire, et le fameux bouleversement des cervelles déterminait une explosion d'espérance et d'enthousiasme dont Colbertini était stupéfait.

Les distinctions à établir entre le génie et la folie sont difficiles dans tous les temps, sous toutes les latitudes et avec tous les caractères ; mais dans une principauté comme celle de Bonifacio, elles étaient impossibles ; les termes de comparaison manquaient pour le génie, et ils étaient trop fréquents pour la folie : on n'y faisait plus attention. C'est pourquoi les extravagances du ministère, au lieu d'épouvanter le parti de la jeunesse, lui donnaient confiance. On ne parlait que des innovations, des améliorations introduites par les différents ministres.

Tous les soldats se promenaient, un cahier à la main, en épelant leurs lettres. Les factions, déjà si rares, étaient définitivement remplacées par des heures d'étude ; et quand les défenseurs de la patrie s'arrêtaient à la porte d'un cabaret, ce n'était que pour le plaisir, purement intellectuel, de déchiffrer l'enseigne.

Les professeurs de l'université (ai-je dit qu'il y avait une université ? Je ne le sais pas ; en tous cas, vous serez bien aise de l'apprendre), les professeurs de l'université se coiffaient sur l'oreille et prenaient des petits airs conquérants les plus belliqueux du monde. On ne rencontrait plus les étudiants que rangés par pelotons, et défilant avec des mirlitons gigantesques. Le mirliton était devenu l'instrument d'Apollon. Le ministre de l'instruction publique avait inventé un mirliton rayé dont l'éclat se faisait entendre à une très-grande distance.

Les financiers, depuis que leur ministre avait troqué sa cervelle contre celle du ministre de la justice, étaient encouragés à l'étude des lois, et cette disposition causait un grand émoi dans la population. Les uns prétendaient que les hommes d'argent trouveraient dans l'arsenal législatif des moyens d'augmenter leurs perfidies et leurs ressources; les autres, au contraire, assuraient que l'étude des lois était l'enseignement le plus moral et le plus utile. Mais ce débat était lui-même un symptôme de progrès; et si les usuriers avaient diminué, l'avantage eût été incontestable; mais c'était déjà beaucoup pour la réalité qu'on pût le contester.

Quant au ministre de la justice, il n'était préoccupé que de la question financière. Il ne voulait pas que les plaideurs payassent les épices, et il contraignait les avocats à indemniser leurs clients du temps qu'ils leur faisaient perdre, de l'ennui qu'ils leur causaient, et du mal qu'ils faisaient penser d'eux en en disant trop de bien. Le peuple applaudissait à ce système; mais les procureurs étaient furieux. Une excentricité fort bouffonne, et qui dépassait réellement le but, était celle-ci : toutes les fois qu'un magistrat dénonçait et poursuivait un délinquant, il était obligé de déposer une grosse somme d'argent, pour que le prévenu, dans le cas où il aurait été injustement poursuivi et où il aurait été victime de dénonciations calomnieuses ou d'un zèle maladroit, fût largement indemnisé.

Le peuple, bien entendu, battait des mains à ce système de précaution et de responsabilité; mais les vieux jurisconsultes hochaient la tête et prétendaient que le métier devenait impossible, et que la justice cessait d'exister, du moment qu'on lui imposait l'obligation de n'être jamais injuste.

Mais les murmures, les critiques disparaissaient dans le chœur général. Comme on remuait beaucoup de questions, on paraissait en résoudre beaucoup. Le parti des jeunes était dépassé. Il avait de la peine à coordonner ses idées et à se faire une opinion précise sur ces réformes qui attaquaient tout à la fois; car je ne parle là que des points principaux, et il est bien évident que les ministres touchaient à tout.

Bonifacio s'amusait; il ne se fatiguait pas la tête à comprendre, à prévoir; il regardait, riait des mécontents, souriait aux flatteurs, faisait tous ses repas avec la ponctualité accoutumée, avait supprimé les conseils des ministres depuis qu'il était impossible de s'entendre et de se concerter, et passait précisément aux yeux de ses sujets pour travailler un peu, depuis qu'il avait renoncé à l'ombre même du travail.

Marforio étudiait, et se félicitait chaque jour de cette nouvelle expérience.

— Comment ne l'avais-je pas prévu? se disait-il tous les matins, en remettant les cervelles dans les crânes désignés par Colbertini.

Au bout de quelques jours, quand il fut bien établi que les changements de domicile étaient sans danger pour les cerveaux, et quand la fièvre des ministres se fut en quelque sorte régularisée, le docteur prit plaisir à bouleverser les étiquettes, ou plutôt à les supprimer, et à laisser au hasard la distribution des organes qu'il plaçait et déplaçait. Ce fut l'apogée du triomphe pour le savant, le signal d'une recrudescence incendiaire pour l'activité des ministres, et par suite pour la civilisation de la principauté. Les décrets, les mesures, les changements se multipliaient, se succédaient, se contredisaient avec une rapidité vertigineuse.

— Nous allons trop vite, disait parfois Bonifacio.

— Ce n'est que le commencement, répondait Marforio enivré.

Et toute la principauté paraissait piquée de la tarentule. Comme les cerveaux des ministres ne faisaient que transporter les idées dont ils étaient imprégnés, mais ne les augmentaient pas, le mouvement n'était en définitive qu'un déplacement perpétuel. Ainsi les mirlitons, après avoir été ordonnés aux professeurs, l'étaient aux magistrats, qui rendaient la justice sur des airs de *tontaine* et *tonton*. Puis, les collecteurs d'impôts venaient à leur tour percevoir les deniers publics en s'accompagnant de ces mélodieux instruments. Chaque ministre, au hasard de la distribution des cervelles, ordonnait, défendait, révoquait ce qu'un autre semblait avoir ordonné, défendu, révoqué la veille. Quelquefois les crânes rentraient en possession de leurs cerveaux légitimes ; ces jours-là étaient des jours de repos ; mais on eût dit que Marforio s'arrangeait pour qu'ils fussent rares.

Pendant qu'une sorte de délire remuait les destins de la principauté, Lorenzo, triste, et ne trouvant pas dans son bonheur l'oubli de ses inquiétudes politiques, ne cessait de demander au ciel, avec de ferventes extases auxquelles Marta s'associait, le retour ou plutôt la venue du bon sens et de la raison. Prière superflue que le ciel ne devait pas exaucer !

On eût dit que la Providence se plaisait à cette débauche de gouvernement et qu'elle encourageait avec ironie cet imbroglio sans issue logique.

Colbertini était le seul qui ne fût pas dupe. Il s'impatientait dans sa retraite, et se mordait les poings à la pensée de voir accepter comme un progrès, comme une marche ascendante, ce piétinement des administrateurs et des habitants de la principauté. Je vais vous raconter par suite de quelle imprudence, en croyant ouvrir les abîmes, il ferma toutes les crevasses du volcan révolutionnaire, et de quelle façon, en voulant se rendre nécessaire, il se rendit inutile. Ce sera d'ailleurs le dénoûment hypothétique, j'allais dire l'apothéose de ce conte instructif et moral.

Je dis le dénoûment hypothétique, parce qu'il est bien constant que rien ne se dénoue dans la vie, et que l'histoire d'un État, si minime que soit ce dernier sur la carte du monde, change, se modifie, mais ne se fixe pas dans un sort invariable. La principauté n'existe plus telle que Bonifacio XXIII l'avait reçue de Bonifacio XXII, et elle a subi bien des destinées contraires; mais le sol y est aussi riche qu'autrefois; les femmes y sont belles comme jadis; on y trouve encore le parti des jeunes et le parti des anciens; mais le parti des jeunes a vieilli, il ne se contente plus des apparences; il n'a plus besoin d'un cuisinier français pour vouloir et pouvoir, et la lutte est beaucoup plus sérieuse qu'au temps passé. Il y aurait donc encore des drames à raconter, si ce récit était une série d'annales, au lieu d'être un épisode; c'est donc pour obéir à une pure hypothèse que je vais terminer par l'exposé de la dernière catastrophe du ministère.

9.

X

OU LES MINISTRES FONT LE BONHEUR DU PEUPLE
EN N'Y TRAVAILLANT PLUS

Tout allait donc sur un rhythme violent dans la principauté; mais l'illusion, loin de décroître, allait en augmentant, et la popularité de Bonifacio avait atteint des limites qui défiaient l'ingratitude. Quant à Marforio, il commençait à vouloir ménager le bon Dieu, dans ces expériences, et se promettait toujours de ne plus tant empiéter sur ses priviléges, dans la crainte d'exciter à la fin son dépit. Ce sentiment était si naïf de la part du bon docteur qu'on ne saurait y voir un blasphème.

Hélas! Marforio ne se doutait guère que l'impuissance et la vanité de la science allaient lui être démontrées d'une façon terrible par un ignorant?

Un matin, le docteur venait de pénétrer, avec l'air

adieux qui ne le quittait plus, dans la salle du Trésor, pour procéder à ses importantes fonctions, quand tout à coup il en sortit en poussant un grand cri, et il vint tomber à la porte des appartements de Lorenzo.

L'héritier présomptif, dont le mariage n'avait pas augmenté les occupations et qui avait toujours beaucoup de loisirs, se préparait à sortir avec Marta pour une exploration botanique; il continuait à se perfectionner dans l'étude des simples; comme si ce dût être le meilleur moyen d'apprendre à gouverner les hommes !

Le docteur était étendu par terre sans mouvement. Maria l'aperçut la première, et, se précipitant sur lui, essaya de le soulever, de lui faire respirer des sels, tout en pleurant et en interrogeant par des paroles entrecoupées Lorenzo, qui n'en savait pas plus qu'elle.

— Mon père, mon père, disait-elle en sanglotant, qu'avez-vous ? Que vous est-il arrivé ?

Marforio se remit peu à peu, et comme Lorenzo avait appelé des valets pour le transporter, il fit signe à son gendre qu'il voulait être seul avec lui. Quand tout le monde se fut éloigné :

— Ah ! mon cher Lorenzo, lui dit-il en soupirant, mon dernier jour est arrivé.

— Que s'est-il donc passé ? Est-ce une disgrâce ?

— Vous l'avez dit, une disgrâce, mais la plus

cruelle, la plus inattendue, la disgrâce de la science; je suis déshonoré, je n'ai plus qu'à mourir.

— Vous m'effrayez! dit Lorenzo, qui pensa au fameux système; parlez vite!

— Eh bien, mon enfant; oh! je n'y survivrai pas! un horrible complot a été tramé contre le prince, contre le ministère et contre moi. On était jaloux de ma gloire.

— Parlez, docteur! parlez!

— Je viens d'aller, selon l'obligation que je me suis imposée, et à laquelle, vous le savez, je n'ai jamais manqué, pour placer les cervelles dans les crânes. J'avais pour aujourd'hui un si beau projet!

— Eh bien? demanda Lorenzo tout haletant d'impatience.

— Eh bien, je trouve, comme d'habitude, la porte hermétiquement fermée; rien extérieurement n'annonce l'horrible découverte... J'entre.

— Après? Voyons! Dépêchez-vous!

— Je vais droit à la table où se trouvent les bocaux et...

— Quoi donc? mon Dieu!

— Et je ne trouve plus rien; les bocaux sont vides.

— Même celui...

— Oui, même celui qui avait l'honneur de contenir la cervelle de Son Altesse.

— Vous avez peut-être mal vu? balbutia Lorenzo,

qui se sentait pris d'épouvante et qui se retenait au bord de l'abîme.

— Oh! j'ai bien cherché! Alors j'ai compris que c'en était fait de ma gloire, et j'ai cru que j'allais mourir! O mon ami, continua Marforio en tombant dans les bras de son gendre, on va croire que j'étais un charlatan. Voilà mon expérience manquée, mon système devenu la risée des ignorants!

Lorenzo n'osait mesurer toute la profondeur du gouffre que ce vol insigne creusait sous ses pieds. Il entraîna le savant vers la salle du Trésor. On fouilla dans toutes les armoires. Les bocaux étincelants, mais vides, semblaient rire, sous les rayons du soleil, aux angoisses des visiteurs. Lorenzo sentit ses genoux trembler; ce bon petit prince héréditaire pleurait sincèrement Bonifacio et ne songeait guère à inaugurer son règne.

— Mon père! mon pauvre père! dit-il en se couvrant le visage.

— Hélas! reprit piteusement Marforio, il ne se doute pas du malheur qui lui arrive.

La remarque avait un caractère si affreusement grotesque que Lorenzo surpris et choqué regarda son beau-père.

— Oui, continua le savant, il dort là bien tranquille, sans savoir qu'il ne retrouvera pas sa cervelle au réveil.

— Il dort, balbutia Lorenzo, c'est vrai.

— Parbleu! croyez-vous qu'il soit mort? repartit Marforio, qui trouvait dans cette faible contradiction un petit élément de réconfort.

— Mais s'il vit, tout est sauvé! s'écria le bon prince, qui ne songeait qu'à ses craintes filiales.

— Il vit, tous les ministres vivent; mais ne leur demandez ni réflexion, ni pensée, ni même une parodie d'intelligence; ils vivent comme des automates, sans parole distincte; ils vivront ainsi, quelques mois ou quelques années, je ne sais au juste; car je n'avais jamais pu faire cette dernière expérience.

— Venez! venez! Marforio, dit le jeune prince avec animation; tout n'est peut-être pas perdu.

On se rendit dans la salle où les ministres et le souverain avaient l'habitude de goûter leur sommeil sans conscience. En ouvrant la porte, on entendit un grondement sourd et rhythmé qui attestait l'ardeur avec laquelle les augustes personnages s'acquittaient de leur tâche et faisaient honneur au savant qui les endormait. Lorenzo soupira; ce ronflement candide était l'image de la confiance et de l'innocence. Bonifacio souriait: il s'était probablement endormi avec le sourire qu'il ne devait plus quitter.

Marforio et Lorenzo debout, graves, recueillis, réfléchissaient.

— Il me vient une idée, dit le docteur.

— J'en ai une aussi, ajouta Lorenzo avec un soupir: voyons la vôtre.

— Eh bien, tout peut encore se réparer. Mais quelques sacrifices sont nécessaires. Nous savons par les phénomènes qui se produisent depuis peu, que les cervelles convenablement enlevées servent indistinctement aux premiers corps venus. Je vais aller trouver quelques pauvres diables que la pensée importune, des ambitieux qui visent au pouvoir, des philosophes qui rêvent le gouvernement. Je leur offrirai, moyennant une récompense, la possession de la puissance et des honneurs. Je leur ouvrirai le crâne, et j'apporterai ici des cervelles toutes neuves qui seront peut-être bien dépaysées d'abord, mais qui introduiront du moins de la variété dans le conseil.

— Oh! voilà assez d'expériences, dit Lorenzo. Voilà assez de tentatives et de tentations sacrilèges.

— Ah! mon gendre, reprit avec animation Marforio exalté par la perspective d'une nouvelle lutte scientifique, vous doutez de votre beau-père! Vous faites injure à son système!

Lorenzo aurait pu répondre qu'il y avait bien de quoi; mais il suivait avec trop d'attention un projet qui naissait et se développait en lui, pour attacher de l'importance aux récriminations et aux offres de Marforio.

— Pensez donc, mon prince, à l'immense avantage de cette nouvelle combinaison, disait le savant. Les ministres deviennent des passe-partout. Nous leur donnons les idées, je veux dire les intelligences nécessaires au bonheur de la principauté. Le gouvernement devient bien réellement le représentant de l'opinion, puisque, selon les circonstances, nous transvasons dans le crâne des ministres les cervelles des chefs de l'opinion, si ceux-ci consentent, bien entendu. Dès qu'une cervelle aura produit ce qu'on en attendait, on la rendra à son premier possesseur. L'État, pour peu que la mode de ce système prospère un peu, se fonde sur la participation de tous au pouvoir. Mais comme le peuple a besoin de s'habituer aux visages de ceux qui le gouvernent, et pour éviter la confusion des physionomies, autant que pour garder un décorum invariable, les cervelles passeront, mais les ministres ne passeront point.

Marforio, déjà consolé, se frottait les mains devant cette perspective et se voyait déjà le dispensateur de la vie sociale dans la principauté. Son bistouri devenait un sceptre.

Lorenzo, nous l'avons dit, suivait son idée et n'écoutait pas le docteur. Il pensait à Marta, et se rappelant les conseils que cette chère âme, que cette bonté vaillante lui avait donnés souvent, il concevait un projet hardi, qui mûrissait dans sa tête et qui le rendait de plus en plus grave, à mesure que la réalisation lui paraissait vraisemblable. Comme Marforio ne recevait pas de réponse et ne trouvait pas dans son gendre l'enthousiasme sur lequel il croyait pouvoir compter, il lui toucha le coude.

— Eh bien! qu'en pensez-vous? lui demanda-t-il.

— Je pense, dit Lorenzo avec une douce fermeté et un effort visible, que Dieu ne veut pas qu'on empiète davantage sur son domaine. En permettant qu'un ennemi attente à votre œuvre, il nous avertit d'interrompre ces opérations, cette boucherie...

— Boucherie! s'écria Marforio indigné. Ah! mon gendre, vous ne méritiez pas ma fille!

— Excusez-moi, dit Lorenzo, je suis ignorant. Mais j'ai des devoirs à remplir comme prince et je veux les remplir. Tant que mon père a paru agir de sa propre volonté, j'ai dû m'incliner devant ses fantaisies, tout en les regrettant peut-être. Aujourd'hui je crois qu'il est de mon honneur et de l'intérêt de la principauté de me substituer à la pensée morte.

— Dites à la pensée absente et perdue; car enfin on les trouvera peut-être ces cervelles! Si nous les faisions afficher!

— Oh! Colbertini (car c'est lui qui a fait le coup, sans aucun doute), Colbertini doit avoir pris ses précautions. Le traître se sera vengé. Pourquoi ai-je oublié de lui demander la clef?

— Avouez aussi, mon prince, qu'on ne laisse pas la clef de sa maison à l'ennemi qu'on a chassé; vous voulez régner et vous débutez ainsi!

— J'ai eu tort, c'est vrai. Mais le moment est venu de tout réparer, et je sens que je suis à la hauteur de ma tâche. Marforio, promettez-vous de me seconder en toute chose, de garder le plus inviolable secret?

— Et je devrai renoncer à mes expériences? dit le savant avec tristesse.

— N'êtes-vous pas contraint d'y renoncer? De qui obtiendriez-vous l'autorisation de poursuivre vos épreuves? Si vous ne m'aidez pas, je laisse la curiosité, l'indignation publique s'informer et suivre leur cours. Et avec la perte de votre système, c'est l'honneur que vous perdez.

— Oh! sauvons l'honneur de la science avant tout! s'écria Marforio. Que faudra-t-il faire?

— Je vous l'ai dit : me garder le secret et m'aider à entretenir la principauté dans une illusion qui, j'en ai l'espoir, ne sera pas préjudiciable à ses intérêts.

— Oh! oh! l'appétit du pouvoir vous viendrait-il, mon gendre?

— Dites l'appétit du dévouement. Vous m'assurez que les corps étendus là peuvent vivre encore?

— Sans doute; puisqu'ils dorment, ils peuvent s'éveiller.

— Et en s'éveillant?

— Ils auront la même figure, la même allure qu'à l'ordinaire ; seulement ce seront de belles têtes, sans cervelles. Pour quelques-uns, ce changement sera insignifiant.

— Et vous croyez qu'à moins de regarder dans la tête, on ne s'apercevra pas de... ce qui manque?

— Pourvu qu'on ne les interroge pas, le vide ne sera pas constaté.

— Eh bien, Marforio, réveillez-les ; je penserai, j'agirai pour eux. Mais prenez bien garde que jamais personne ne se doute de la vérité. Il y va de notre honneur, peut-être aussi de la vie.

— Ma foi, mon gendre, cette nouvelle manière d'utiliser la péripétie que ce diable de Colbertini nous a ménagée me plaît assez. Vous allez voir si je suis à la hauteur de votre rôle. Par le Grand Albert! je jure de garder le secret.

Marforio s'approcha des ministres et de Bonifacio, et interrompit leur sommeil. Alors il se passa une chose effrayante, dont Lorenzo garda toujours une terreur profonde. Les corps se levèrent, s'habillèrent, marchèrent, bâillèrent, sourirent, se dilatèrent, ouvrirent la bouche comme pour parler, mais sans prononcer de parole. Le prince voulut prendre la main de son père ; Bonifacio se laissa faire et sourit. Par un instinct machinal, le ministère se mit à la suite de son souverain, et ce cortége silencieux marchant à pas comptés, en frappant les dalles de marbre de la galerie, se rendit à la salle à manger. C'était le premier travail ordinaire de la journée. Comme celui-là rentrait dans l'instinct animal, il fut ponctuellement rempli. Le déjeuner fut grave. Les valets regardaient et ne comprenaient rien à ce silence inaccoutumé. Depuis quelque temps surtout les réunions étaient fort bruyantes. Lorenzo, assis à la droite de son père, commençait sa comédie de prince et mentait pour la bonne cause ; il se penchait respectueusement vers Bonifacio, paraissait en recevoir des ordres qu'il transmettait immédiatement.

Vers la fin du repas, une rumeur monta de la rue. Le peuple, secrètement soulevé par Colbertini et ses agents, demandait à voir son souverain. Le bruit avait couru qu'il était malade, mort peut-être, et que les manœuvres de Marforio avaient compromis les jours d'un prince et d'un ministère qui étaient en train de conquérir la popularité.

Lorenzo prit son père par le bras, fit un signe à Marforio et se leva. Tout le ministère, mû comme par un ressort, se leva aussitôt. Les deux princes, suivis des ministres, s'avancèrent vers le balcon. Des acclamations frénétiques les accueillirent. Dès qu'un peu de silence put s'établir, Lorenzo demanda la parole.

— Chers amis, dit-il à la populace, mon père est trop ému de votre touchant témoignage de sympathie pour parler ; il me charge de vous remercier en son nom, et de vous annoncer que tous vos vœux seront comblés.

Un frémissement de joie courut dans la foule. Marforio, placé derrière Bonifacio, le poussa légèrement par le haut du corps, et Son Altesse se pencha et salua. Immobiles et roulant de grands yeux, les ministres tenaient la droite et la gauche de leur souverain.

— Oui, continua Lorenzo, les réformes, longtemps ajournées, seront aujourd'hui même exécutées. Les rues vont désormais recevoir un éclairage qui fera du jour le clair de lune de la nuit. (Applaudissements.) Plus d'ordures sur le pavé! Les impôts sur les objets de consommation seront l'objet d'un examen, et tout fait espérer qu'ils seront incessamment abolis.

Les cris de *Vive Bonifacio!* se firent entendre; Marforio lui-même fut violemment acclamé. Quant à Lorenzo, on avait remarqué dans son accent, dans son attitude, une contrainte, un chagrin, qu'on interpréta comme du dépit, et l'on se dispensa de l'associer aux témoignages de gratitude dont le pouvoir était l'objet. Le jeune prince accepta ce premier mécompte comme un augure favorable.

— Tant mieux! dit-il, ils seront plus faciles à tromper.

Le cortége quitta le balcon et se dirigea vers la salle du conseil. Là chacun prit la place qui lui était habituelle. Lorenzo veilla à ce que les ministres ne manquassent de rien et sortit avec Marforio, en fermant soigneusement la porte et en ayant soin encore d'emporter la clef. Il poussa même la précaution plus loin. Il tâcha de faire trouver dans une caserne quelques soldats qui n'eussent pas oublié le maniement des armes et qui n'eussent pas vendu les fourniments de l'État pour acheter des rubans à leurs fiancées ; il les fit venir et leur dit :

— Son Altesse travaille et travaillera longtemps. Elle ne veut pas être dérangée ; en conséquence, elle vous enjoint de poser une sentinelle à la porte de la salle du conseil. Vous devez empêcher par tous les moyens possibles, même par les armes, qui que ce soit de pénétrer dans l'appartement. Colbertini sera bien fin, ajouta-t-il intérieurement, s'il déjoue ces précautions.

Colbertini n'y songeait guère. La police fut mise à ses trousses ; mais il ne faudrait pas conclure de l'inutilité de ses recherches qu'il se cacha avec beaucoup de soin : il avait suivi la manifestation quasi-séditieuse dont il était l'instigateur. L'apparition de Bonifacio et de ses ministres au balcon du palais le terrassa.

— Décidément, se dit-il, il y a là-dessous du sortilége.

Il n'osa pas avouer la coupable spoliation qu'il avait commise. C'était un gros attentat, et il pouvait payer de sa tête la cervelle de Bonifacio. Il jugea plus prudent de devancer la justice du peuple, et il partit immédiatement pour la frontière, où l'attendait un capucin de ses amis, auquel il avait promis une part dans le maniement des affaires si la trame qu'il avait ourdie aboutissait. Il avait eu soin d'envoyer en partant un petit paquet à Marforio. C'était une lettre avec une clef.

« Traître, disait la lettre, tu l'emportes! mais pas pour longtemps! Je vais armer contre toi toutes les foudres célestes. Prie le diable qui t'inspire de te faire échapper à la sainte Inquisition. »

Marforio rit beaucoup de ce billet.

— Le sot! dit-il, il se prétend un homme d'État, et il se fâche! il s'avoue vaincu.

Lorenzo, brisé d'émotion, s'était empressé d'aller tout raconter à Marta.

— J'ai menti à la face de Dieu et des hommes, lui dit-il en la voyant, voilà mon métier qui commence.. Ah! tu m'aideras de ta sagesse et de tes conseils.

— Je t'aiderai de mes prières et de mon amour, répondit Marta.

La lutte si courageusement entreprise par le prince héréditaire se continua le lendemain et les jours suivants, Dieu sait avec quelles terreurs, quelles précautions infinies! non-seulement sans que rien trahît l'effort généreux de Lorenzo, mais encore avec un succès qui dépassa ses espérances. Il levait, il couchait, il faisait boire et manger son père et les ministres; puis, quand il les avait tous convenablement mis sous clef, il travaillait avec Marta et, suivant les inspirations de leurs deux cœurs, il administrait.

Qu'il commît quelques fautes et que les illusions généreuses de son âme le fissent continuellement tomber dans des piéges et dans des erreurs énormes, je l'admets; mais il y avait une bonne volonté si active et une intention si droite, que les fautes portaient en elles leur remède, et que le bien se produisait toujours. Lorenzo, bien entendu, laissait toute la gloire à son père, et le peuple continuait à ne lui savoir gré de rien, au contraire.

Une ère de prospérité commença pour les États de Bonifacio XXIII. Ce fut le plus glorieux moment de son règne. Ce fut à partir de cette époque que ses ministres et lui acquirent les titres glorieux dont l'histoire n'a jamais voulu rendre le dépôt. On trouvait à ces hommes sans cervelle tout le génie, toute la maturité qu'on leur eût refusés quelques semaines auparavant. La parfaite dignité avec laquelle ces automates de chair et d'os figuraient dans les cérémonies, ce qu'ils gagnaient en éloquence depuis qu'ils ne parlaient plus, et en sagacité depuis qu'ils ne pensaient pas, combla les vœux du parti des jeunes. Il s'était réjoui de la période bruyante, agissante; il se réjouit davantage encore de cette taciturnité. Bonifacio devint un politique, supérieur à Machiavel. Des sentences, auxquelles Lorenzo n'était pas étranger, commencèrent à circuler. Les uns affirmaient que l'empire du monde appartient aux flegmatiques; les autres se réjouissaient de ce que le règne des bavardages avait cessé. Comme Bonifacio était inabordable et comme il marchait toujours au milieu d'une haie de serviteurs dévoués, il devenait impossible de lui parler. Pourtant des mots profonds et sublimes lui furent attribués. Lorenzo se mettait l'esprit à l'envers pour les inventer.

Sans qu'on touchât à une des seules libertés dont le peuple avait cru jouir jusque-là, parce qu'il les avait gaspillées, l'ordre s'établit peu à peu. Une émulation singulière se manifesta entre le prince et ses sujets. Chacun voulut travailler, puisque le chef de l'État travaillait. Au bout de six mois, Bonifacio passait la revue d'une jolie petite armée, équilibrait les budgets autrement qu'en se servant de quelques belles phrases comme balanciers, encourageait les affaires sans faire tort aux travaux intellectuels, et réalisait... tout ce qu'il n'avait jamais rêvé.

Cette prospérité emplissait de joie et d'un secret orgueil le cœur de Lorenzo.

— Mon gendre, vous êtes un grand homme, lui disait Marforio, un peu moins présomptueux depuis sa déconvenue.

— Que je suis heureuse de t'aimer! lui disait Marta.

— Et quand je pense que le public attribue tout cela aux gros corps qui digèrent là-bas! reprenait le savant.

— Tant mieux! ajoutait Lorenzo en souriant. J'ai tous les profits du pouvoir sans en avoir les inconvénients; je fais le bien et je n'ai pas de louangeurs à récompenser.

Marforio était plus ménagé que Lorenzo par l'ingratitude. On allait même jusqu'à lui attribuer, sinon tout le bien qui s'accomplissait, du moins l'initiative féconde dont on recueillait maintenant les résultats. Mais peu à peu, à mesure que la satisfaction publique s'augmentait, Bonifacio devenait le seul objet d'estime et d'amour. Ce bon roi, si paternel et si recueilli, cette pensée mystérieuse, qui se manifestait par des bienfaits, était l'objet d'un culte qui variait ses formes sans s'épuiser jamais. Les monuments en l'honneur du souverain, les statues, avec ou sans robinets d'eau, décorèrent la capitale.

Quant à Lorenzo, c'était à peine si l'on se rappelait son existence. On n'en parlait que comme d'un jeune prince naïf qui avait fait un sot mariage. Car les peuples les plus démocrates pour eux-mêmes adorent l'aristocratie des unions princières, et sont humiliés d'une mésalliance de leurs chefs, faite souvent pour leur gloire. Ce bon jeune homme, si pur et si poétique, passait pour un nigaud. Il en riait, et trouvait une satisfaction véritable et piquante dans cette injustice qu'il avait cherchée. Sa piété filiale, qui n'avait pas de dédommagement à recevoir du côté de son père, s'excitait et s'alimentait encore; et n'ayant ni flatteurs pour corrompre ses inspirations, ni rivaux pour défier son zèle et le porter aux prouesses dangereuses, il continuait à faire le bien, tranquillement, loyalement, saintement, pour la seule joie de faire aimer son père et d'être aimé de Marta, qui, de son côté, ne restait pas étrangère à l'accroissement de la population et à la consolidation de la dynastie.

Les bons rois devraient être immortels. Mais c'est une question de savoir si la perpétuité ne corrompt pas les plus précieuses vertus, et si les peuples qui se fatiguaient d'Aristide ne se révolteraient pas à la fin contre un souverain immuable dans sa justice comme dans sa durée. Les nations ont un faible et une tendresse pour les princes qui sont bons diables ; on n'a jamais entendu dire qu'elles en aient choyé, sous le prétexte qu'ils étaient bons dieux.

Bonifacio XXIII semblait assuré de vivre longtemps, surtout depuis qu'il ne vivait plus, je veux dire depuis que le souci de son intelligence n'effleurait plus l'ombre de son corps ; mais, et c'est ici que la fragilité de la science se montre avec éclat, toutes les conjectures de Marforio furent déjouées, et l'on remarqua avec stupeur, dans l'intimité du château, que la santé de Son Altesse et la santé de leurs Excellences les ministres déclinaient rapidement. Rien n'était pourtant changé dans la régularité des fonctions automatiques de ces illustres personnages : ils faisaient leurs quatre ou cinq repas par jour avec la même abondance et la même exactitude. Leur sommeil et leurs promenades n'étaient point troublés; ils végétaient dans cette locomotion somnambulique, sans chagrins, sans douleurs. Mais en dépit de l'excellente hygiène à laquelle ils étaient soumis, on vit leurs yeux s'entourer d'un cercle de bistre, leurs joues devenir creuses, leur taille se courber, leur démarche se ralentir. Marforio crut d'abord à un malaise passager. Mais il comprit bientôt que la mort allait le vaincre, et que sa présomption scientifique était sur le point de recevoir un conseil de modestie.

Lorenzo pressentit ce dénoûment sans douleur; non que l'ambition de succéder à son père altérât ses sentiments de tendresse filiale; mais depuis longtemps il portait le deuil secret de Bonifacio, et cet automate sans parole et sans amitié, qui buvait et qui mangeait à côté de lui, lui paraissait une effigie de son père, mais n'était plus son père.

Tout ce qu'on peut déployer des ressources ingénieuses pour prolonger la vie, Marforio l'essaya en faveur du prince et de ses ministres.

— C'est monstrueux, disait-il, ces coquins-là ont fait un pacte avec Colbertini. Puisqu'ils ne pensent plus, de quoi diable peuvent-ils mourir?

Ils mouraient précisément de ne plus penser, et c'était là ce que ne voulait pas reconnaître Marforio. Il avait peine à admettre que la matière, pour s'épanouir et pour durer, eût besoin de l'intelligence; il ne comprenait pas qu'il y a dans l'idée, dans la vie morale, un foyer, la vie même; et de même qu'on voit des corps chétifs se maintenir et persister longtemps au seuil de la tombe, parce que l'énergie de la volonté ou de l'imagination fait peur en quelque sorte à la matière et à la mort, de même on voit les corps les plus robustes s'affaisser et dépérir quand la flamme intérieure ne les soutient et ne les illumine pas.

Bonifacio n'était qu'un cadavre animé, un de ces sépulcres blanchis et mis à neuf dont parlent les Écritures. Ses ministres ne valaient pas mieux.

Marforio se désolait et se démenait; dans les rares circonstances où l'exhibition publique du gouvernement était une nécessité, on fardait Son Altesse et Leurs Excellences; mais ce petit mensonge, ce masque était une ironie de plus et n'empêchait pas l'active décomposition de s'attaquer à ces hauts et puissants personnages.

Le peuple, quand il apercevait son souverain, criait à tue-tête : *Vive Bonifacio!* Mais si la voix du peuple est la voix de Dieu, elle n'était pas, en tout cas, la réponse du ciel aux questions que s'adressait le docteur.

Au bout de quelques mois, tous les fards, tous les cosmétiques furent impuissants à dissimuler les ravages de la décrépitude. Lorenzo, qui craignait que dans le premier moment de sa douleur la nation ne se portât à quelques excès contre Marforio, faisa répandre le bruit de l'indisposition, puis de la maladie du prince. Les églises furent alors assiégées. On brûla des cierges à tous les saints du calendrier, ce qui n'était pas de trop. On fit des pèlerinages à quelques endroits de plaisance où des industriels avaient établi de pieuses guinguettes. Des charlatans s'offrirent avec des remèdes héroïques. On supplia dans des adresses éloquentes le *père du peuple* de moins travailler. Le parti de l'avenir, qui s'était un peu débandé, se réorganisa et lança contre Lorenzo des brochures et des manifestes, en accusant ce jeune homme égoïste de laisser tout le soin des affaires à son père.

— Ah! les nigauds! disait Marforio, dont l'humeur s'aigrissait visiblement et qui jurait de ne pas survivre à l'échec de son système; ils ne savent pas ce qu'ils disent, et quand ils sauront que c'est vous, mon gendre, qui avez tout fait, tout gouverné!

— Ils ne le sauront jamais, répondait Lorenzo; puis-je avouer, pouvons-nous avouer que nous les avons trompés?

Un matin, les cloches sonnèrent un glas funèbre. C'étaient de belles cloches neuves qui venaient d'être installées et qui passaient pour un cadeau de Bonifacio. Tous les habitants éclatèrent en sanglots et ne remarquèrent le doux son des cloches que pour dire avec désolation que leur souverain ne les entendrait pas.

Quelques heures auparavant, Son Altesse était passée de vie à trépas, sans douleur. Le cadavre était hideux à voir, tant la matière se hâtait de se dissoudre. Mais Bonifacio fut enterré avec son sourire, qui ne l'avait plus quitté.

Les ministres ne valaient guère mieux. Il en mourut un en même temps que le prince; les autres suivirent dans la semaine, comme des serviteurs fidèles. On n'annonça, qu'en plaçant des intervalles entre chaque décès, cette fin du gouvernement modèle.

Je ne vous décrirai pas les magnificences relatives des funérailles qui furent faites à Bonifacio. Ce fut une date mémorable, et comme les grandes douleurs ne vont jamais sans de grands tiraillements d'estomac, il y eut des repas splendides, qui faisaient croire, au premier aspect, que la principauté célébrait une noce.

Lorenzo, pâle et triste, comme jamais prince héréditaire ne le fut au convoi de son prédécesseur (ce dernier fût-il son père), conduisait le sinistre cortége. Marforio, comme premier ministre, était contraint d'y assister ; mais, à vrai dire, ce fut ce jour-là que sa charge lui pesa le plus, ou, pour mieux dire, qu'elle lui pesa véritablement. Car c'était quelque chose de plus qu'un prince, fût-il Alexandre, ou César, ou Bonifacio XXIII, qu'il voyait enterrer, c'était tout l'effort de la science, toute la découverte, toute l'œuvre de son génie. Le pauvre savant se disait bien en manière de consolation :

— Si l'infâme Colbertini n'avait pas enlevé les cervelles, peut-être eussent-ils vécu?

Mais il y avait dans ce regret la condamnation même de son système. Car, du moment que les cervelles soutenaient le corps, elles n'en étaient plus l'agent destructeur et pernicieux.

Lorenzo ne fit pas sentir à son beau-père la contradiction formelle qui existait entre ses théories et ses soupirs; il était lui-même aux prises avec de sérieuses difficultés qui allaient mettre encore une fois son courage à l'épreuve.

Le lendemain des funérailles, des placards séditieux furent trouvés apposés au coin des rues, entre les images de la bonne Vierge qui étaient au-dessus et les tas d'ordures qui étaient au-dessous. Dans ces affiches, on protestait contre l'élévation de Lorenzo au trône occupé par ses pères. On ne proposait pas à la principauté de se passer de souverain; c'eût été un moyen trop radical et qui ne pouvait venir à la pensée du parti de l'avenir, fortement imbu du passé; mais, selon la mode antique des petits États d'Italie, on proposait d'aller patriotiquement offrir l'argent, les récoltes, les soldats et tous les autres biens de la principauté à un vieux souverain étranger, qui, n'ayant absolument aucun droit à l'héritage de Bonifacio, se montrerait sans doute reconnaissant de celui qu'on lui accorderait.

Colbertini était pour quelque chose dans la rédaction de ce programme. Depuis qu'il était tombé du pouvoir, cet homme d'État était regardé comme infaillible; cette erreur est assez commune. Ajoutez qu'il était émigré, et que les peuples, sans pitié pour l'exil, ont une assez grande considération pour la fuite. Le traître se vengeait de ses successeurs et du prince. Il n'osa pas réclamer le payement de la dette contractée envers lui par *feu* Bonifacio; mais il pensait bien se la faire payer par le prince désigné dans les proclamations.

Lorenzo eût été bien heureux de quitter le palais, d'abdiquer les honneurs; mais il avait des devoirs à remplir, un héritage à réclamer et à défendre; il essaya de résister pacifiquement; de faire des promesses. Mais quelles promesses pouvait-il faire qui ne fussent au-dessous de la réalité dont son père avait si libéralement comblé ses peuples? Quand il parlait d'agir de son mieux, on lui riait au nez, en lui disant qu'il était incapable d'agir mieux et aussi bien que Bonifacio XXIII, dont l'exemple avait été stérile pour lui; il l'avait bien prouvé.

On sait tout ce que ce modèle des fils et des princes modestes, en même temps que des héritiers, aurait pu répondre; mais c'était précisément son silence qui faisait à ses propres yeux sa gloire et son mérite. Il ne voulait pas régner en flétrissant son père. Comment d'ailleurs dire au peuple qu'on l'avait trompé, et l'initier à cette horrible et sinistre comédie que

Lorenzo avait jouée? Comment lui prouver aussi que tous ces ministres morts ou mourants étaient des marionnettes?

Lorenzo essaya de lutter en prince; il envoya nettoyer les murailles des placards séditieux qui les couvraient; la révolte armée n'attendait que ce signal. On cria à la tyrannie. Les instincts de ce jeune voluptueux (on l'appelait ainsi parce qu'il s'était hâté de se marier légitimement, au lieu de se contenter des folles amours permises à son âge), les instincts du jeune voluptueux se montraient enfin dans toute leur perversité; et alors, les réverbères que Lorenzo avait fait mettre dans chaque rue furent arrachés et furent lancés comme des projectiles contre son palais; on se servit pour la première fois contre lui des beaux fusils tout neufs qu'il avait fait distribuer à la garde civique. Le sang eût coulé, si Lorenzo, suffisamment édifié sur les sentiments de reconnaissance de la principauté envers son père, n'eût pas renoncé à se faire convaincre davantage des services qu'il avait rendus lui-même sous le nom de Bonifacio XXIII. Il comprit la difficulté du pouvoir monarchique et s'avoua humblement qu'il n'était pas assez ambitieux pour commencer par canonner ses sujets, afin de les forcer au bonheur qu'il se sentait capable de leur procurer.

— Les scélérats! disait Marforio, qui n'était pourtant pas enveloppé dans la disgrâce, je voudrais les pendre tous.

— Ou leur enlever la cervelle, n'est-ce pas? ajoutait Lorenzo. — Non, docteur, continuait-il, ils sont logiques. Les peuples ne se payent pas de conjectures, d'hypothèses; ils ont une ingratitude qui est la condition de leur indépendance; et s'ils subissaient toute une dynastie d'imbéciles, en souvenir d'un bienfait rendu, ils seraient toujours sous le joug. On les dompte par la force, on les séduit par la pompe, on leur plaît par la ruse; mais on les ennuie par la bonne volonté sans apparat. Je ne suis pas un conquérant; j'ai des goûts simples, et je ne peux ni ne veux les tromper. Il est donc juste qu'ils s'imaginent perdre tout à la mort de mon père, dont les œuvres sont récentes, et qu'ils se défient de moi qui ne ressemble pas à mon père.

— Mais, mon gendre, puisque c'est vous qui régniez si bien!

— Ah! voilà ce qu'il ne faut pas leur dire; est-ce qu'ils me croiraient d'ailleurs? Allons! Marforio, prenons-en notre parti. Un acte de violence, un crime d'État, odieux pour ma conscience, pourrait me maintenir. Je ne suis pas assez certain d'être infaillible pour commettre cet attentat.

Le bon Marforio ne comprenait pas ces subtilités.

— Vous ne parlez pas en prince, dit-il véritablement indigné.

— Je parle en citoyen.

— Tu parles en honnête homme, dit Marta en se jetant au cou de son mari.

C'était en effet un très-honnête homme que le prince Lorenzo. Fallait-il attribuer à l'éducation reçue de l'institutrice française, à la lecture de *Télémaque* ou à sa vocation poétique le développement de ces instincts de candeur et de bonne foi? C'est ce que je ne pourrais affirmer, dans la crainte de suggérer un moyen inefficace aux princes tentés d'être honnêtes. Ce que je puis dire, c'est qu'il aima mieux renoncer au pouvoir que de le revendiquer par la force, et qu'il quitta la principauté sans laisser une goutte de sang derrière lui.

Dès qu'on apprit le départ de ce prince incapable, un hourra salua la délivrance. La générosité même de Lorenzo lui fut imputée à crime. Les peuples révoltés chassent d'ordinaire les princes qui leur résistent et méprisent ceux qui ne leur résistent pas. Un prince qui ne savait pas défendre sa couronne ne méritait pas de la porter. Son horreur de la guerre civile passa pour de la pusillanimité. On alla offrir le pouvoir au souverain étranger dont il a été question. Celui-ci s'empressa de gratifier ses nouveaux sujets d'une partie de ses dettes, et fit, peu de jours après, son entrée dans la capitale.

Il fut reçu, complimenté par Colbertini, qu'il nomma son premier chambellan, les ministres ayant été supprimés par une mesure radicale qui dut faire tressaillir Bonifacio dans sa tombe; si bien que l'infâme Colbertini eut le droit de porter suspendue à un cordon cette fameuse clef de la salle du Trésor qui lui avait permis enfin d'accomplir sa vengeance.

Quant au parti de l'avenir, le nouveau souverain qui lui devait sa couronne s'empressa de le disperser et de le menacer du *carcere duro* s'il se reformait jamais.

Comme il avait mal agi par pur patriotisme, il dut sans doute se déclarer satisfait de cette récompense.

Lorenzo était exilé ; mais il avait avec lui l'amour et la liberté, et cela suffisait pour lui redonner une patrie idéale. Il emmena le bon Marforio et vint en France, où le sol est particulièrement hospitalier pour les princes exotiques. Au surplus, ce titre de prince, Lorenzo le laissa sommeiller: il était pauvre et avait besoin de travailler : les prétentions héréditaires n'étaient plus de mise. Il étudia, devint en quelques mois un naturaliste des plus distingués, publia plusieurs mémoires, concourut dans des luttes scientifiques et conquit plusieurs fois des couronnes qui ne changeaient rien à l'équilibre européen. Il ne faut pas croire, toutefois, qu'en quittant la principauté, Lorenzo eût renoncé à son affection pour elle. Il sembla, au contraire, qu'il l'aimait mieux depuis qu'il l'avait perdue. Il y songeait nuit et jour, et s'il s'efforçait de s'instruire, s'il appliquait toute son âme à former le cœur de ses enfants, c'est qu'il pensait qu'en cas de retour il fallait rendre à son pays des citoyens dévoués qui eussent tout oublié et tout appris.

Marforio continua de poursuivre des chimères; mais il remarqua que le sol de la France les rend plus fugitives ; il renonça à expérimenter sur les cervelles, les Français préférant de beaucoup les fêlures naturelles du crâne à celles que le docteur pouvait pratiquer ; il se résigna à de moindres problèmes et borna son ambition à la quadrature du cercle et à la pierre philosophale.

Lorenzo vécut heureux. La patrie absente donnait à son bonheur domestique cette mélancolie, cette tristesse qui met au frais, pour ainsi dire, les parfums de l'âme et les empêche de s'évaporer. Il eut des enfants beaux comme Marta et bons comme lui. Il s'appliqua à leur donner une conscience droite et inflexible, le sentiment de l'honneur et la passion du devoir ; il leur apprit qu'ils étaient princes, et leur raconta son histoire, pour les préserver des vaines ambitions. Peut-être eut-il un tort que je dois confesser pour lui, et dont il ne se repentit pas en mourant : il éleva ses fils dans les utopies et leur persuada, par exemple, que les peuples sont les maîtres de leurs destinées, que les princes ne sont pas indispensables à la prospérité des États, et que la justice et la liberté sont plus nécessaires que le pain et les fêtes du cirque. Ces paradoxes, qui faisaient doucement calomnier Lorenzo par son entourage et l'accuser de républicanisme ont malheureusement porté leurs fruits et semblent condamner les enfants de Lorenzo à un bien long exil, car ils ont juré de ne rentrer dans leur pays que quand l'Italie serait libre des Alpes jusqu'à l'Adriatique.

FIN DU PRINCE BONIFACIO.

LA

DAME BLANCHE DE BADE

LA DAME BLANCHE DE BADE

I

Vers la fin du mois de janvier de l'année 1852, le grand-duc de Bade Léopold ressentit une attaque de goutte et se mit au lit. Les médecins déclarèrent que la maladie n'était pas dangereuse ; que Son Altesse, à peine âgée de soixante et un ans, d'une constitution robuste, était de force à lutter contre cette indisposition ; et après avoir prescrit les remèdes nécessaires, ils se retirèrent, parfaitement tranquilles, défendant qu'on fît circuler aucun bulletin de la santé du prince, ne jugeant pas à propos d'alarmer la cour et la population de Carlsrühe.

Mais, chose étrange, à peine le bruit se fut-il répandu que le duc Léopold était alité, qu'aussitôt des pressentiments funèbres semblèrent agiter le château et la ville ; les visages trahirent l'inquiétude, et, en dépit de l'oracle d'Épidaure, on s'alarma et on se prit à trembler pour les jours de Son Altesse. Les médecins affirmaient une guérison, mais on les écoutait en hochant la tête ; ils précisaient presque le jour qui verrait le duc rétabli et ingambe, mais on soupirait en regardant le ciel, et, dans le milieu du mois de mars, plus d'une dame de la cour préparait en secret ses vêtements de deuil, comme si la mort du prince eût été irrévocable.

Un jeune Français, témoin de ces pressentiments singuliers, qui insultaient avec tant de force aux pronostics de la Faculté, exprima un jour son étonnement à madame la baronne de B..., respectable douairière, en qui l'âge n'avait pas éteint l'esprit, et qui avait tout juste assez de dévotion pour n'être pas une athée.

Mais, au premier mot, la baronne devint pensive, laissa tomber sur ses deux genoux le tricot qu'elle entreprenait avec une ardeur toute nationale, et arrêtant sur son interlocuteur un regard allangui par la tristesse et l'effroi :

— Hélas ! monsieur, répondit-elle enfin, nos craintes ne sont que trop justifiées. Voilà trois fois que la *Dame blanche* apparaît dans le château.

— La Dame blanche ?

— Oui, vous ne connaissez pas la légende ?

— Je ne connais d'autre Dame blanche que celle de Boïeldieu, répliqua en souriant le jeune Français.

— Eh bien, écoutez donc, dit la douairière de B..., en remettant ses aiguilles en mouvement. Il y avait une fois...

Mais, avant de commencer, la baronne regarda avec finesse son interlocuteur ; elle remarqua sur ses lèvres un sourire plein de moquerie.

— Vous n'êtes qu'un Français, lui dit-elle en grondant et en lui frappant les doigts de ses aiguilles, vous riez de tout ; allez-vous-en ! je ne vous conterai pas la légende.

En descendant l'escalier, le jeune Français se disait :

— Je l'ai échappé belle ! C'est singulier comme le préjugé national nuit au libre essor de l'esprit ! Cette vieille baronne est une des plus jeunes, des plus charmantes imaginations, et pourtant elle allait m'assassiner de quelque ténébreuse légende locale. Cette femme-là est une élève du xviiie siècle ; elle croit à peine en Dieu, mais elle croit au diable ; elle m'eût crevé les yeux avec ses aiguilles à tricoter, si, après son récit, j'avais conservé quelque doute. Pourquoi aussi m'aviser de prendre des renseignements sur une superstition, auprès d'une vieille douairière, qui est trop Allemande pour ne pas être superstitieuse ?

Et le jeune Français continua sa route en fredonnant le fameux refrain de l'opéra :

> Prenez garde !
> La Dame blanche vous regarde.

Il se heurta, à l'angle d'une rue, contre un de ses amis, jeune Badois, étudiant la diplomatie.

— Parbleu! se dit-il, voilà mon affaire! celui-là doit être au-dessus du préjugé.

Et après les étreintes ordinaires en pareille rencontre :

— Avez-vous vu la Dame blanche? demanda t-il au nouveau venu.

Le jeune Allemand répondit avec un grand sérieux :

— Je ne l'ai pas vue; mais un de mes oncles, chambellan du duc, l'a rencontrée dans une galerie du château.

Notre Français était confondu.

— Comment! se disait-il tout bas, et lui aussi croit à la légende! C'est bien la peine d'être apprenti diplomate! — Quel air avait-elle cette redoutable apparition? ajouta-t-il en souriant.

— Vous n'avez pas vu son portrait?

— Quoi! la dame mystérieuse a eu la précaution de se faire peindre?

— Sans doute, et le duc, qui va mourir, avait eu soin de faire enlever ce portrait du château de Baden-Baden, tant il avait peur, l'été, quand il habitait cette résidence, de rencontrer ce visage sinistre. Il l'a fait apporter ici dans le garde-meuble de la couronne. Hélas! la Dame blanche se venge.

— Au revoir, mon cher, interrompit le Français, en serrant fortement les mains de son interlocuteur.

Le Badois se trompa à cette démonstration, qui

voulait dire, selon lui : Pauvre duc! pauvre duché! pauvre Dame blanche! tandis qu'en réalité cette pression était une raillerie qui signifiait : Pauvre garçon!

— Décidément, murmurait notre jeune sceptique, le grand-duc manquera à tous les égards qu'il doit aux légendes de son pays s'il guérit de son mal.

La pensée de visiter un médecin du château qu'il connaissait un peu, sembla piquante au voyageur français. Il trouva le docteur sombre et préoccupé.

— Comment va le duc? lui demanda-t-il.

— Assez bien, répondit le médecin, et cependant!...

— Est-ce que par hasard, docteur, vous croiriez aussi à la Dame blanche?

— Je n'y crois pas, mais cela n'empêche pas les autres d'y croire, et le prince finira par deviner le secret de ces sympathies alarmantes qui l'entourent. Dans sa disposition d'esprit, il n'en faut pas davantage pour troubler le cerveau. Ah! je voudrais envoyer au diable tous ces inventeurs de diableries, de sortiléges, et la première fois que je me trouverai en face du portrait de la Dame blanche, je lui passerai ma canne à travers les yeux. Ce serait dommage, pourtant, car cette femme est belle!

— Vraiment! fit le Français, que le dépit du docteur affriandait plus que la foi naïve qu'il avait rencontrée jusque-là.

— Comment ! vous n'avez pas encore vu le portrait de la Dame blanche, et il n'est question que d'elle depuis deux mois bientôt?

— Je crois, docteur, que je ne pourrai guère me dispenser d'aller rendre visite à ce tableau, en attendant que je me fasse raconter la légende.

— Oh! la légende est absurde, dit le médecin, avec le geste et le sourire d'un esprit fort ; mais le portrait est superbe! Quels yeux! quel teint! Je vais au château ; si vous le voulez, je vous conduirai, et nous irons présenter nos hommages à la Dame blanche de la maison de Bade.

— J'accepte, dit le Français.

Pendant la route, le médecin s'étendit longuement sur la maladie du duc Léopold. Il démontra d'une façon péremptoire la pusillanimité des Badois ; il déchira avec des arguments furieux les voiles lugubres dont on enveloppait l'horizon ; il se moqua avec tant d'acharnement de la légende et de ceux qui y croyaient, que le jeune Français finit par conclure qu'en dépit de sa raison et du témoignage de la science, le savant avait un peu peur de la vision populaire.

Au château, ils se séparèrent pour une heure. Le docteur alla visiter son illustre malade qu'il trouva aux mains de plusieurs de ses collègues ; une consultation des plus rassurantes fut rédigée et signée.

Avant huit jours, le grand-duc Léopold devait pouvoir sortir et voyager.

En rejoignant le jeune Français, le docteur affectait une grande gaieté.

— Tout va bien! s'écria-t-il; en dépit des fantômes, nous triompherons. Je puis voir maintenant sans peur le portrait diabolique.

— N'emportez pas pourtant votre canne, ce sera plus prudent.

— Ne craignez rien; je défie toutes les Dames blanches du monde.

On arriva au garde-meuble. Il ne fut pas facile à nos deux curieux de se faire montrer le portrait en question. Le grand-duc avait manifesté une si vive répugnance pour cette image, la dernière fois qu'il l'avait aperçue, qu'on l'avait fait immédiatement disparaître, l'enfermant sous une triple serrure. Mais à Bade, comme à Paris, il n'y a pas de serrure sans clef, de clef sans gardien, de gardien sans entrailles, et la curiosité du jeune Français sut faire luire des arguments qui triomphèrent de toutes les répugnances. La mystérieuse armoire fut ouverte, on en sortit un portrait qui avait près de quatre pieds de hauteur.

Le jeune Français poussa une exclamation et se prit à admirer. Sur un fond obscur, que le temps avait encore assombri, se détachait une figure d'une beauté sinistre; elle était pâle, et ses lèvres, d'une grâce enchanteresse, s'entr'ouvraient, comme une fleur de pourpre au milieu d'un bouquet de lis. Ses cheveux, d'un noir de jais, étaient relevés et noués dans une coiffure du xvi⁰ siècle.

Ses deux mains, sur lesquelles on voyait courir des veines bleues, étaient croisées sur le dossier d'un fauteuil; sa robe était noire, bordée de fourrures. Un écusson, au-dessus duquel deux ours soutenaient une couronne de comte, brillait dans un coin du tableau. Rien de plus simple, de plus sévère que ce portrait; mais tout son charme, je devrais dire toute son horreur, consistait dans les yeux fixes et pénétrants avec lesquels la dame inconnue regardait. On eût dit que le peintre avait troué la toile et mis une flamme véritable à l'endroit de la prunelle.

Sous d'épais sourcils décrivant un arc irréprochable, une clarté singulière et inflexible semblait lancer horizontalement des rayons qu'on ne pouvait éviter. Une force magnétique ramenait toujours l'attention vers ce front de marbre abritant ces deux lampes funèbres. Il y a au Musée du Louvre un sombre portrait de Raphaël qui exerce la même fascination. Les yeux attirent, et de quelque part qu'on regarde, on est inquiété, tourmenté par ces deux étincelles immobiles et pénétrantes.

Le portrait de la Dame blanche de Bade, dû à quelque inconnu de génie, peut-être bien à un de ces peintres médiocres qui ont une heure d'inspiration sublime dans leur vie, était un chef-d'œuvre de fierté, de tristesse, de beauté ; mais, à mesure qu'on étudiait cette physionomie fatale, l'énigme se déchiffrait. Cette lèvre, si admirable dans son dessin, semblait frémir au souffle des passions terrestres; cet œil sans larmes, s'il brillait comme l'acier, était dur comme lui ; cette pâleur était un suaire et non un voile.

Le jeune Français était plongé dans une extase mêlée d'effroi. Il sentait son cœur battre à l'aspect de cette triste et royale beauté. Il la trouvait idéale comme Ophélie, terrible comme lady Macbeth ; il flottait entre l'amour et la terreur.

Le médecin, qui, de son côté, avait regardé avec une attention non moins profonde, quoique un peu railleuse, le portrait de la Dame blanche, frappa sur l'épaule du Français et lui dit :

— Eh bien ! qu'en pensez-vous ?

Le jeune homme tressaillit, et cherchant à dissimuler son émotion :

— Je pense, répondit-il, que voilà une admirable femme, un peu pâle, mais dont les yeux et la bouche annoncent qu'elle avait l'esprit fier et le cœur ardent. Que de passions sur ces lèvres ! quel infini dans ces regards !

Le docteur hocha la tête.

— De belles phrases à propos d'une exécrable femme ! Pas tant d'entraînement, mon jeune ami ! Ce que vous lisez dans ces yeux, c'est le meurtre; ce que vous admirez sur ces lèvres écarlates, c'est le sang répandu. Votre héroïne est un monstre. Je sais bien que vous autres Français, quand vous ne guillotinez pas ces êtres-là, vous leur dressez un piédestal et leur décernez l'auréole du génie. Mais il vous serait difficile pourtant de poétiser la Dame blanche.

Avons-nous besoin de dire que le jeune Français écoutait le docteur avec impatience? Il désirait maintenant avec autant d'ardeur qu'il avait montré jusque-là de défiance le récit de cette fameuse légende qui secouait tant de pressentiments sur le château du duc de Bade.

Il sentait palpiter un intérêt vague au fond de cette histoire lugubre, et nous sommes contraint d'avouer que le crime même dont la Dame blanche avait pu se rendre coupable était un excitant énergique pour sa curiosité; tant il est vrai que nous avons tous, plus ou moins, la passion de l'horrible, et que certaines épouvantes sont la source des plus vives jouissances de l'esprit.

Le docteur vit le désir de son compagnon, et passant son bras sous le sien :

— Ne vous échauffez pas trop l'imagination, mon jeune ami, lui dit-il, il n'y a rien de bien intéressant. En deux mots, voilà l'histoire.

— En deux mots! s'écria le Français. Merci, docteur, vous êtes trop bref; vous n'êtes pas d'ailleurs assez désintéressé dans la question pour parler de la Dame blanche en conteur impartial ; je me défie de vous.

Et dégageant son bras de celui du médecin, il courut chez la baronne de B...

Il la trouva dans le même fauteuil, sous le même rayon de soleil, travaillant au même tricot. Dès qu'elle l'aperçut :

— Qui vous ramène, monsieur l'incrédule?

— C'est le repentir et la foi, répondit le jeune Français, en envoyant du seuil de la chambre un salut plein d'humilité et de supplication.

La vieille baronne sourit, regarda de côté son pénitent, fut assez satisfaite de sa componction, et dégageant un petit tabouret de tapisserie, enfoui sous les plis de sa douillette :

— Venez vous agenouiller là, dit-elle, et confessez-vous; si vous faites preuve de contrition, je vous absous.

— Et vous me raconterez la légende?

— Parbleu !

Le jeune homme vint se précipiter aux genoux de la douairière, avec une vivacité dont elle s'amusa.

— C'était ainsi autrefois, murmura-t-elle avec un soupir; on s'agenouillait là, mais pour faire des contes, et non pour en entendre ! Bah ! ce passé est aussi une légende, et vous n'êtes pas ici pour écouter mes soupirs.

Le jeune Français fit part de sa visite au portrait, de ses impressions et de son ardente curiosité.

La baronne enroula gravement son tricot, tira d'une petite bonbonnière en ivoire, ornée d'un magnifique portrait, quelques morceaux de réglisse qu'elle glissa entre ses lèvres, se renversa dans son fauteuil, toussa un peu, ramena ses mitaines sur ses doigts et commença ainsi :

II

Il y avait une fois un jeune margrave de Bade, très-beau, très-savant et très-bon. Ce jeune prince, comme on n'en voit guère, n'avait qu'un défaut : il était d'une tristesse insurmontable, d'une mélancolie que rien ne dissipait. Son père et sa mère, qui contemplaient avec orgueil cet unique rejeton de leur race, se demandaient quels désirs creusaient des abîmes dans le cœur de leur enfant.

Mais le margrave ne souhaitait rien et n'aimait personne. J'entends qu'il n'aimait pas autrement qu'avec sa piété filiale ; car jamais fils ne fut plus soumis aux volontés de ses parents, dont il recevait les conseils avec une humilité parfaite. Vous voyez que le prince était décidément un prince fort extraordinaire.

Un jour le margrave fut conduit par les deux vénérables auteurs de ses jours dans une charmille du parc, et là, sous l'œil du bon Dieu, loin des courtisans importuns et des valets curieux, on voulut sonder la plaie mystérieuse qui saignait au cœur du jeune homme. Il se prêta avec docilité à cet examen; mais il lui fut impossible de confesser aucun secret. A chaque question, le margrave répondait qu'il n'avait rien, qu'il ne désirait rien, que l'ennui pesant dont il souffrait se dissiperait sans doute, et qu'il n'avait autre chose à demander au Ciel que la continuation des jours calmes et sereins de ses parents. Un baiser respectueux compléta cette réponse, et les deux augustes vieillards, après avoir béni leur fils, rentrèrent au château, bien embarrassés, mais bien émus d'une tendresse si exemplaire, d'une innocence si parfaite.

Cependant la nuit inspira aux vieillards la pensée d'une guérison, et, dès qu'il fut jour, on appela de nouveau le mélancolique margrave.

— Mon fils, lui dit son père, nous avons décidé que vous voyageriez. J'ignore les desseins de Dieu sur nous; mais il se peut que nous allions bientôt rejoindre nos aïeux sur l'oreiller de marbre des caveaux de la famille. Vous pouvez être tout à coup appelé à régner. Il est donc essentiel que vous soyez préparé à ce grand événement. Or, la tristesse dont vous êtes la proie est une mauvaise disposition pour gouverner. Que sera-ce donc, mon fils, quand vous verrez l'envers de la nature humaine et l'intérieur des consciences? Je ne veux pas que vous soyez misanthrope, j'aime trop mes sujets pour leur léguer un tyran ou un incrédule; il faut songer à vous guérir. Je pense que les voyages vous seront l'occasion de vous distraire, en achevant de vous instruire. On se connaît mal quand on ne s'est pas vu dans plusieurs miroirs; de même, on n'entend rien à l'humanité quand on n'est pas sorti de soi-même. Allez donc, mon fils, étudier les hommes dans leurs divers pays. Vous êtes prudent; je n'ai pas de conseil à vous donner, je vous bénis...

Le vieux prince ne raisonnait pas trop mal pour un simple prince allemand. Le remède était bon. Le margrave consentit à en essayer. Il fit ses paquets avec docilité, n'oublia pas d'emporter un Plutarque et un Sénèque, dont il lisait parfois, pour s'entretenir l'esprit en appétit du bien, dérouilla son épée qu'il suspendit à son côté, embrassa tendrement son père, sa mère, s'inclina sous leur bénédiction, et partit.

Sur le seuil du château, la mère, qui avait suivi son fils, le serra encore une fois dans ses bras, et le retenant un instant sur son cœur, lui murmura aux oreilles ces exhortations suprêmes qui jaillissent toujours du sein maternel, multipliées par les angoisses de la séparation.

— Mon fils, lui dit-elle à voix basse, rapportez votre cœur de vos voyages; quelle que soit l'occasion qui vous tente, rappelez-vous qu'un fils respectueux doit faire bénir son hymen par sa mère et par son père, et qu'un prince de la maison de Bade ne doit point offrir son blason dans un bouquet.

Le margrave sourit, rougit, embrassa trois fois encore sa mère attendrie, monta à cheval et partit au galop pour son tour d'Europe.

Il alla en France, en Italie, en Espagne, dans tous les pays du soleil, de la poésie et de l'amour; mais la gaieté de ces régions privilégiées, loin de dissiper la mélancolie du jeune voyageur, épaississait au contraire le voile lugubre qui l'enveloppait. Son cœur repassait les frontières, libre et insensible comme il les avait franchies d'abord; quant à son esprit, il s'enrichissait à chaque excursion nouvelle d'un désenchantement de plus.

Le Nord convenait mieux au caractère rêveur du margrave. Il se dirigea vers ces contrées mélancoliques, et ce pâle soleil semblait plutôt le vivifier et l'épanouir que les chauds rayons de Naples, de Venise, de Madrid, de Paris.

Un jour, en Danemark, le jeune prince se promenant seul, à cheval, dans la campagne, s'égara. Après des efforts infructueux pour retrouver son chemin, comme la nuit s'avançait, il se hasarda à demander l'hospitalité dans un château dont il avait admiré, quelques instants auparavant, la position merveilleuse au bord d'un lac.

Un vieux majordome vint prendre la bride du cheval du margrave et apprit à ce dernier qu'il était chez la comtesse Olamünde, jeune veuve, qui, depuis la mort de son époux, vivait dans une retraite absolue, et n'allait plus à la cour. Le margrave sollicita l'honneur d'être présenté à la comtesse, et le vieux domestique le conduisit sur une terrasse où celle-ci respirait la fraîcheur du soir, assise entre ses deux enfants.

Jamais le margrave n'avait vu de femme aussi belle que la comtesse Olamünde ; jamais dans ses rêves il n'avait imaginé un front aussi pur, des yeux aussi pénétrants, des cheveux aussi noirs; il voyait combinées dans une seule ces deux beautés si différentes : la blancheur lactée des femmes du Nord, l'éclat du regard et les cheveux d'ébène des femmes du Midi; tout cela harmonié par une langueur, par une tristesse charmante qui enlevait aux prunelles ce qu'elles auraient eu de trop vif, et donnait à la pâleur un sens énergique plein de pensées mystérieuses.

Je ne veux pas vous ménager de surprises, ni me lancer dans des analyses de sentiment fort inutiles pour ce que vous voulez savoir. Vous devinez, sans avoir la pénétration d'OEdipe, que le margrave devint amoureux de la comtesse Olamünde : en pouvait-il être autrement?

Vous qui avez vu son merveilleux portrait, ne comprenez-vous pas avec quelle violence le cœur de ce jeune contemplateur allemand dut tout à coup s'épanouir aux regards de cette femme étrange, en répandant des parfums sévèrement enfermés!

Si jamais passion fut rapide, foudroyante, ce fut celle-là. En posant le pied sur la terrasse et en apercevant aux derniers reflets du soleil couchant la comtesse assise et fouillant du regard les espaces infinis, le jeune margrave sentit une source jaillir en lui. Une voix secrète lui dit : « C'est elle que tu cherchais! » Par une révélation instantanée, il comprit que le secret de sa tristesse était là, et que toute sa mélancolie était le désœuvrement de son cœur. Désormais il allait vivre.

Il s'approcha lentement et avec respect, n'osant interrompre la méditation profonde qui absorbait la pensée de la comtesse. — Hélas! se disait le jeune margrave, elle songe peut-être à son époux.

Et le prince se sentait jaloux de ce souvenir donné à un mort.

Mes priviléges de conteuse me permettent de vous avouer que la comtesse songeait bien plutôt à l'époux inconnu que lui réservait l'avenir; et c'est ici l'occasion de vous dire, sans réticence, quelle était l'âme qui se consumait dans ce transparent albâtre, et dont on voyait la lueur monter jusqu'aux plus beaux yeux du monde.

La comtesse Olamünde était ambitieuse. Descendante d'une famille royale, que les révolutions avaient transplantée loin du trône, elle vivait avec la pensée incessante de relever sa race, de remonter les échelons descendus, et de mêler un jour l'or de quelque couronne princière à l'ébène de ses cheveux.

Le comte Olamünde, son premier époux, était un fort modeste gentilhomme, incapable de comprendre l'immense ambition de sa femme, et ayant la simplicité de croire qu'une fortune suffisante, avec deux beaux enfants et une conscience tranquille, était une part assez belle, en Danemark comme ailleurs, pour qu'on s'en contentât.

Après avoir souffert pendant dix ans des mécomptes suscités par un époux si peu fait pour l'aider dans son œuvre, la comtesse Olamünde était devenue veuve. Je n'affirme pas que le défunt ait été pleuré ; il mourut même si à propos, que des esprits méfiants auraient pu accuser de cette coïncidence quelqu'un de plus responsable que le hasard. Mais la réputation de vertu de la comtesse et la santé depuis longtemps chancelante du comte parurent, en Danemark, des raisons plausibles qui déroutèrent les soupçons, si l'on peut admettre que des soupçons se soient élevés au sujet de cet événement. Quoi qu'il en fût, pleuré ou non, le comte Olamunde eut des obsèques grandioses, un cénotaphe de marbre gigantesque, avec une inscription latine ; et s'il est vrai que la mort ne soit que la vie humaine vue à l'envers, le défunt dut convenir, en jouissant d'un monument si magnifique, qu'il y avait pourtant quelque chose d'assez agréable dans les visées ambitieuses de son épouse.

La comtesse Olamünde considérait le veuvage comme une transition entre les désappointements de son premier hymen et les espérances d'un second.

Aussi, le soir que le margrave vint demander l'hospitalité, la belle veuve était-elle plongée dans une contemplation ardente, et cherchait-elle son étoile à travers les nues. Ramenée vers la terre par l'arrivée de l'étranger, ce fut sans désappointement, ou plutôt, ce fut avec un tressaillement de joie et d'orgueil qu'elle vit ce beau jeune homme respectueusement incliné, et qu'elle l'entendit énoncer son nom et ses qualités. La comtesse enveloppa le margrave d'un regard rapide, et satisfaite de cet examen, amena sur ses lèvres le plus éblouissant sourire qui ait jamais fait rêver un poëte.

Ce serait ici l'occasion de vous jouer un de ces beaux airs que la jeunesse joue si bien ; mais mes vieux doigts se sont roidis à tricoter, et pinceraient mal cette corde enchanteresse. Que votre imagination vienne donc en aide à mon cœur stérilisé. Représentez-vous cette belle soirée, cette terrasse, la comtesse Olamünde avec les deux yeux que vous lui connaissez et les ambitions qui l'agitent, le jeune margrave avec sa candeur, sa naïveté; songez aux entretiens sublunaires de Roméo et de Juliette; invoquez, évoquez tous les gracieux fantômes que le souffle des nuits promène sur les terrasses des châteaux, au bord des lacs, et vous suppléerez sans peine à l'élégie dont je me dispense.

Qu'il vous suffise de savoir que le margrave fut si bien reçu au château de la comtesse Olamünde qu'il revint le lendemain et les jours suivants; et, quinze jours après leur première entrevue, le margrave et la belle veuve s'élançaient, par la pensée, dans les mêmes régions idéales, sur le même char ailé. Mais, à mesure que cette intimité développait dans le cœur du jeune prince un de ces sentiments éternels qui ne s'éteignent qu'à la mort, la gaieté allumait ses regards, l'esprit allégeait son front; il souriait à la nature et à la vie, et allait avec une merveilleuse candeur au-devant de toutes les illusions. L'amour de la comtesse Olamünde, au contraire, était une flamme qui lui creusait le visage et promenait des réverbérations sinistres sous les arcades de ses grands yeux.

Un soir qu'ils étaient tous deux sur la terrasse, le margrave laissa déborder son émotion, et, annonçant à la comtesse son prochain départ pour Carlsrühe, lui peignit en termes touchants ses regrets et ses espérances.

— J'ai fait un beau rêve, madame, dit-il en terminant; s'il dépendait de moi de le changer en réalité, Dieu m'est témoin que le plus beau jour de ma vie serait celui où je vous ramènerais margrave de Bade dans le château de mes pères.

Les yeux de la comtesse Olamünde lancèrent des étincelles, sa lèvre frémit.

— Et qui peut donc empêcher la réalisation de ce beau rêve ? répondit-elle avec une sombre énergie.

— Hélas ! reprit le margrave, *il y a quatre yeux qui s'opposent à ce bonheur*. Tant que ces quatre prunelles réfléchiront l'azur du ciel, notre union est impossible.

— Et si ces yeux importuns s'éteignaient? demanda la comtesse avec un tremblement terrible et d'une voix étranglée.

— Si ces quatre yeux étaient clos, reprit avec tristesse le margrave, vous seriez ma femme.

— Je serai duchesse de Bade ! s'écria la comtesse Olamünde avec un éclat sauvage.

Le prince la regarda avec étonnement, chercha à comprendre ce qui se passait dans ce cœur ténébreux ; puis trouvant sans doute en lui-même une explication selon ses désirs :

— Oui, comtesse, lui dit-il avec une voix émue et en lui baisant la main, oui, vous serez margrave! Adieu, je reviendrai.. J'emporte la foi et du courage.

Le margrave partit ; et la comtesse, penchée sur sa terrasse, le suivit de loin avec de sombres regards.

Quand il eut disparu entièrement dans les brumes du chemin, madame Olamünde se leva, aussi blanche qu'un spectre.

— Je serai duchesse de Bade, répétait-elle avec fierté, en croisant ses bras sur sa poitrine ; mais avant cette joie...

Comme on lui amenait alors ses deux enfants pour le baiser du soir, la comtesse repoussa avec effroi ces deux innocentes créatures.

— Pourquoi ne dorment-ils pas déjà ? dit-elle avec violence. Pourquoi ces quatre prunelles sont-elles si brillantes, si éveillées à cette heure ! Qu'elles se voilent ! qu'elles s'éteignent ! je ne veux plus les voir.

Et, agitant ses bras, comme si elle eût voulu se débarrasser de serpents qui les mordaient, la comtesse s'enfuit de la terrasse ; elle ne se coucha pas de la nuit, et erra dans le château. Il est probable qu'elle n'alla pas rendre visite, dans toutes ses courses, au lit de marbre du comte Olamünde.

III

Deux mois se passèrent. Le margrave de Bade revint en Danemark ; il se hâtait. Il apportait une bonne nouvelle, et son cheval n'allait pas au gré de son impatience. Une transformation complète s'était opérée en lui : le rêveur débile s'était épanoui en cavalier charmant et robuste ; le bonheur avait relevé son front, éclairci son visage ; et l'espérance débordait de son regard.

A la dernière ville qui précédait le château de la comtesse, le jeune voyageur fit halte et se recueillit. Il portait tant de joie, qu'au moment d'arriver, le fardeau lui semblait pesant ; il avait tant de choses à dire à la comtesse, qu'il avait besoin de mettre de l'ordre dans ses idées. Il quitta ses poudreux habits de voyage, et se parant, comme pour des fiançailles, il se remit en route avec un tel battement de cœur, qu'il était obligé de s'arrêter souvent, craignant de suffoquer.

A une lieue du château, le margrave rencontra le vieux majordome qui lui avait tenu la bride lors de sa première visite ; il était en deuil, marchait le front baissé et portait un paquet sous le bras.

— Eh ! mon brave homme, où allez-vous ainsi ? demanda le voyageur, qui s'alarma des habits et de la mine lugubres du vieux serviteur.

Le majordome releva la tête, reconnut le margrave et pâlit, mais il ne répondit rien ; le jeune homme insistant et demandant des nouvelles de la comtesse, il murmura :

— Monseigneur, la comtesse vous attend.

Et, sans vouloir ajouter un mot, poussant un profond soupir, il continua sa route.

— C'est étrange, se dit le margrave, saisi d'un pressentiment lugubre, serait-il arrivé quelque malheur au château?

Comme il apercevait une auberge, il s'arrêta, fit donner une mesure d'avoine à son cheval devant la porte, et voulut interroger l'aubergiste.

Au premier mot, l'hôte tressaillit, regarda fixement le voyageur et répondit :

— Vous êtes celui qu'on attend au château; vous n'avez pas besoin alors de vous arrêter si près du but! Et, avec une vivacité empreinte d'une sorte de terreur superstitieuse, l'aubergiste alla retirer le cheval de la mangeoire, lui remit la bride et ferma sa porte, ne voulant pas répondre au margrave qui l'appelait pour le payer.

Cette fois, le jeune prince se sentit pris d'épouvante; il partit au galop. Bientôt il aperçut le château de la comtesse. La grille était ouverte ; deux enfants du village étaient assis sur le bord du fossé; au bruit du cheval, ils se levèrent et prirent leur course, en poussant des clameurs, comme à l'approche d'une vision sinistre.

Le margrave franchit la porte d'un bond : les quatre fers de sa monture firent jaillir quatre étincelles du pavé. Il appela, mais personne ne vint; il attacha alors son cheval à un anneau de la porte. La cour, les vestibules, tout était désert. Le margrave monta l'escalier qui conduisait à l'appartement de la comtesse. Il avait peur de se heurter à un cercueil. La mort planait si visiblement sur cette maison, changée en sépulcre, que le jeune prince s'attendait à trouver celle qu'il aimait dans les plis du linceul. Au sommet de l'escalier, il s'arrêta, appuya ses deux mains sur son cœur pour en comprimer les battements, adressa une courte oraison au Dieu qui bénit les purs sentiments, puis il pénétra dans l'appartement de la veuve.

Après avoir traversé plusieurs chambres aussi abandonnées que le reste de la maison, il parvint à une pièce retirée, et un gémissement qui le fit tressaillir l'avertit qu'il n'était plus seul. La comtesse Olamünde, accroupie plutôt qu'assise dans un grand fauteuil, les mains dans les cheveux, les regards attachés devant elle, semblait concentrée dans une de ces douleurs insensées et farouches qui ne trahissent que des sentiments surhumains ou des remords. Une obscurité presque complète régnait dans cette chambre ; les rideaux étaient baissés, les volets à demi fermés.

Entendant des pas sur le plancher, la comtesse dressa la tête.

— Qui est là ? demanda-t-elle d'une voix si troublée que le margrave eut peine à la reconnaître.

Le prince s'avança alors jusqu'à la comtesse, et,

prenant ses mains inondées d'une sueur froide, il fléchit le genou avec une piété recueillie, et dit doucement :

— Salut à la margrave de Bade !

La comtesse poussa un cri, se jeta sur les rideaux qu'elle fit voler sur la tringle, écarta brusquement les volets, et reconnaissant dans un flot de lumière celui qu'elle attendait depuis longtemps, se précipita sur lui comme sur une proie, et l'étreignit à l'étouffer, en murmurant :

— C'est toi ! tu viens bien tard !

Le prince fut frappé du changement opéré dans le visage de la comtesse. Ses orbites s'étaient creusées ; elle était d'une pâleur de spectre, et une flamme sinistre vacillait dans son regard.

— Qu'avez-vous, madame ? s'écria-t-il ; vous souffrez ?

— Ce n'est rien dit-elle, avec un éclat de rire qui retentit dans les chambres désertes ; je t'attendais, et je ne t'espérais plus ; mais te voilà ! Oh ! je vais oublier !

— Vous êtes bien seule, madame !

— Tu crois ? Ah ! j'avais peur pourtant d'entendre *revenir* quelqu'un.

— Que s'est-il donc passé ? pourquoi cet abandon ?

— Ce qui s'est passé ? ne le sais-tu pas ? Ah ! je te le dirai en route... Mais fuyons, fuyons ! Tu viens me chercher, n'est-ce pas ? Je suis ta fiancée ; rien ne s'oppose plus à ce que je sois ta femme : les yeux jaloux qui te faisaient peur sont éteints.

— Dieu soit loué! comtesse, interrompit vivement le margrave, ces quatre prunelles réfléchissent toujours le ciel; mais elles m'ont souri en accédant à mon vœu le plus cher.

— Que dis-tu là? ces yeux, ces flambeaux, ces quatre paupières vivent encore? tu les as vues?

— Pourquoi ce trouble, cet égarement?

— Oh! je suis bien certaine pourtant de les avoir vues se fermer pour jamais!

— Que dites-vous? mon Dieu!

— Rien, partons! Tu le vois, margrave, on savait que j'allais partir et l'on m'a abandonnée. Viens, viens; ton cheval est en bas, il piaffe d'impatience; tu m'emporteras en croupe.

Et la comtesse, avec une violence qui trahissait de folles terreurs, entraînait le margrave. Ce dernier, ébloui, fasciné, mais cédant avec une sorte d'effroi qui remplaçait la confiance, se laissait conduire ; il retrouva le cheval sous la porte, prit la comtesse dans ses bras et se mit en selle.

Au moment de secouer la bride, une idée lui vint :

— Nous oublions vos enfants, madame, où sont-ils?

La comtesse se tordit dans les bras du margrave, comme un serpent jeté sur un brasier; elle le regarda avec des yeux effarés, en posant sa main frémissante sur son épaule. Il renouvela sa question ;

elle répondit, les dents serrées, avec un sifflement :

— Tu demandes mes fils! mais ne m'as-tu pas dit que leurs yeux ne pouvaient contempler notre bonheur?

— C'étaient les yeux de mon père et ceux de ma mère que je redoutais pour vous, non ceux de vos enfants, madame... Et mon père et ma mère ayant consenti à notre mariage...

La comtesse l'interrompit en poussant un cri effroyable.

— Tu mens! dit-elle avec délire; tu mens, c'est impossible! je n'aurais pas été en vain mère sacrilège et dénaturée!...

Le margrave comprit tout.

Il écarta les bras avec horreur. La comtesse glissa à terre; mais, se redressant aussitôt, elle se cramponna à la selle, aux étriers, aux mains du prince, en poussant des gémissements entrecoupés.

Quant à lui, glacial, terrible, ne trouvant aucun mot, aucun cri pour l'effroyable déchirement de son âme; inflexible comme la malédiction de Dieu, pâle comme un fantôme, il repoussa du pied l'infanticide, qui s'élança en rugissant dans le château; puis, faisant jaillir le sang de son cheval sous ses deux éperons, il franchit la grille ventre à terre...

Le chemin tournait autour du manoir; en passant au galop près du lac, le margrave aperçut la comtesse penchée en dehors de la terrasse; une brise lui apporta ces paroles lancées avec toute l'énergie du désespoir :

— Margrave de Bade, il y a malgré toi un pacte de sang entre ta race et la mienne ! je suis à toi pour l'éternité !

Puis on vit la comtesse étendre les bras et s'élancer ; les eaux du lac s'agitèrent ; le prince poussa un cri et voulut courir au secours ; mais il pensa qu'il ne devait pas disputer cette criminelle au jugement d'en haut.

Le margrave revint dans le duché de Bade, pour y mourir après quelques mois de langueur. Le remords du crime dont il était innocent l'écrasait et le conduisit au tombeau. Par une fantaisie singulière, il voulut avoir dans sa chambre, près de son lit, le portrait de la comtesse Olamünde. On envoya chercher en Danemark ce tableau magnifique que vous avez admiré. Quelques jours avant sa mort, le jeune margrave affirma avoir vu la comtesse. Ses parents en larmes voulurent lui persuader que c'était une hallucination de la fièvre, mais il persista, et dit à son vieux père qui cherchait à le rassurer :

— Vous la verrez, vous aussi, mon père !

En effet, quand le vieux duc mourut, quelques années après son fils, il affirma également avoir rencontré dans le château le fantôme de la comtesse Olamünde. Depuis, c'est une tradition de la maison de Bade que quand un prince de la famille va mourir, la Dame blanche lui apparaît; et vous ne douterez plus désormais de la réalité de nos pressentiments, ajouta la douairière, quand vous saurez que la comtesse Olamünde a été aperçue trois fois depuis la maladie de Son Altesse Léopold...

IV

En achevant son récit, la baronne de B... déroula son tricot, remit les aiguilles en mouvement, et attendit les impressions du jeune Français. Comme celui-ci ne disait rien, la douairière lui demanda à quoi il pensait.

— Je cherche la moralité de ce conte, répondit-il.

— Voyez-vous le sceptique ! dit-elle en riant, il prend notre histoire nationale pour une imitation de la Barbe-Bleue.

— Non pas, madame; je sais que tous les châteaux royaux ont de ces hiboux dans leurs corniches, et que par certaines nuits ces oiseaux lugubres agitent leurs ailes dans les grandes salles. En France, c'est le petit homme rouge des Tuileries; en Prusse, c'est la balayeuse; en Norvége...

— Assez ! assez ! dit la douairière, dont le patriotisme était choqué, et qui tenait trop à l'originalité des légendes badoises pour consentir à les voir confondues avec toutes les superstitions du même genre.

Le jeune Français se tut, et après quelques remerciements, parla d'autre chose. Cependant, au moment de prendre congé de la baronne, il s'approcha d'elle et lui dit en lui baisant la main :

— J'ai trouvé la moralité de votre légende.

La douairière de B... haussa les épaules.

— Voyons la découverte !

— Votre récit démontre clairement que les jeunes gens s'exposent aux plus grands dangers quand ils veulent épouser des veuves qui ont des enfants.

La baronne lui tourna le dos et lui garda rancune pendant trois jours. Au bout de ce temps, elle consentit à lui pardonner, sur son attestation solennelle qu'il croyait fermement à l'apparition de la comtesse Olamünde. Cette réponse n'était qu'une politesse faite l'hospitalité, et nous devons déclarer que le Français revint en France aussi peu superstitieux qu'au départ.

Quant au grand-duc Léopold, il était trop parfait Allemand pour donner tort à la légende nationale; aussi mourut-il ponctuellement à la fin d'avril 1852, en dépit de l'assurance des médecins, et pour la plus grande gloire de la Dame blanche.

Paris, 1854.

LE PETIT HOMME ROUGE

LE PETIT HOMME ROUGE

I

Au mois d'octobre de l'année 1773, toute la cour était à Versailles, lorsqu'un matin trois jeunes dames qui avaient fait le projet, sans doute, de respirer les derniers parfums de l'automne, avant que personne fût descendu, s'avançaient dans le parc, se tenant toutes les trois par la main, causant de mille choses, s'interrompant parfois pour jeter au visage de marbre de quelque vieux faune étonné des éclats de rire et des phrases de chansons, puis reprenant leur route au hasard, sans laisser paraître d'autre but que d'aspirer le plus d'air de liberté possible, et que de fouler avec leurs petits pieds humides de rosée les feuilles qui commençaient à tomber.

Toutes trois étaient belles de cette première beauté de la jeunesse qui tient autant à la pureté de l'âme qu'à la pureté des lignes du visage, et ces trois fronts limpides, qui s'éclairaient d'une clarté intérieure et sereine, animaient comme d'une poétique vision les

allées désertes et silencieuses. N'eût été le mantelet
que chacune d'elles ramenait de temps en temps sur
ses épaules quand la brise s'élevait un peu, et n'eût
été le nuage de poudre qui restait de la toilette de la
veille à leurs cheveux roulés en anneaux, on eût pu,
par ce temps de galanterie, et au milieu de ce jardin
mythologique, les comparer à trois nymphes sorties
du tronc des arbres et cherchant dans ces avenues
quelque sylvain à tourmenter, quelque berger insensible à désespérer. Mais les trois divinités matinales
(pour continuer ma galante métaphore) semblaient
avoir oublié ce jour-là quelles flèches victorieuses
trempaient dans leurs beaux yeux, et paraissaient
être venues dans le parc, tout vulgairement, tout
humainement, pour y jaser à leur aise en écoutant
jaser les oiseaux.

C'était avec l'entrain le plus sincère que ces trois
déités de la cour de Louis XV oubliaient l'Olympe,
mortellement ennuyeux alors, dont elles étaient l'ornement. Aux éclats de leurs voix, à leurs libres mouvements, on les eût dites envolées de ces tristes vo-
lières qu'on appelle des couvents, et ayant à cœur
de racheter tout le temps de gaieté perdu.

L'une d'entre elles surtout, dont le simple peignoir
de taffetas gris attaché de rubans de velours noir
contrastait avec les grandes robes brochées et émaillées de fleurs de ses deux compagnes, semblait jouir
avidement des quelques heures d'indépendance qu'elle

dérobait à l'étiquette. De temps en temps elle regardait de côté les portes du palais avec une petite moue rancunière qui dispensait de commentaires. Tout à coup elle s'arrêta, et levant brusquement ses jolies épaules comme pour secouer les souvenirs pesants qui les froissaient :

— Mesdames, s'écria-t-elle, ne vous semble-t-il pas que cette vie soit un supplice? Pour moi j'échangerais volontiers la destinée qui m'attend et que vous m'enviez peut-être, pour me retrouver simple jeune fille jouant et courant dans les petits chemins verts de mon pays.

— Hélas! répondit une autre, que parlez-vous de votre pays, ma chère? Si vous connaissiez la Savoie!

— Oh! oui, la Savoie! ajouta la troisième avec un gros soupir.

— Voulez-vous bien vous taire, avec vos airs de marmotte? reprit en souriant la jeune dame aux rubans noirs. Il semble que vous ayez les lèvres pleines de neige, et vous me faites grelotter rien qu'en parlant.

— Ma sœur, vous n'avez pas vu nos montagnes?

— Mes sœurs, qui de vous deux a vu Vienne? Tenez, le plus beau pays du monde c'est la patrie! Et la patrie, c'est où l'on aime et où l'on est aimé!

— Alors vous êtes Française, Autrichienne entêtée!

— Française! — non, pas tout à fait, pas autant que je voudrais l'être.

Et elle s'arrêta pour essuyer une larme qui brillait entre ses longs cils. Un mot jeté au hasard venait d'éveiller des pensées pénibles. On marcha quelques instants dans les charmilles, sans se parler, sans se regarder même, chacune se laissant aller à sa rêverie. Enfin celle qui s'était interrompue continua :

— Pourtant, si Louis l'avait voulu !

— Espérez, mon amie, espérez.

— Hélas ! je n'espère plus, je regrette.

— Eh bien ! méchante, essayez au moins de regretter patiemment.

— C'est cela ! attendre ! toujours attendre ! Et qui sait si cette froideur d'un époux que j'aime, moi, ne durera pas toujours ? Croyez-vous qu'en devenant moins jeune on devienne plus épris ? Vous ne comprenez pas cela, vous êtes heureuses, vous êtes aimées ! Mais moi, depuis que je suis en France, j'ai fait bien des réflexions, et j'ai plus d'expérience que vous, mesdames : quand on souffre on peut être bien vieille à dix-sept ans !

En disant cela, elle passait la plus jolie main du monde sur ses tempes rosées et transparentes, comme pour y chercher des rides et pour y constater des souffrances. Un sourire d'incrédulité fut le commentaire muet des deux amies ; quant à la jeune délaissée, elle parut retombée pour quelques instants dans sa méditation.

Cependant, la promenade que nulle n'avait encore

eu l'idée d'abréger, tant il leur paraissait doux d'errer ainsi seules et à leur aise, même en devisant, ou plutôt, surtout en devisant de leurs petits chagrins, la promenade s'était prolongée ; et l'on était déjà bien avant dans le parc, quand, au détour d'une avenue, les trois jeunes femmes entendirent du bruit. Elles s'arrêtent aussitôt, levant leurs jolies têtes surprises, puis se tiennent immobiles, écoutant avec de grandes palpitations, et aspirant l'air à la façon charmante de trois biches effarées.

— Si l'on nous voyait ! dit l'une à voix basse.

— Si l'on nous reconnaissait ! reprend une autre.

— Si le roi le savait ! ajoute la troisième. Et toutes de se retourner, de s'avancer, de se hausser sur la pointe des pieds, pour reconnaître l'ennemi et pour le prévenir.

— Chut ! dit enfin la plus hardie des trois qui venait d'aller explorer un bosquet suspect, c'est là.

Elles se concertèrent alors à voix basse ; et marchant ensuite avec les plus grandes précautions, attendant pour faire un pas que le bruit causé par le frôlement du pas précédent sur les feuilles se fût apaisé, elles parvinrent, en écartant les charmilles, jusqu'à l'endroit d'où sortait cette mystérieuse rumeur ; puis, en montant sur un banc qui se trouvait là, et en dérangeant quelques branches avec la curiosité pleine de réticences de trois jeunes femmes partagées entre le désir de savoir et la crainte d'en trop apprendre, elles s'excitèrent mutuellement à regarder. Une première mit fin aux irrésolutions et tendit le cou; une seconde enhardie s'appuya sur l'épaule de sa compagne pour l'imiter ; la troisième alors, ne voulant pas paraître avoir plus de scrupules que ses deux amies, glissa sa tête inquiète entre les deux têtes curieuses qui l'avaient précédée; et toutes trois s'enlaçant de leurs bras pour se soutenir, se penchèrent par un même mouvement, et purent voir alors tout à leur aise.

Quatre jeunes filles, assises au milieu du bosquet, et ayant chacune un cahier ouvert à la main, prêtaient une attention quelque peu mutine aux conseils mélangés de reproches d'un beau jeune homme qui se tenait debout devant elles. Il grondait et elles discutaient; il cherchait à donner à sa voix les tons exagérés d'une fausse colère, et elles l'interrompaient en riant aux éclats. Alors le harangueur déconcerté plongeait dramatiquement sa main droite dans l'entrebâillement de son gilet, tout en froissant de sa main gauche un manuscrit cousu de faveurs roses qu'il regardait avec désespoir et prenait instamment à témoin.

Modestement vêtu d'un habit brun de bouracan, portant ses cheveux noirs longs et flottants, sans poudre, contrairement aux usages de l'époque, pâle, avec de grands yeux bleus, le front haut, les veines saillantes, l'orateur du bosquet trahissait dans sa figure et dans son maintien cette animation fébrile qui fait rêver tant de belles choses et dire tant de folies de seize à vingt ans. On devinait, à cette sueur, lumineuse en quelque sorte, qui baigne les visages inspirés, que chez lui l'âme tourmentait le corps. Ce devait être un ambitieux en herbe, ou un fou, ou un poëte ! Comme nous l'apprendrons en nous tenant avec les trois jeunes dames derrière les charmilles, c'était un poëte. — Ce qui veut dire, au reste, un ambitieux et un fou.

Adrien, car c'était ainsi que venait de le nommer une de ses compagnes, Adrien quittait le collége ; et il confiait dans ce moment à des oreilles trop frivoles, selon lui, pour le comprendre, le précieux fruit d'une année de divagation et d'enthousiasme. De tout temps, les écoliers de tous les pays ont été travaillés, à l'âge où les passions s'éveillent et où l'amour s'entrevoit, de cette ardeur d'expansion qui se trahit le plus communément par des vers. La poésie est la rosée des premières années ; le soleil de midi l'enlève ensuite et la boit toute.

A l'époque où se passe notre histoire, la jeunesse ne songeait pas encore à tourner son enthousiasme vers les abstractions et les désespoirs. On ne débutait point par une plainte contre le siècle. Les maladies de poitrine respectaient assez généralement les poëtes. C'était le beau temps de l'idylle, mais de l'idylle en falbalas. La première muse était jeune, frisée, poudrée, portant chapeau de fleurs; quelquefois elle chassait devant elle avec une houlette élégante des petits moutons blancs comme neige ; les désespoirs se modulaient sur une musette; pas de vilains pistolets, ni de gaz pesant pour aider aux suffocations d'un amour incompris! Mais dans des petites cages de roseau des oiseaux emblématiques; mais des nœuds de ruban à des bouquets de rose; mais tout l'attirail coquet et frivole qui rendait l'Olympe impossible sans une habilleuse et un coiffeur ! Le dix-huitième siècle s'attifait des rognures du dix-septième. Le joli et le mignon remplaçaient le beau et le sévère. Marivaux et Florian devenaient chefs d'école comme Watteau et Boucher.

Adrien avait dû satisfaire nécessairement à ce goût dominant de l'époque. Dans ses longues rêveries, le long des corridors obscurs des oratoriens où il avait étudié, ce qui faisait fermenter sa jeune tête, c'était une vision qui lui était restée d'une fête de Versailles dans laquelle il avait entrevu des petits pieds chaussés de satin blanc, de belles têtes de duchesse dans une auréole de poudre; de beaux marquis en habits de velours. Son père, qui remplissait à la cour un emploi modeste, lui avait fait de merveilleux récits de ce qu'il pouvait voir des antichambres; et tous ces souvenirs, tous ces tableaux s'étaient revêtus d'une forme lumineuse en se fixant dans une imagination de dix-huit ans. On ne s'étonnera donc pas d'apprendre qu'Adrien, au moment où nous faisons sa connaissance, est en train de procéder à la répétition d'une pastorale en trois actes et en vers, dans laquelle il a répandu toutes les ardeurs de son âme et toutes les richesses de sa fantaisie. A ce propos, je doute que Corneille, qui se dispensait de la modestie parce que le génie lui suffisait, et qui était grand avec franchise; je doute que l'auteur du *Cid* eût la poitrine gonflée de plus d'orgueil, en entendant parler son Rodrigue, que notre jeune poëte ne l'avait en relisant ses innocentes déclamations. Il eût mis volontiers sur son chapeau : — C'est moi qui suis Adrien, l'auteur d'*Agénor et Chloé!* — Mais, forcé de renoncer à ce mode insolite de publicité, Adrien avait eu recours à quatre jeunes filles de son âge ; et il était convenu que, pour la fête d'un de ses parents, notre poëte aurait la satisfaction de voir son œuvre jouée, tant bien que mal, mais enfin représentée par ses compagnes d'enfance.

D'après une disposition de la pièce, très-savante, quoique très-naturelle en apparence, il n'y avait qu'un rôle d'homme; ce qui levait bien des difficultés. D'abord, aucun autre adolescent ne se trouvait admis dans l'intimité de ces demoiselles, et Adrien tenait à son isolement, qui n'était pas sans charmes; et puis l'admission de personnages mâles eût en outre produit des rivalités sur la valeur des emplois. Aussi, pour éviter d'avoir à défendre ou à céder les premiers rôles, Adrien s'était dit : Il n'y aura qu'un rôle d'homme et je le jouerai. Par là, point de dispute ! Il ne mécontentait personne, restait chef de la troupe et pouvait agir en maître. Ce dernier privilége cependant était très-contesté; et, comme nous le verrons, Adrien éprouvait dans son autocratie tous les inconvénients d'un gouvernement constitutionnel; il régnait et ne gouvernait pas.

Retournons maintenant prendre place à côté des trois jeunes dames derrière les charmilles. Cette digression un peu longue était nécessaire. Il nous fallait, pour l'intelligence de sa conduite, expliquer le caractère d'Adrien. Cela fait, revenons à ses moutons, car il y a, ou plutôt il est censé y avoir des moutons dans la pièce; l'embarras de discipliner cette partie peu intelligente de la troupe l'a fait supprimer en réalité; mais elle n'en doit pas moins subsister dans l'idée des spectateurs.

Notre poëte n'avait pu faire à la vanité féminine les sacrifices qu'il avait courageusement résolus en vue de l'amour-propre masculin. A moins de ne composer qu'un dialogue, dans la stricte acception du mot, force lui avait été, pour l'intérêt, pour la vraisemblance, peut-être aussi pour la magnificence de sa pièce, d'admettre plus d'un rôle de femme. Nous n'osons pas dire que ce fut un tort, mais ce fut certainement un malheur. Jusqu'à cette dernière répétition qui était décisive (la pièce devait être solennellement représentée le lendemain), on avait étudié les rôles séparément, sans trop s'inquiéter de leur importance relative; mais quand on fut en présence, et quand la position de chacune fut désignée, il y eut des exclamations de surprise, de dépit, de désappointement; alors se fit le tumulte qui avait distrait les trois jeunes dames de leur promenade dans le parc.

Selon la donnée du poëte, Agénor, prince ou marquis d'un pays oublié sur la carte (non pas sur la carte du Tendre), guidé par le désir, fort innocent pour un marquis, de se faire un bouquet de fleurs des champs, errait mélancoliquement le long d'une prairie, quand, au pied d'un saule, il découvrait tout à coup une bergère paisiblement endormie. A cette vue, transports et ravissements d'Agénor ; il oubliait l'éclat des cours, l'élégance fastueuse des grandes dames. La charmante simplicité de cette bergère (en robe de satin blanc, en chapeau de paille orné de rubans et de fleurs, tenant une houlette également enrubanée) le jetait hors de lui. Il s'agenouillait sur l'herbe et se livrait à la plus hyperbolique exclamation qui ait jamais fait trembler le feuillage vert tendre d'une églogue. Cependant la bergère se réveillait, et justement confuse de se voir surprise dans les douceurs du sommeil, elle s'excusait avec une grâce naïve qui achevait de troubler la tête de notre sentimental marquis. De délicates insinuations étaient faites alors dans le but de s'assurer si une petite place ne serait pas, par hasard, vacante dans le petit cœur de la ravissante bergère. Sur l'aveu de Chloé, que la campagne au printemps et deux ou trois agnelets de son troupeau avaient seuls, jusqu'à ce moment, trouvé le sentier fleuri de son âme, Agénor, s'autorisant de l'exemple d'un très-grand seigneur de l'antiquité, nommé Hercule, qui avait filé aux genoux d'une grande dame nommée Omphale, ne se faisait aucun scrupule de tomber aux pieds de Chloé, en lui offrant son cœur, sa main et son nom, estimant avec assez de justesse que de marquis à bergère la distance était la même que de demi-dieu à princesse. Ces sentiments héroïques faisaient certainement le plus grand honneur à un marquis de ce temps-là, où les préjugés avaient beaucoup d'empire ; mais la jeune personne qui s'était chargée du rôle de Chloé ne voulait pas que cela se passât ainsi. Sous le prétexte, au moins frivole, qu'elle ne pourrait jamais se résoudre à dormir en public, elle demandait à Adrien de changer la scène ; et puis, comme héroïne, elle revendiquait le droit de ne pas commencer l'acte et de ne paraître qu'après s'être fait attendre un peu. C'était, à son avis, le moyen de produire un bien plus grand effet. Adrien ne se montrait nullement convaincu, et il avait pour cela de nombreuses et excellentes raisons ; mais il lui eût été impossible de les déduire, tourmenté par le reste de la troupe, qui sollicitait également de lui de nombreux changements.

Au second acte, Agénor et Chloé, bras dessus bras dessous, allaient offrir une cage, où soupiraient deux colombes, à une devineresse fort célèbre dans le canton, et qui devait prononcer sur l'union réclamée avec instance par Agénor et refusée doucement par Chloé. Cette devineresse, dans l'idée d'Adrien, devait être enveloppée d'une certaine robe noire flottante, dont la couleur triste et l'ampleur semblaient une injure faite aux lignes élégantes et gracieuses de la taille de l'actrice, autant qu'à sa fraîcheur et à sa jeunesse. Celle-ci se plaignit donc de n'être pas habillée d'une robe de satin comme l'était Chloé. Une troisième, pour des raisons analogues, ne voulait pas paraître trop vieille, tout en passant pour l'aïeule de la bergère. Elle consentait à comprendre et à bénir les amours de ses petits-enfants, mais à la condition que l'on vît bien que ce n'était pas chez elle seulement l'effet d'un souvenir et d'un regret. Et puis elle était superstitieuse et craignait que cette heure de déguisement ne lui portât malheur ; elle avait peur de ne plus redevenir après la jeune et jolie fille d'auparavant et de vieillir réellement. Enfin il en restait une quatrième plus difficile à contenter. Tout son rôle lui déplaisait; et cependant, l'ingrate ! elle représentait une prêtresse habitant ou passant pour habiter un temple de jaspe et de porphyre orné de fleurs. C'était elle qui, selon les rites de ce pays peu connu, sanctifiait l'union d'Agénor et de Chloé, et les mariait de par l'amour et de par sa baguette enchantée. Mais, comme elle ne paraissait qu'au dénoûment, elle jugeait qu'il était inutile de créer un rôle pour quatre vers, et voulait, ou bien qu'on allongeât ce rôle, ou qu'on le supprimât entièrement.

Adrien se trouvait donc fort embarrassé. Il ne savait à laquelle répondre ; il les exhortait toutes, les suppliait à mains jointes, gémissait sur la destinée des poëtes, cherchait à faire comprendre la grâce et la simplicité d'intrigue de son œuvre pastorale. Peines perdues ! Toutes semblaient avoir conjuré son désespoir.

Il y eut un moment où, n'y tenant plus, il jeta son manuscrit loin de lui, se croisa les bras et leva la tête au ciel, comme pour l'attester et implorer l'intervention d'une providence quelconque. Tout à coup il lui sembla que son vœu avait été exaucé, et que cette providence venait, fée, ange ou magicienne, l'assister et le tirer d'embarras. Le feuillage s'écartait doucement devant lui, et une figure toute rayonnante se montrait au milieu des branches, lui jetant un regard humide de compassion et de sympathie. A cette douce apparition, notre poëte, les yeux fixes, les mains tendues, était près de crier au prodige, quand la vue de deux autres belles têtes encadrant la première, et de je ne sais quels détails de toilette peu familiers sans doute aux providences célestes, le fit retomber des hauteurs de l'extase et lui donna à penser que ce pouvaient bien être tout simplement trois jeunes curieuses, écoutant ce qui se disait et assistant à son humiliation. De leur côté, les trois dames, se voyant découvertes, franchirent bravement le feuillage qui ne pouvait plus servir à les cacher, et sautèrent au milieu du bosquet. Après une révérence profonde à l'assemblée stupéfaite, celle des trois qui avait un peignoir et qui paraissait la plus déterminée, prit la parole et dit :

— Monsieur et mesdemoiselles, pardon de vous avoir dérangés! Mes amies et moi nous nous promenions dans le parc : le bruit de votre dispute nous a attirées de ce côté, et depuis une demi-heure nous vous écoutons. Maintenant que nous sommes au courant de l'affaire, voulez-vous de nous pour arbitres? Ne craignez rien, mesdemoiselles, nous apprécierons vos puissantes raisons; et vous, monsieur le poëte, croyez que nous comprenons tout ce que valent de beaux vers.

A cette proposition faite d'un ton légèrement railleur, les insurgées baissèrent la tête sans répondre : elles étaient honteuses d'avoir été surprises en flagrant délit de taquinerie et de vanité. En général, si les femmes redoutent les jugements des autres femmes, c'est qu'elles savent bien que leurs juges prononcent d'après les délations de leur propre conscience, et qu'il n'y a pas de réplique possible à des conclusions qui commencent par un aveu. Adrien se trouvait donc heureux d'une si gracieuse intervention, tandis que ses quatre compagnes, humiliées et interdites, commençaient à regretter leurs disputes et à tourner vers lui des regards plus conciliants. Aussi fallut-il peu de raisons de la part des trois inconnues pour déterminer les mutines débutantes à reconnaître leurs torts et à revenir sur leurs prétentions. Chloé ne demanda pas mieux que de dormir pendant la première scène; la devineresse consentit à l'affublement en question; celle qui remplissait le rôle de l'aïeule souscrivit, dans toute leur rigueur, aux conditions de son emploi, et la prêtresse, exagérant cette fois son zèle, proposa, si ses amies croyaient qu'elle en eût trop à débiter, d'en supprimer la moitié, c'est-à-dire deux vers sur quatre. Adrien refusa ce sacrifice, mais ne se sentit pas d'aise de la bonne volonté de sa troupe. Il s'avança, tremblant d'une délicieuse émotion, vers la jeune dame au peignoir gris, lui exprima avec des balbutiements sa reconnaissance, et finit, à l'aide de respectueuses circonlocutions, par la prier de vouloir bien assister elle-même, avec ses deux amies, à la représentation solennelle de sa pastorale.

Cette invitation, adressée les mains jointes et le regard suppliant, fit sourire et s'entre-regarder les trois jeunes dames. Avant de répondre, elles parurent se concerter ensemble. On devinait à leurs chuchotements que ce n'était pas pour elles une chose facile que d'accepter. Enfin, après une délibération fort

animée dans laquelle la majorité semblait avoir voté
pour le refus, la jeune dame au peignoir, que nous
avons vue exercer un certain ascendant sur ses deux
amies, et qui constituait une minorité très-influente,
prit sur elle la responsabilité de l'acceptation, et
tournant avec vivacité la tête de droite à gauche
et de gauche à droite, comme quelqu'un qui re-
fuse d'en entendre davantage et qui veut se débarrasser de mauvaises raisons, elle répondit à Adrien
enchanté que, le lendemain au soir, elles seraient
heureuses d'aller toutes les trois applaudir *Agénor et
Chloé*.

On convint de l'heure et de l'endroit; puis, après
de grands saluts mêlés de quelque embarras du côté
des jeunes comédiennes, et plein d'affabilité du côté
des trois inconnues, on se sépara, les unes pour rentrer au château, les autres pour remplacer par des
distractions d'une moins haute portée les débats orageux de la répétition.

Or, pendant que la jeune fille qui devait, le lendemain, servir d'aïeule à Chloé, fermait ses beaux yeux
pour qu'on les couvrit de l'innocent bandeau du colin-
maillard, et qu'Adrien ayant remis, avec son manuscrit, tous les soucis de directeur dans sa poche, se
disposait à serrer, avec la plus rigoureuse sévérité,
sa cravate de mousseline sur les charmantes paupières de la jolie duègne, celle-ci se pencha à son
oreille et lui dit :

— Adrien, savez-vous quelles sont ces trois jeunes dames qui nous quittent?

— Non, Amélie, et vous?

— Oh! moi, je crois les avoir reconnues.

— Eh bien?

— Ou je me trompe fort, ou ces deux sœurs en robes brochées sont les deux princesses de Savoie, la comtesse de Provence et la comtesse d'Artois.

— Dites-vous vrai, Amélie? et la dame au peignoir?

— La dame au peignoir serait alors notre gracieuse dauphine, Marie-Antoinette.

— Cela est-il possible? mon Dieu! les princesses seules dans le parc!

— Je vous dis, Adrien, que ce sont elles.

— Et moi qui les ai invitées à notre fête; comme maintenant elles doivent rire de moi!

— Dites de nous, Adrien.

— Oh! non, de moi seul, c'est moi qui ai fait l'invitation.

— Le croiriez-vous? j'ai dans l'idée qu'elles l'ont acceptée de bonne foi.

— Quelle folie! les princesses! la dauphine!

— Nous verrons! nous verrons!

— Hélas!

— Ne voilà-t-il pas de quoi vous affliger!

— Surtout, Amélie, ne dites pas votre découverte aux autres, elles se moqueraient de moi.

— Avez-vous bientôt fini? cria dans ce moment la belle demoiselle qui devait prêter le lendemain son frais minois à la bergère Chloé, et qui était un peu jalouse du tête-à-tête de son prince avec sa mignonne grand'mère.

— Voilà qui est fait, répondit-on, et la jeune fille aux yeux bandés s'élança dans l'avenue, tendant ses bras, courant à droite et à gauche, partout où elle entendait rire et causer. Ce fut alors pour longtemps une gaieté et des éclats de voix à dérider les dieux de marbre, insensibles habitants du parc.

Cependant Adrien, bouleversé de la confidence qu'il venait de recevoir, s'était retiré dans un coin et s'était mis à rêver profondément; et tandis que ses amies folâtraient et laissaient passer les heures avec insouciance, lui, pressait son cœur qui battait violemment dans sa poitrine, et murmurait tout bas : Pourvu qu'elles viennent demain!

Qu'espérait-il donc, l'ambitieux poëte, de la présence auguste des trois petites-filles de Louis XV à la représentation de sa pastorale? Nous ne saurions le dire. Seulement, le soir, en entrant dans sa chambre, il vint se mettre à genoux au chevet de son lit, puis joignant les mains avec ferveur et regardant le ciel étoilé à travers sa fenêtre, il dit à demi-voix :

— Mon Dieu, qui m'avez ôté ma mère et qui m'avez refusé une sœur, vous qui savez que je suis seul, et que ces jeunes filles innocentes ne comprendront jamais tout ce qu'il y a d'amour et de foi dans mon âme, vous qui m'avez fait naître fier pour me conserver poëte, je vous en prie, ô mon Dieu, permettez que l'ange qui doit m'aimer un jour, que celle qui viendra réclamer sa part de mon fardeau et que je nommerai ma femme soit douce, bonne et belle comme Son Altesse madame la dauphine Marie-Antoinette.

Cette prière faite, il se coucha et ne dormit pas de la nuit.

II

Tous les ennuis qu'avait éprouvés Adrien pour mettre sa pastorale à l'étude, toutes les anxiétés par lesquelles la coquetterie et les caprices de sa troupe l'avaient fait passer, se trouvaient oubliés. Son œuvre, si longtemps caressée dans l'ombre de son âme, allait enfin se produire au grand jour de la publicité, et les gracieux enfants de son imagination, dont l'innocent caquetage remplissait depuis si longtemps tous les échos de sa tête et de son cœur, allaient recevoir le baptême des applaudissements de sa famille. Certes, au défaut d'un nombreux auditoire, c'était déjà un grand bonheur pour notre poëte que d'amener des pleurs dans les yeux de cent personnes.

même en pays de connaissance; nous pouvons donc affirmer qu'Adrien éprouvait ce débordement de joie mêlé de trouble que cause toujours une première représentation. Les chances de succès étaient belles, la sympathie de l'auditoire lui était acquise, et nous ne saurions nous expliquer d'où provenait le léger nuage qui voilait de temps en temps le rayonnement de son front, si nous n'étions dans la confidence de son espoir ambitieux.

Il attachait une idée superstitieuse à la venue, peu probable d'ailleurs, des trois princesses. Il lui semblait que triompher aux yeux des petites-filles du roi, c'était triompher aux yeux de la cour entière, et un sourire approbateur de ces trois divinités paraissait à notre présomptueux poëte devoir transporter son Parnasse dans l'Olympe. Peut-être l'idée de gloire n'agitait-elle pas seulement son cœur, et de plus téméraires espérances germaient-elles, sans qu'il osât se l'avouer à lui-même, dans le plus profond repli de sa pensée. Toujours est-il que dès le matin il avait la fièvre, et que, dans les instants où son délire pouvait s'exhaler sans témoin, il se surprenait à appeler à haute voix les nobles visiteuses du bosquet, à lancer de côté et d'autre les regards enivrés et extatiques d'un triomphateur qui veut plaire, et à passer violemment la main dans ses cheveux en les dressant sur sa tête, comme un insensé qui tenterait de s'enlever ainsi lui-même et de se poser sur un piédestal.

Aussi les heures qui s'écoulèrent jusqu'au moment de la représentation lui parurent-elles bien longues; il crut avoir vécu une semaine dans un jour ; et quand le soleil, contre lequel il avait vingt fois, depuis le matin, retourné le vœu de Josué, se fut couché lentement derrière les arbres jaunis du parc, il courut, en frémissant de bonheur, présider à l'installation de son théâtre.

La partie matérielle de sa tâche n'offrait pas de moindres difficultés que la partie spéculative; et les embarras du machiniste équivalaient aux soucis du directeur. Le problème que le poëte avait à résoudre pour entourer sa pastorale du plus de magnificence possible, devenait celui-ci : — Une chambre étant donnée, construire, à l'aide de deux fauteuils, d'un rideau, d'un paravent et d'un tapis, un paysage où de beaux arbres verts ombragent mélancoliquement une bergère endormie, où le ciel bleu, tamisant les rayons d'un soleil comme on n'en voit que dans les églogues, se mire dans des flots de cristal; où des prairies émaillées de fleurs servent de tendre pâture à de petits moutons blancs. Nous savons déjà comment le troupeau ne devait plus paraître que dans le dialogue; mais il était impossible, à moins de se priver de toute espèce d'illusion, que les décors et les autres accessoires se passassent également en conversation. Force était donc d'utiliser les ressources du magasin. Le tapis employé comme toile de fond était déjà une heureuse trouvaille. A part les oiseaux magnifiques, les paons aux larges queues, les faisans et les cygnes qui y étaient fort inutilement répandus, les arbres de haute lisse satisfaisaient des yeux complaisants. Il est certain que pour cela on ne devait pas chicaner la bordure de fleurs et de fruits qui encadrait la forêt. Le paravent pouvait servir également à dissimuler les acteurs et à compléter l'horizon. Un grand ciel couleur tourterelle, de jolis arbres bien peignés, des allées finement dessinées, des cascades d'argent, et, sur des ponts hardiment jetés, des pêcheurs habillés de lampas et tenant au bout de leurs lignes de gros poissons dorés : c'était là un luxe d'ornement dont Adrien fit son profit. Il est vrai que le paysage avec ses kiosques garnis de clochettes, avec ses pêcheurs aux longues moustaches, avait un petit air chinois qu'on ne pouvait méconnaître ; mais, le soir, et grâce à une complaisance de l'imagination qui ne défendait pas de transporter l'action dans les environs de Pékin, tout pouvait s'arranger, et tout s'arrangea en effet.

La bergère Chloé s'installa de son mieux dans un fauteuil qui dut passer pour un banc de gazon ; et les trois coups solennellement frappés, Adrien tira lui-même un grand rideau qui dérobait au public les splendeurs du théâtre ; puis, ce dernier devoir de machiniste rempli, il passa derrière le paravent et fit son entrée au milieu des applaudissements de tous les spectateurs. Heureusement pour notre poëte qu'il lui était presque impossible de ne pas se rappeler son rôle, car il fut quelques instants étourdi, ébloui, oppressé, ne sachant où il était, débitant machinalement et sans en avoir conscience les premiers vers de sa pastorale. Une seule idée tourbillonnait dans sa tête et confondait tout : ses yeux errants de côté et d'autre ne cherchaient à reconnaître qu'une seule personne, et son oreille tendue n'aspirait les sons que dans le but chimérique de s'assurer si, parmi les applaudissements, il distinguerait le bruit de deux petites mains qu'il avait entrevues la veille.

Le premier acte s'acheva dans les trépignements de l'assistance. Les grands parents pleuraient. C'était un concert de louanges à impatienter le poëte le moins modeste ; mais Adrien n'entendait pas. Il s'était retiré derrière le paravent, pâle et les yeux gonflés de larmes. Que lui faisaient tous ces témoignages d'auditeurs indulgents par vanité et par ignorance! Les embrassements et les bénédictions dont il était menacé lui semblaient un odieux désappointement à côté de l'ineffable sourire qu'il avait espéré des lèvres royales. L'infortuné poëte, il en était à son désenchantement! La gloire, qu'il personnifiait dans l'une des trois princesses, s'était déjà jouée de lui. Aussi fut-ce avec un profond découragement et un serrement de cœur inexprimable qu'il reparut dans le second acte.

Peu à peu, cependant, les vers qu'il récitait sans y prendre garde échauffèrent ses lèvres en les effleurant; peu à peu, cette poésie à laquelle il ne pouvait toucher sans que quelque chose tressaillît en lui, releva sa tête et ralluma ses yeux. Alors il se hasarda, par un effort désespéré, à regarder dans la salle; et que devint-il, bon Dieu! quand il aperçut, à dix pas de lui, trois mantelets et trois cornettes de marchandes, sous lesquelles il reconnut sa trinité gracieuse du bosquet et de ses songes! Il s'arrêta au milieu de sa période; la joie qui affluait vers son cœur l'empêcha de parler; puis, par un geste qui dut sembler au moins étrange à l'actrice en scène, il joignit les mains, comme on fait dans une extase, et se laissa aller à une contemplation dont Chloé eut beaucoup de peine à le tirer. Jusqu'au dernier vers de la pièce, il y eut désormais deux hommes en lui : l'un qui donnait la réplique et déclamait, l'autre, indifférent à tout, concentrant toute son âme dans ses yeux et ses yeux sur un seul point. Malgré ces distractions, tout alla bien, et le dénoûment, d'une simplicité touchante, produisit un effet irrésistible.

Adrien eut donc à subir des félicitations qui furent pour lui tout un supplice. Enfin, quand le tumulte des conversations et des commentaires se fut assez bien établi pour qu'il pût s'échapper, il courut vers l'endroit où devaient se trouver les trois princesses; il avait peur que, dans la crainte d'être reconnues, elles ne se fussent déjà retirées; mais il vit, au contraire, qu'on l'attendait.

Interdit et tremblant, il s'avança, voulut parler et ne put que s'incliner profondément en murmurant : Altesses! A ce mot, une rougeur de dépit et de désappointement passa sur les trois augustes visages; et Marie-Antoinette, qui dans toute circonstance semblait prendre sur elle la responsabilité des démarches, posa un doigt sur sa bouche pour recommander le silence à Adrien, et lui dit en souriant :

— Je vois, monsieur, qu'il nous faut renoncer à notre rôle de providence inconnue : c'est dommage; mais j'espère bien que les princesses n'ont pas démérité de la confiance que vous accordiez hier aux trois indiscrètes du bosquet.

— Ah! que n'ai-je su!

— Vous eussiez récusé notre intervention, n'est-ce pas! C'eût été mal à vous. Mais pendant que nous perdions ce prestige de l'anonyme qui nous rendait si puissantes, de notre côté, monsieur, comme décidément nous sommes très-curieuses, nous avons voulu savoir quel était le jeune poëte méconnu dont nous avions adouci les angoisses. Votre père, à qui par hasard nous nous sommes adressées pour cela, nous a parfaitement instruites. C'est lui qui s'est chargé de nous conduire ici; et c'est lui que nous avons prié de vous amener au château. Maintenant écoutez-moi, monsieur Adrien, vous êtes franc et loyal, et ce ne serait pas vainement qu'on ferait appel à votre dévouement et à votre discrétion.

— Altesse, on m'arracherait la vie plutôt qu'un secret !

— Oh ! il ne s'agit pas de mettre votre vie en danger. Mon Dieu ! que ces poëtes sont exaltés ! Le complot auquel nous voulons vous initier (car il y a un complot) est tout pacifique. Ce que nous songeons à renverser, c'est l'ennui qui règne à la cour, et nous ne conspirons que pour nous amuser. Ne rêvez donc pas de périlleux sacrifices : seulement présentez-vous demain matin au château ; ayez votre manuscrit d'*Agénor et Chloé* sous le bras, et vous saurez alors ce que nous exigeons de vous. Au revoir donc, monsieur, à demain : soyez exact. Surtout n'oubliez pas la pastorale.

Et avant que notre poëte, confus et troublé, eût pu trouver une réponse, les trois princesses avaient disparu. Nous n'avons pas besoin d'ajouter qu'Adrien ne dormit pas plus cette nuit-là que la nuit précédente.

III

Le lendemain, paré, frisé, resplendissant, portant haut la tête, cherchant à donner à sa démarche la solennité d'un conquérant, et se surprenant à sauter de joie, tourmentant d'une main fiévreuse un jabot de dentelle fraîchement empesé, son chapeau sous le bras, des rayons dans les yeux, pâle comme un ambitieux qui touche au bonheur, à jeun comme un amoureux qui ne vit plus que dans le ciel, notre poëte se présenta au château. Le mot d'ordre avait été donné : il fut introduit dans un petit salon d'entresol où se trouvaient réunies les trois princesses, et, derrière leurs fauteuils, les trois princes leurs époux.

Adrien eût mieux aimé ne rencontrer que ses augustes protectrices. Lui qui ne s'arrêtait pas dans ses suppositions hardies et qui s'était intérieurement flatté d'avoir un secret en commun avec les petites-filles du roi, fut un moment assez désappointé de la présence des maris, mais il eut bientôt de quoi se consoler.

Marie-Antoinette expliqua à notre ami, stupéfait et ébloui, comment elle avait conçu le projet d'organiser un théâtre dans les petits appartements, et comment c'était son œuvre qui avait été jugé digne d'ouvrir la série des représentations. On alla même jusqu'à laisser entendre, comme la veille, que la cour avait de très-grands ennuis, et que c'était pour s'y soustraire que la jeune dauphine avait eu l'idée de jouer la comédie.

Adrien fut bien un peu surpris d'apprendre qu'on s'ennuyait à la cour, mais il se disait *in petto* que ces plaintes étaient peut-être un prétexte imaginé pour couvrir l'empressement que l'on mettait à applaudir son œuvre. — Les poëtes ont toujours de ces façons d'expliquer les événements ; et pourtant rien n'était plus vrai.

La cour, vers la fin de 1773, semblait frappée de cette paralysie qui quelquefois précède de peu d'instants la mort. On n'y parlait plus, on y chuchotait ; la corruption des courtisans était la même, mais elle avait perdu cette sorte de cynisme qui pouvait l'excuser sous la régence et les premières années du règne. La débauche devenait hypocrite, ce qui la laissait hideuse ; le roi, vieux, souffrant, dégoûté des plaisirs et y courant encore çà et là par un reste d'habitude, le roi, dans ses intervalles de raison, sentant que le trône craquait sous lui et que la tâche serait lourde pour son successeur, soupirait et baissait le front devant la pensée de l'avenir. — Pauvre France ! — avait-il dit quelques années auparavant : un roi âgé de cinquante ans et un dauphin de onze ! — Le Dauphin avait grandi, mais les embarras de la couronne s'étaient accrus ; et Louis XV, qui, lors de cette exclamation, comprenait déjà sur quelle pente inévitable roulait la monarchie, fermait les yeux maintenant pour cacher ses larmes et ne pas voir l'abîme.

C'est un fait surprenant et presque providentiel à remarquer, que cet abattement et que ce dégoût qui saisissent à son déclin l'homme dont toute la vie a été donnée à la dissipation. Quand le voluptueux sent que le monde terrestre lui échappe, il s'effraie du monde céleste et inconnu auquel il commence à croire. Les âmes dévastées par les passions ont peur de la nuit du tombeau, comme les enfants de l'obscurité du soir. L'imagination qui s'est nourrie de caprices et de fantaisies trouve la réalité monstrueuse, et ceux qui ont abusé des émotions finissent par devenir d'une impressionnabilité étrange. Ils étaient fous dans leur joie, ils sont exagérés dans leur tristesse. Louis XIV, au coin de l'austère foyer de madame de Maintenon, priait piteusement pour la rédemption de ses péchés, et Louis XV, au milieu de Versailles dépeuplé d'amours, se complaisait aux idées funèbres (1).

On conçoit donc comment la dauphine et les deux jeunes princesses de Savoie, toutes trois jeunes et jolies, toutes trois gaies et insoucieuses, devaient souffrir dans cette cour morne et déchue. A une époque où Louis XV passait des heures entières à regarder courir les nuages au-dessus du parc et jaunir les feuilles, c'eût été un crime de lèse-majesté que de laisser paraître l'intention de s'amuser; aussi

---

(1) Le roi Louis XV était fort mélancolique, et aimait toutes les choses qui rappelaient l'idée de la mort, en la craignant beaucoup.

(*Mémoires de la marquise du Hausset.*)

les trois jeunes rebelles avaient-elles pris les plus grandes précautions pour que le silence fût gardé sur leurs projets. Marie-Antoinette s'était montrée la plus impatiente à s'affranchir de l'ennui; elle était l'âme du complot, car c'était elle qui souffrait surtout. Vive, sémillante, sans fausse coquetterie, habituée par sa mère Marie-Thérèse à une vie simple et modeste, comprenant que la dignité tient moins à de vaines précautions qu'au respect de soi-même, elle s'était sentie glacée, en entrant à Versailles, du cérémonial qui présidait aux moindres mouvements. Alors, elle avait éprouvé comme des regrets ou des pressentiments, et s'était jetée dans les bras de la duchesse de Noailles, sa dame d'honneur, en la suppliant de l'aimer et de la diriger. Mais madame de Noailles, que sa rigidité à observer les traditions et les usages fit surnommer madame l'*Etiquette*, était précisément la personne qui devait le moins sympathiser avec la jeune et indépendante dauphine. Celle-ci fut donc obligée de tourner ses regards d'un autre côté. Le dauphin, à qui revenaient de droit les tendresses, montrait envers sa jeune épouse une inexplicable indifférence, une froideur qui dégénérait souvent en brusquerie. Ce dédain de tant de jeunesse et de tant de beauté, soit qu'il provînt d'intrigues de la part des courtisans, soit qu'il fût le résultat de l'apathie naturelle du prince, avait froissé l'âme fière et aimante de la dauphine : restaient donc pour confidentes et pour amies les deux comtesses de Provence et d'Artois. Celles-là accueillirent à bras ouverts leur désolée belle-sœur. Les trois jeunes étrangères s'unirent d'une vive amitié, et trouvèrent un grand charme, comme nous l'avons vu au commencement de cette histoire, à s'isoler de la foule des courtisans pour causer, à leur aise, de la patrie absente et de leurs chagrins.

Cependant la rencontre d'Adrien dans le parc, et la représentation à laquelle un déguisement leur avait permis d'assister, leur avaient révélé tout à à coup un moyen de passer gaiement l'hiver, qui paraissait devoir être lugubre à Versailles. Les trois époux furent mis aussitôt dans la confidence. Outre qu'il n'était guère possible de leur cacher ces projets, il fallait bien des acteurs et un public. Le comte de Provence et le comte d'Artois souscrivirent galamment à tout ce que l'on exigea d'eux. Le premier s'engagea pour les rôles sévères, le second pour les amoureux. Le dauphin se récusa, et dit qu'il représenterait le parterre. Ses deux belles-sœurs voulaient insister pour qu'il apportât une coopération plus active ; mais Marie-Antoinette, qui avait une secrète raison sans doute pour qu'il fût témoin de ses succès, décida que la troupe était assez nombreuse, et que son mari avait toute l'impartialité désirable, elle n'osa pas dire l'indifférence, pour faire un excel-

lent public; et comme elle jugeait ordinairement en
dernier ressort, la question parut vidée; et il fut convenu que ce serait pour le plus grand amusement de
monseigneur le dauphin que leurs Altesses allaient
se composer un répertoire.

Le but de ces comédies n'étant pas purement littéraire, et la fantaisie des costumes entrant pour
beaucoup dans le plaisir que l'on se promettait, la
future fermière de Trianon se demanda, en se lorgnant dans une glace, si un élégant corsage de bergère, un chapeau orné de grands rubans, et une
houlette ne lui siéraient pas. Ce fut sur la réponse
affirmative du miroir qu'Adrien fut invité à venir au
château avec sa pastorale; et quelques jours après,
tout fut disposé dans un cabinet d'entresol pour le
début de la nouvelle troupe et une seconde représentation d'*Agénor et Chloé*.

Nous l'avons dit, toutes les mesures avaient été
prises pour que rien de cet important projet ne transpirât au dehors. Ce fut même cette certitude que ni
le roi, qui pourrait s'en fâcher, ni Mesdames, tantes
des princes, qui s'en scandaliseraient, ni le public,
qui s'en moquerait, n'apprendraient jamais ces distractions scéniques, qui fit donner le rôle d'Agénor à
notre jeune poëte. Puisque l'étiquette extérieure ne
devait pas en souffrir, et puisque nul regard curieux
ne pouvait pénétrer jusqu'aux illustres comédiens, on
pensa qu'il serait fort maladroit de se priver béné-

volement d'un intelligent acteur qu'on avait vu à l'œuvre, et qui serait d'une grande ressource. — Et puis on regarda comme un délicieux enfantillage d'admettre un jeune homme du peuple à participer aux amusements des princes. A la fin d'un règne où toute la noblesse s'était fait gloire de chercher parfois le plaisir dans la foule, en descendant aussi bas qu'il le fallait pour l'y rencontrer, on n'était pas fâché d'essayer un peu, dans une limite honnête, d'une fantaisie de roué, et on voulait *s'encanailler* avec un charmant et loyal garçon : c'était là un innocent caprice auquel on satisfaisait sans se l'avouer, peut-être, mais qui pouvait coûter cher à un exalté comme Adrien.

Qui pourrait dire tous les enivrants espoirs qui traversèrent alors sa jeune tête? Lui, le roturier, le pauvre poëte, vivre dans l'intimité des plus grands personnages du royaume, jouer la comédie avec des altesses, et, en qualité de berger, se mettre aux genoux d'une future reine de France, prendre sa main divinement belle, lui parler pendant des heures entières, et la voir lui sourire, l'entendre enfin, échanger avec lui de doux propos d'amour qui, bien qu'il les eût tirés d'avance de son propre fonds, ne lui en paraissaient pas moins, à de certains moments, de part et d'autre, improvisés. Il y avait là de quoi devenir fou; mais Adrien se fit bientôt à ce rêve magnifique. A son âge, on se met facilement à la hauteur des exagérations du sort. Peu à peu même il lui sembla que les distances se rapprochaient. Sa timidité disparut. Il se donna les allures d'un marquis ; et quand il se rendait aux répétitions, il entrait fièrement, le poing sur la hanche, feignant d'oublier que son père l'introduisait clandestinement, et franchissant un escalier dérobé qui conduisait au lieu des réunions, avec la légèreté triomphante d'un élégant seigneur, content de lui-même et de ses aïeux, qui monterait, par un jour de gala, le grand escalier du château.

Cependant la fameuse pastorale avait été jouée avec un grand succès. Le public, c'est-à-dire monseigneur le dauphin, assisté de Son Altesse le comte d'Artois, qu'on n'avait pas trouvé moyen d'employer cette fois-là, couvrit d'applaudissements l'auteur, les actrices et les acteurs. Nous disons les acteurs avec intention, car, si dans l'origine notre poëte avait cru prudent de ne mettre dans sa pièce qu'un rôle d'homme, l'impossibilité où l'on était au château d'avoir quatre dames lui fit changer ensuite la sémillante prêtresse du dénoûment, qui mariait les amants avec une couronne de roses, en un prêtre majestueux, décoré d'une barbe vénérable et de cheveux *blanchis par la neige des ans.* Monsieur le comte de Provence s'était chargé de la métamorphose, et s'en acquitta d'une façon digne des plus grands éloges.

Monsieur eut des poses que pouvaient envier les premiers modèles de l'Académie de peinture, et son geste pour bénir fut du dernier sublime. La mise en scène ressemblait beaucoup à celle qu'avait déployée Adrien pour sa première représentation, si ce n'est que, sur le côté, une grande armoire, toujours béante, semblait prête à engloutir au moindre bruit les paravents qui, seuls, formaient tout le matériel du théâtre. C'était une mesure de précaution dans le cas, peu probable d'ailleurs, où quelqu'un du château aurait eu affaire par là. Des raquettes et des volants étaient jetés diplomatiquement sur un fauteuil pour servir également, en cas de surprise, à donner le change sur les véritables récréations de Leurs Altesses. Une large ligne tracée à la craie indiquait les limites de la scène et tenait lieu de barrière aux indiscrètes excursions de M. le public.

Nous avons constaté le légitime succès qu'obtint la pastorale ; mais ce que nous n'avons pas dit, c'est l'impression toute particulière qu'elle produisit sur monseigneur le dauphin. Ce jour-là il remarqua pour la première fois que madame la dauphine avait de beaux yeux bleus et une jolie taille ; que toute sa démarche était pleine de grâce; qu'elle débitait les vers avec talent ; qu'elle avait bien profité des leçons d'Aufresnes et de Sainville, deux comédiens français qui avaient été ses professeurs de déclamation à Vienne ; et qu'en somme cette petite Autrichienne,

dont on lui avait dit tant de mal, pourrait fort bien
être une femme supérieure par l'esprit comme par la
beauté. Il observa qu'en un certain endroit de la
pièce, où Agénor la pressait vivement de son amour,
une larme roula dans ses yeux, et qu'elle sembla le
regarder. Ce reproche muet lui alla droit au cœur,
et si un reste de honte l'empêcha, à la fin de la représentation, de venir demander franchement et humblement son pardon, toujours est-il qu'il se mit dès
lors à applaudir à outrance ; son enthousiasme devint
même si bruyant, que les acteurs furent obligés de
s'interrompre pour lui recommander la modération;
bien plus, on profita de cette interruption pour défendre les applaudissements au public, — c'était
peut-être un moyen d'interdire les sifflets. — Quoi
qu'il en fût, le dauphin dut se contenter de frapper
légèrement sur la forme de son chapeau ; mais cette
tolérance devint bientôt une grave infraction, quand
Son Altesse, qui exécutait d'une façon très-remarqua-
ble la marche des gardes-françaises sur les vitres, se
laissa aller dans un moment d'entraînement à l'essayer et à la jouer entièrement sur la partie la plus
sonore de son feutre. On se récria, on rappela les
termes du décret contre les marques d'approbation ;
mais le prince, de son côté, prétendit qu'il fournissait ainsi d'agréables intermèdes, et tenait lieu d'or-
chestre. Marie-Antoinette, qui sentait qu'elle était
pour quelque chose dans l'expression de ce tumul-

tueux contentement, l'excusa un peu : elle avait parlé, on passa outre, en déclarant toutefois, à l'unanimité, le public incorrigible.

La réussite d'une première tentative avait engagé les augustes comédiens à poursuivre leurs essais. On mit d'autres pièces à l'étude, dans lesquelles Adrien eut naturellement son rôle. Le pauvre enfant n'appartenait plus que rarement à la terre ; ses jours se passaient dans d'ineffables extases, et ses nuits dans de folles invocations. L'image des trois princesses et de Marie-Antoinette surtout flottait incessamment devant ses yeux. Il n'osait regarder l'abîme qui le séparait de la dauphine, et se surprenait parfois, l'insensé ! à vouloir lui révéler son agitation. Il se disait qu'elle comprendrait tout ce qu'il y avait d'ardeur et de poésie dans son âme ; et il rêvait une sublime et chaste communion d'idées entre celle qui devait être un jour reine de France et de Navarre, et lui, le poëte, qui aurait sa royauté aussi et sa couronne.

L'hiver s'était passé au milieu de ces amusements. L'exaltation d'Adrien n'avait fait que s'accroître, et nous ne saurions dire ce qui serait advenu du flot impétueux d'amour qui battait si violemment le sein de notre jeune ami et menaçait à chaque instant de s'en élancer, si un événement inattendu n'avait jeté tout à coup le trouble parmi ces charmants mais dangereux plaisirs.

IV

On était au mois d'avril. Sa Majesté Louis XV, qu'une promenade dans le parc avait fatiguée, rentrait au château et se retournait pour contempler les derniers rayons du soleil sur le vert tendre des arbres. Les oiseaux, qui s'inquiétaient peu de l'humeur du roi, passaient et repassaient dans les airs, en lui jetant leurs notes joyeuses et insolentes comme des rires d'enfants. Un souffle caressant et embaumé circulait dans le feuillage ; les dieux de marbre, sur lesquels la brise agitait la silhouette des branches, semblaient tressaillir d'aise et sourire au printemps ; les bosquets prenaient des teintes mystérieuses et invitaient à la causerie sur les bancs. Tout resplendissait enfin d'une joie douce et calme. On eût dit la nature en extase ; et le ciel était si transparent, que l'œil cherchait à voir Dieu à travers. Mais toute cette joie de la terre en éveil navrait l'âme du roi ; ce jour-là des pressentiments funestes l'agitaient, et, par un contraste assez ordinaire, il voyait voltiger, au milieu de ses idées lugubres, le fantôme de ses belles amours perdues et de ses félicités évanouies. Les allées qu'il venait de parcourir, les bosquets touffus dans lesquels il n'osait plus entrer, et qu'il vénérait comme les sanctuaires de ses premières illusions, avaient évoqué en lui de nombreux souvenirs ; et il montait l'escalier des grands appartements en hochant tristement la tête, comme un homme qui vient de faire de pénibles et tristes adieux.

Quand la nuit descendit, il eut peur. L'obscurité en augmentant autour de lui semblait un drap funéraire, et sa chambre un tombeau. Il sonna vivement pour faire allumer. L'éclat des bougies ramena un léger sourire sur ses lèvres ; mais il retomba bientôt dans sa mélancolie, et alors de grosses larmes soulevèrent ses paupières et glissèrent le long de ses joues. Le pauvre roi se sentait à son déclin, et il repassait sa vie. Dans les parfums du printemps il avait retrouvé les parfums de sa jeunesse, et la comparaison des jours présents aux jours écoulés l'avait atterré. Pendant plus d'une heure il alla de son fauteuil à la fenêtre, regardant les étoiles qui brillaient comme des larmes d'argent sur une tenture de deuil, et frissonnant à la pensée qu'il avait peut-être vu le soleil pour la dernière fois. Cette disposition d'esprit n'étonnera pas dans un prince qui avait toujours vécu d'une vie sensuelle et frivole, et qui ne savait par recevoir les impressions sérieuses. Une idée grave, en s'emparant de lui, l'accablait au lieu de le fortifier ; il ne comprenait pas la douceur des larmes; il n'en connaissait que l'amertume.

Ce soir-là, plus abattu qu'à l'ordinaire et n'étant interrompu par personne dans ses douloureuses rêveries, il en était arrivé à d'étranges hallucinations. Il s'était rappelé cette bizarre tradition de sa famille, suivant laquelle un petit homme rouge, génie fantastique et infernal, apparaît toutes les fois qu'une catastrophe menace un Bourbon ; et au moindre bruit, au moindre craquement du parquet, il relevait la tête avec effroi, s'attendant à rencontrer le regard perçant et fatal du terrible fantôme. Cependant, l'heure à laquelle il avait coutume de se rendre chaque soir chez Mesdames étant sonnée, il fit un effort sur lui-même, se leva résolûment, sembla refouler ses préoccupations lugubres, et ouvrit la porte d'un couloir secret par lequel il communiquait avec ses filles, sans traverser les grands appartements. Mais le fardeau dont il avait résolu de se débarrasser retombait pesamment sur son cœur ; si bien qu'au lieu de se diriger à droite, du côté qu'habitaient Mesdames, il se trompa, absorbé qu'il était dans ses méditations, prit à gauche et se dirigea du côté où demeurait madame la dauphine.

A peine avait-il fait quelques pas, que le bruit d'une porte qu'on refermait brusquement devant lui se fit entendre. Il leva les yeux, et aperçut, à la lueur rapide d'une bougie qu'on éteignait, une étrange et fantastique figure. — C'était un homme d'une petite

15.

taille, dont le visage était fortement enluminé. — Il portait un manteau à raies rouges, une toque de même couleur, et avait sous le bras une longue épée. — Cette apparition dans l'obscurité et au moment où son esprit était livré à des craintes superstitieuses, lui donna le vertige. Il voulut parler, mais les mots expirèrent sur ses lèvres, et ce fut à peine si, en réunissant tous ses efforts, il parvint à murmurer : — Qui va là ? Le personnage mystérieux s'arrêta un instant ; puis, le bruit égal de ses deux pieds sur le parquet se fit de nouveau entendre ; puis le roi l'entrevit vaguement dans l'ombre qui s'avançait toujours et qui était près de le toucher. Alors une épouvante indicible s'empara de lui. Il voulut fuir, et resta cloué au parquet ; il étendit les bras par un mouvement instinctif pour repousser cette effroyable vision, et sa main rencontra l'épée ; alors il n'y tint plus, et, poussant un cri terrible, il tomba sur ses genoux, persuadé qu'il avait vu le petit homme rouge, et qu'un grand malheur allait arriver. Après quelques instants d'angoisse, il entendit les pas de son infernal messager décroître dans le lointain, puis une porte se refermer, puis rien ! et le pâle et supertitieux monarque, qui avait essayé de prier, se releva, et, s'appuyant au mur, regagna sa chambre, où il se jeta, à demi mort, sur un fauteuil.

Comme on peut l'avoir déjà deviné, le théâtre de madame la dauphine était pour quelque chose dans cette malencontreuse fantasmagorie, et cette vision surnaturelle qui avait agi si violemment sur l'âme tourmentée du roi pouvait s'expliquer très-naturellement. Voici ce qui s'était passé. La jeune troupe avait voulu se donner, ce soir-là, le plaisir de jouer les *Folies amoureuses*. A la scène de travestissement en militaire, l'épée d'Agathe ne se trouva pas. On fit de grandes excuses au public, augmenté de madame la comtesse de Provence, qui n'avait pas de rôle dans la pièce; on demanda à monseigneur le dauphin de vouloir bien exécuter sur son chapeau un de ces intermèdes qu'il exécutait si bien, et on pria M. Adrien d'être assez bon pour aller dans un cabinet qu'on lui indiqua chercher l'épée en question.

Adrien, malgré la tendance séraphique de ses pensées, avait été contraint, pour cette représentation, à s'affubler du rôle et du costume de Crispin. — Disons, en passant, que le costume de Crispin, pour être exact, devait être entièrement noir, mais que la jeune troupe, peu sévère à l'endroit des traditions, avait jugé à propos, pour plus de gaieté, d'adopter l'affublement bariolé de rouge de Sganarelle. Ce changement fut peut-être la cause de tout le mal qui arriva. — Notre jeune ami, sans rien déranger de sa toilette, était donc allé prendre, dans l'endroit désigné, le complément indispensable de la toilette guerrière d'Agathe. Comme il sortait du cabinet, il entendit du bruit, et, pour ne pas être vu dans un accoutrement qui pouvait compromettre le secret jusque-là si scrupuleusement gardé, il éteignit sa bougie et chercha à regagner à tâtons la salle où se trouvaient ses augustes camarades.

Il sentit bien qu'il avait heurté quelqu'un; mais comment s'imaginer que ce pouvait être le roi? Aussi s'inquiéta-t-il peu du cri qu'il avait entendu jeter, et rentra-t-il en scène en riant beaucoup de la frayeur qu'il venait de causer sans doute à quelque pauvre valet de chambre; cependant il crut devoir raconter ce qui lui était arrivé. On en rit avec lui, l'intermède de monseigneur le dauphin fut interrompu, et la comédie s'acheva sans encombre.

Mais, le lendemain, le bruit se répandit dans Versailles que le roi était très-malade; que le petit homme rouge avait paru dans les appartements; et quand Adrien se présenta au château, il fut introduit auprès de madame la dauphine, qui, les yeux pleins de larmes, lui dit :

— Vous ne devez pas ignorer, monsieur, combien cet incident que nous regardions hier comme une chose frivole, est devenu une chose grave aujourd'hui. Le roi, que nous avons cherché vainement à rassurer, est persuadé qu'un esprit fatal à sa famille lui est apparu. Il a le délire. Cet accident vient de hâter une maladie dont les symptômes l'agitaient déjà depuis longtemps. Sa Majesté n'a peut-être plus que quelques jours à vivre, et c'est nous qui sommes la cause innocente de cet affreux malheur. Vous comprenez que c'en est fait pour toujours de nos spectacles ; mais je ne veux pas qu'en nous quittant vous emportiez de moi l'idée que je puisse être ingrate. Non, j'ai désiré vous voir pour vous dire combien j'ai appris à vous connaître, combien vous m'avez paru bon et dévoué ; nous autres nous avons peu d'amis, moi surtout, moi qu'on appelle l'*Etrangère*, l'*Autrichienne*.

— Ah ! madame, est-ce qu'il est possible de ne pas vous aimer ?

— Je vous dis, monsieur, que dans cette cour on me calomnie ; devant vous, je puis tout avouer, parce que vous n'êtes pas un homme ingrat et perfide comme les autres et que vous ne me trahirez pas. — Eh bien ! ces courtisans auxquels je n'ai pourtant fait aucun mal ont mis tout en œuvre pour me dérober la tendresse du dauphin. Mais, grâce à vous et à nos comédies, oh ! je suis bien heureuse maintenant !

— Comment, Altesse, grâce à moi !...

— Oui, vous ne comprenez pas cela, c'est un mystère de coquetterie !

Adrien comprenait fort bien, au contraire, que ces représentations dont il avait été la cause, et où la dauphine se réservait les rôles attrayants, avaient pu faire revenir le dauphin de ses injustes préventions sur l'esprit et la beauté de son épouse ; mais il ne se félicitait pas intérieurement d'avoir contribué à ce résultat. Marie-Antoinette continua : — Ce sont vos adieux que je vais recevoir, monsieur Adrien ; mais permettez-moi auparavant de vous demander comment je puis m'acquitter envers vous ; si un emploi à la cour...

— A la cour? non, j'y ai aussi des ennemis de mon bonheur ; j'y souffrirais trop, Altesse ; je vous remercie. Une seule de vos paroles a plus de prix pour moi que toutes les faveurs du monde. J'étais ambitieux il y a quelques mois, mais maintenant je n'ai plus d'ambition, j'ai autre chose dans le cœur qui remplira ma vie. Soyez heureuse et aimée, madame! Si le ciel permet que vous deveniez bientôt reine de France, soyez vengée par l'amour de vos sujets des honteuses calomnies des courtisans.

Adrien suffoquait. Des sanglots soulevaient sa poitrine, et tous ses membres étaient agités d'un tremblement convulsif. Il y eut quelques minutes de silence ; puis, avec un grand effort sur lui-même, notre poëte reprit :

— J'ai refusé vos offres, mais avant de rentrer dans ma nuit, permettez-moi, madame, d'emporter un souvenir de vous, qui me soit comme une douce lumière, comme une ineffable consolation.

— Que voulez-vous dire ?

Au lieu de répondre, Adrien fléchit le genou, et leva sur Marie-Antoinette des regards si suppliants, que celle-ci, comprenant tout ce qu'il y avait d'ardeur contenue et de religieux respect dans ce jeune homme, sourit et lui tendit la main. Adrien y posa sa lèvre et y laissa, avec un baiser, une larme brûlante qui fit tressaillir la dauphine ; puis il se leva et sortit en chancelant. Marie-Antoinette le vit sortir avec compassion et murmura tout bas : — Pauvre enfant! — Quant à lui, il alla se réfugier dans un endroit écarté du parc, où il pût pleurer à son aise ; et quand son âme se fut un peu soulagée, il revint chez lui en se disant à chaque pas :

— Mon Dieu! je faisais un beau rêve, pourquoi m'avez-vous réveillé?

Quelque temps après, le 10 mai 1774, une lumière posée sur une fenêtre des grands appartements, apprenait à la France que Louis XV avait cessé de vivre, et que Son Altesse monseigneur le dauphin devenait sa majesté Louis XVI.

On n'entendit plus parler d'Adrien ; et quand Marie-Antoinette organisa plus tard un théâtre à Trianon, on remarqua pendant la première soirée qu'elle fut préoccupée et distraite; elle pensait à *Agénor et Chloé*, peut-être aussi au petit homme rouge.

Troyes. — 1849.

FIN DU PETIT HOMME ROUGE

LE DÉMON DU LAC

LE DÉMON DU LAC

I

LE TOMBEAU ET LE BERCEAU

Vers le milieu du mois de décembre 1542, le château de Falkland, en Écosse, était rempli de tumulte. Une partie de la noblesse s'y trouvait réunie, dans l'attente d'un grand malheur et d'une heureuse nouvelle. Le malheur allait s'accomplir dans le château même où le roi Jacques V s'était retiré après la défaite de son armée par les Anglais, à Solway-Moos; l'heureuse nouvelle devait être apportée du château de Linlithgow, où résidait la reine d'Écosse, Marie de Lorraine, fille de Claude de Lorraine, premier duc de Guise.

L'Écosse entrait tout à la fois en deuil et en espérance. Un règne finissait, un autre s'annonçait. Pendant que le pauvre Jacques V se débattait entre les fantômes qui entouraient son agonie, la reine, bien dolente de ne pouvoir soutenir le front mouillé de sueur de son époux bien-aimé, attendait, loin de là, le premier vagissement de l'enfant qui devait lui remplacer ses deux fils morts au berceau. Enfin, le 8 décembre, un écuyer partit à toute bride du château de Linlithgow pour la résidence de Falkland, et répandit sur sa route l'heureuse nouvelle de la naissance d'une petite fille qui devait porter le nom de sa mère, Marie.

Ce jour-là même, le roi Jacques était en proie à un ardent délire. On attendit une lueur de raison pour l'informer de l'événement; mais la raison semblait avoir fui pour toujours.

L'Écosse était un rude pays alors, plein d'ignorance et de brutalité. Les seigneurs y faisaient au besoin le métier d'assassins et de larrons. Le meurtre était la dernière raison de la politique. Jacques V, esprit poétique et délicat, n'était pas fait pour ce pays sauvage et pour cette sauvage époque; il lui avait fallu bientôt renoncer à ses illusions, à ses promenades aventureuses, à sa vie de galanterie. Catholique fervent d'ailleurs, et justicier implacable, sacrifiant les intérêts de sa dynastie aux principes de sa foi, il avait combattu à outrance le presbytérianisme de son oncle Henri VIII. Mais en vain il avait étouffé ses instincts généreux; en vain il avait fait appel à l'épée, à la hache, au bûcher; abandonné par la cupidité de ses nobles et par l'indifférence de son peuple, deux fois vaincu par Henri VIII, pleurant sur la honte de ses armes et sur l'inutilité de ses rigueurs, dévoré par les remords, la douleur et la fièvre, il n'était plus même en état de recevoir la consolation que lui envoyait la Providence.

Les yeux ardents et enfoncés dans leurs orbites, les cheveux épars, les lèvres contractées, les narines haletantes, les poings crispés sur ses couvertures, Jacques luttait en désespéré contre les effroyables visions qui tourbillonnaient autour de sa chambre.

Quelquefois il lui semblait que toutes les victimes de son intolérance (1) échappées au bûcher venaient apporter sous son lit les fagots et la flamme de leur supplice, et le malheureux roi, croyant se sentir consumer, criait au feu, voulait s'élancer, fuir, et se plaignait de ce que l'incendie lui calcinait les os. Si les serviteurs et les gentilshommes osaient s'approcher et le retenir dans leurs bras, le moribond s'évanouissait de terreur, prenant ces mains officieuses pour des tenailles sanglantes. Des spectres, auxquels il donnait des noms, venaient tour à tour le saluer et l'appeler. L'un lui avait, disait-il, coupé les bras et

---

(1) Voir, pour les détails historiques, et bien souvent pour la légende elle-même, l'émouvante histoire de M. Dargaud.

les jambes, et promettait de revenir lui couper la tête. Un autre l'attirait sur un lac dont les eaux étaient rougies, et voulait l'y noyer. C'était un spectacle horrible que l'agonie de ce jeune roi, et les yeux les plus insensibles fondaient en larmes à son chevet.

Le 14 décembre, vers le matin, la passion de Jacques V parut toucher à son terme. Après un assoupissement de quelques heures, le roi s'éveilla, calme, affaibli, mais ayant ressaisi toute sa raison. Il se mit sur son séant, promena autour de la chambre le regard étonné d'un homme qui sort d'un rêve et auquel la réalité échappe encore, fit signe qu'on ouvrît une fenêtre, aspira à pleins poumons le vent d'hiver qui remuait les arbres dépouillés, puis retomba sur son oreiller en murmurant :

— Quel dur sommeil vous m'avez fait, mon Dieu! Quel triste réveil vous m'aviez préparé!

On s'empressa autour du lit royal, et reconnaissant bien, au triste sourire par lequel il saluait les courtisans de la mort, que son esprit était plus calme, un laird d'Écosse s'agenouilla, prit la main moite que le roi lui tendit, la porta à ses lèvres et annonça à Jacques V la naissance de la petite Marie, sa fille.

Une rosée divine éteignit pour un instant le brasier qui consumait Jacques. Il ferma les yeux sous une caresse ineffable. Son pauvre cœur, si gonflé, si meurtri, déborda dans un soupir de joie et de triomphe; l'enfer disparut, le ciel s'ouvrit, le roi fit place au père, et ce mot : une fille! refoula dans la nuit les spectres éplorés qui avaient fait une garde vigilante autour du chevet royal. Une fille! murmura le malade, et une larme vint rouler entre ses cils; puis il tomba dans une douce rêverie, et on voyait, aux plis de ses lèvres, que son âme franchissait l'espace, s'envolait à Linlithgow, et flottait, heureuse, réconciliée, au-dessus du berceau de son enfant. Pauvre roi! pauvre père! Il souriait à ce frêle rejeton né au pied des échafauds; la tombe restée ouverte de ses deux fils se refermait; l'horizon si triste, si désenchanté, si assombri, s'illuminait, et, de loin, à travers les brumes, il voyait une blonde figure d'enfant qui lui souriait. Tout ce poëme inénarrable des joies, des caresses, des mutineries, des gentillesses de l'enfance, lui apparut comme dans un éclair. Une bouffée de vie et d'espérance lui entra au cœur, tandis que l'air vif entrait par la fenêtre restée ouverte.

Hélas! la trêve fut courte, le mirage disparut bien vite; la conscience de sa mort prochaine revint au roi avec la sueur qu'il sentit monter à son front. Le frisson le saisit; on referma la fenêtre, on ranima le foyer, mais le vent du tombeau ne cessa plus d'agiter ce spectre royal.

— Une fille! murmura Jacques; pauvre enfant qui va porter le deuil de son père et le deuil de l'Écosse!

Et cette pensée rappelant tous les fantômes, le roi leva les mains à ses yeux, comme pour les fermer devant d'effroyables tableaux : — « Ceux, dit-il, « qui n'ont pas respecté le chardon royal et qui ont « flétri la couronne d'Écosse, ceux qui ont profané « cette couronne sur mon front l'arracheront du « sien. Par fille elle est venue, et par fille elle s'en « ira. »

Après avoir prononcé ces paroles prophétiques, le moribond épuisé se retourna dans son lit, et poussant un grand cri, expira.

Les gentilshommes s'approchèrent alors l'un après l'autre du lit funèbre, donnèrent un dernier adieu à la majesté morte, puis descendirent silencieux dans la cour du château, montèrent sur leurs chevaux, et partirent pour le château de Liniithgow. Ils allaient saluer leur reine de six jours, Marie Stuart.

La prophétie du roi semblait précéder ce sombre cortége, et, malgré leur rudesse, ces lairds comprenaient que la tombe ouverte était trop large pour une seule victime, et que l'Écosse allait entrer dans un long et sanglant veuvage.

II

LE KELPY OU DÉMON DU LAC

Six années se sont écoulées. La jeune Marie s'épanouit comme une fleur sauvage sur les bords du lac de Monteith. Élevée au monastère d'Inch-Mahome, la reine enfant ne connaît encore de la vie que les rochers abruptes, les bruyères sauvages, les rives verdoyantes qui voient ses promenades et ses jeux.

Folle et rieuse, elle est levée avant le jour; elle ne sait d'autre passe-temps que des courses vagabondes à travers les sentiers pierreux qui mettent en lambeaux son plaid de satin noir, attaché par une agrafe d'or aux armes de Lorraine et d'Écosse. L'âme qui s'éveille dans ce cœur joyeux ne veut d'autres émotions que les légendes, les ballades, la musique et la danse.

C'est le sylphe des grèves, et les pêcheurs sourient avec béatitude quand ils la voient courir, ou plutôt fuir à travers les hautes herbes. C'est le lutin heureux de la contrée. Sa figure rose et blanche, son regard si brillant, si limpide, qui s'exerce à la fascination, dont il abusera plus tard ; ses cheveux dont les anneaux flottent librement sur son cou délié ; sa voix charmante, qui passe tour à tour du commandement à la câlinerie, tout en elle charme, séduit, attendrit.

Les montagnards laissent la porte de leur cabane entr'ouverte quand la saison est belle ; car ils savent que la fille de Jacques V paraît souvent sur le seuil dans un rayon de soleil, et vient leur demander un morceau de leur pain noir et des chansons. Quelquefois on entend sur le lac une barque pleine de rires et de paroles rapides ; c'est que la jeune reine se promène avec ses compagnes. Marie a toute une petite cour d'enfants de son âge et de son nom. La reine-mère, ayant une vénération profonde pour la Vierge, a voulu que toutes celles qui approcheraient sa fille eussent les mêmes raisons d'intercéder auprès de la Mère de Dieu. En conséquence, toutes s'appellent Marie, et cette cour en miniature est vouée au même culte.

Souvent donc, toutes ces petites Maries sautent dans une barque avec leur reine enfantine et se font conduire sur le lac de Monteith ; et les eaux vertes et profondes servent de miroir à toutes ces figures coquettes, qui cherchent sous les rames les naïades et les sirènes des ballades.

Un jour la jeune reine apprit qu'elle allait partir pour la France. Sur son front si doux et si pur, Dieu devait poser une double couronne, et on lui promettait, à Saint-Germain-en-Laye, un petit mari de son âge, le dauphin François. Bien que l'idée de voyager, de changer de climat, de quitter ce monastère, qui avait été pour elle un sombre berceau, fît battre le cœur de Marie, elle n'en regrettait pas moins son beau lac, ses vertes bruyères, ses tristes campagnes, qu'elle avait animées de sa gaieté.

Elle allait voir le pays de sa mère, ses oncles de Guise, qui lui envoyaient de si beaux présents et de si douces paroles; elle allait, habillée de riches atours, prendre rang à la cour de Saint-Germain ; mais il lui fallait renoncer à sa liberté. La petite paysanne allait devenir une vraie reine, c'est-à-dire qu'elle ne pourrait plus sortir, courir à l'aise; et ce compagnon de jeu qu'on lui promettait, le dauphin François, l'effrayait par la pensée qu'il deviendrait un jour son mari, c'est-à-dire son maître. Aussi Marie voulut-elle faire une dernière promenade d'adieu sur son beau lac, et les quatre compagnes ordinaires de sa vie, Marie Fleming, Marie Seaton, Marie Lavington, Marie Breatoun, la conduisirent vers la barque qui l'attendait.

Ce jour-là, le ciel était gros et plein de larmes, comme le cœur de la petite reine. L'Écosse semblait s'attrister; le lac s'agitait, comme pour parler et murmurer une plainte; les pêcheurs, accourus sur la rive pour assister à la dernière promenade de leur fée, regardaient silencieusement les cinq Maries s'installer dans la barque, et ne songeaient pas à pousser les hourras accoutumés. La petite reine, sur la tristesse de laquelle toute cette tristesse extérieure venait peser, essaya de rire, excita ses compagnes, et, ne pouvant parvenir à les distraire, entama une ballade; mais sa voix était moins pure, moins nette que d'ordinaire; elle n'osa continuer, et s'interrompit au premier refrain; puis, comme Marie Fleming était près d'elle et semblait la plus désolée, elle lui jeta les deux bras autour du cou, l'embrassa et lui dit :

— Allons, mignonne, n'essaye pas de me faire pleurer, et pensons au beau pays que nous allons voir!

— Hélas! répondit Marie Fleming, est-il de beaux pays sans lacs?

— Pauvre lac! interrompit la petite reine, je voudrais l'emporter avec moi!... Et, se penchant en dehors de la barque, elle plongea sa petite main rose dans l'eau verte, l'emplit et la porta vivement à ses lèvres, d'où ruisselèrent des gouttes.

— Prenez garde, ma reine, dit une des petites Maries, ne vous penchez pas tant, le Kelpy vous prendrait.

— Le Kelpy, répliqua Marie Stuart, est un bon démon qui m'a toujours souri et qui m'aime; il ne voudrait pas me nuire.

— S'il vous aime, raison de plus pour vous garder.

— Mes amies, dit la jeune reine en se dressant sur ses petits pieds, disons adieu au démon du lac, à ce veux compagnon qui ne peut pas nous suivre, et auquel personne ne viendra plus chanter nos chansons.

Alors Marie Stuart se tint debout dans la barque, que les vagues tumultueuses commençaient à agiter, et la jeune enchanteresse parla ainsi :

« Vieux Kelpy, toi qui es noir comme la nuit, et qui as de longs bras toujours remplis d'herbes, démon du lac de Monteith, dont les pieds de cheval galopent sur les flots, dont la tête humaine se montre aux noyés, et dont les mains froides s'attachent aux barques condamnées; démon qui m'as toujours caressée, je te dis adieu, et je te donne, comme souvenir de ta bien-aimée Marie, cette agrafe aux armes d'Écosse et de Lorraine, qui a touché mon cœur et qui va toucher le tien ! »

Et, arrachant vivement de son plaid l'agrafe qui le retenait, Marie la jeta dans les flots ; puis elle s'agenouilla, chercha à plonger du regard dans les profondeurs de l'eau, comme pour y voir le Kelpy! Toutes ses compagnes l'imitèrent, et les cinq Maries s'inclinèrent et se penchèrent tellement, que les vagues, soulevées par le vent, montaient jusqu'à leurs fronts et semblaient les baiser.

Tout à coup, soit que les bateliers, épouvantés de ce jeu imprudent et désespérés de ne pouvoir le faire cesser par leurs remontrances, eussent voulu forcer ces jeunes étourdies à l'interrompre, soit que la tempête s'élevât alors, soit enfin, comme les ballades l'assurent, que le Kelpy, le démon du lac, eût voulu rendre à Marie une prophétie en échange de son adieu, un grand tumulte se fit aux flancs de la barque, une trombe d'eau jaillit et inonda les promeneuses; Marie Stuart poussa un grand cri et se rejeta pâle et à demi morte d'effroi sur son banc, en murmurant qu'elle avait vu le démon du lac, que le Centaure humide l'avait saisie de ses deux bras et avait voulu l'attirer à lui.

Les jeunes compagnes de la reine cherchaient à la rassurer, sans se sentir elles-mêmes prémunies contre la terrible vision. Elles n'osaient regarder le lac, de peur de se heurter aux deux grands yeux glauques du monstre, ces yeux qui portent infailliblement malheur et qui annoncent la mort à celui qui les rencontre.

Quant à Marie Stuart, elle tremblait, passait, en frémissant, sa main autour de sa ceinture, comme pour effacer l'étreinte qu'elle disait avoir sentie. Elle avait vu bien distinctement le démon se cramponner à la barque, la secouer; et elle affirmait qu'au moment où elle avait poussé un grand cri en se recommandant à la Vierge, sa patronne, le monstre, qui avait grand'peur de la Mère de Dieu, s'était plongé dans le lac en lui envoyant un coup d'œil épouvantable.

La barque aborda bientôt au seuil du monastère. Les jeunes filles n'osèrent raconter l'incident de leur promenade. Quant à la petite Marie, son cœur était resserré plus étroitement encore. Le pressentiment acheva d'assombrir ce voyage de France, dont on essayait vainement de l'éblouir. On la coucha avec la fièvre, et pendant toute la nuit, qui fut remplie par une tempête horrible, elle crut distinguer dans le sifflement du vent, dans le mugissement du lac, les plaintes du Kelpy qui l'appelait, et qui réclamait sa jeune et royale fiancée.

Sa nourrice, que cette agitation rendait inquiète, resta près de son lit et l'entendit plusieurs fois murmurer : — Mon bon Dieu, qui m'avez destiné pour mari le gentil dauphin François, ne permettez pas que je reste ici la femme du démon de Monteith !

Vers le matin, le sommeil calma ses terreurs ; mais le départ pour la France devait avoir lieu le jour même ; et, quand l'heure sonna, Marie se laissa conduire en tremblant, et ferma les yeux tant qu'elle fut en vue du lac.

III

LES DEUX TRAVERSÉES

On s'embarqua à Dumbarton ; mais à peine la flotte qui servait de cortége à la reine d'Écosse fut-elle éloignée des côtes, que le vent souffla avec violence, et que les navires, secoués sur les vagues, craquèrent et menacèrent de se briser.

La petite reine pensa plus que jamais alors à la sinistre vision. Evidemment le démon du lac la poursuivait, et les flots devaient lui être funestes. Joignant les mains et priant avec ferveur, la fille de Jacques V supplia le mauvais génie de Monteith d'épargner ses compagnons et de ne frapper que sur elle. Cette prière, qui partait d'un cœur pur, monta au ciel à travers les nuées amoncelées. Un vent rapide poussa la flotte vers les rives de France, et, le lundi 20 août 1548, le vaisseau qui portait Marie Stuart aborda, ou plutôt vint échouer à la pointe de la baie de Morlaix, dans un repaire de contrebandiers et de corsaires, au port de Roscoff.

Ce n'était pas assez de présages. L'influence du Kelpy semblait poursuivre Marie jusque dans le pays où elle devait régner. Comme elle sortait en grande pompe de l'église Notre-Dame de Morlaix, où le *Te Deum* avait été chanté ; et comme elle franchissait la porte de la ville appelée *porte de la Prison*, le pont-levis creva et tomba dans la rivière. Les Ecossais crièrent à la trahison. Mais, ainsi que le dit le chroniqueur, « le seigneur de Rohan, qui marchoit à pied près de la litière de Sa Majesté, leur cria à pleine teste : — Jamais Breton ne fist trahison ! Et les deux jours que la royne demoura pour se deslasser de la fatigue de la mer, il fit desgonder toutes les portes de la ville et rompre les chaînes des ponts. »

Marie Stuart oublia bientôt à Saint-Germain-en-Laye les adieux du démon de Monteith et les augures de son voyage. Elle passa là quelques années heureuses, dans un tourbillon continuel de chasses, de fêtes, de danses, de concerts. Ardente comme elle l'était déjà au monastère d'Inch-Mahome, la petite reine se livrait au plaisir avec un entraînement inouï. Toute cette cour étincelante des Valois, dont Catherine de Médicis était l'ombre, enivrait Marie et rayonnait de sa jeunesse, de sa beauté précoce, de son esprit.

Ronsard, Joachim du Bellay, Amadis Jamyn, tous les poëtes ravageaient pour elle le Parnasse et lui faisaient une litière de roses et de lis, qu'elle foulait en riant. L'Ecosse, froide et brumeuse, était bien oubliée parfois ; et quand, du haut de la terrasse de Saint-Germain, elle regardait la Seine dérouler son écharpe, ou bien quand elle parcourait, dans une barque dorée ou pavoisée, l'étang de Fontainebleau, la fille de Jacques V ne songeait guère au lugubre Kelpy. Les Naïades de France faisaient étinceler tant de perles dans leurs ébats joyeux, qu'on ne pouvait se rappeler, en présence de ces flots charmants, les eaux profondes de Monteith. C'était toujours une divinité jeune et belle, assise dans une conque nacrée, que l'on cherchait sous les nappes argentées des rivières, et non plus le Centaure hideux qui avait reçu l'agrafe d'or de Marie.

Hélas ! on oublie le Centaure, mais le Centaure n'oublie pas. La fille de Jacques V avait été bénie par son père dans une agonie sanglante ; des bûchers avaient éclairé son berceau ; le bonheur ne pouvait être pour elle qu'un intermède ironique entre deux drames. A peine avait-elle dix-neuf ans, à peine était-elle enivrée de tous les parfums qu'on répandait sur ses pas, que la mort lui prit son époux bien-aimé, François II, et qu'un cortége illustre et brillant, mais plein de deuil et de tristesse, s'acheminait vers la mer, pour reconduire à ses vaisseaux Marie Stuart désolée, qui exhalait sa plainte en tendres prières et en vers harmonieux.

Le 15 août 1561, deux galères et deux vaisseaux

de transport quittaient Calais. Sur l'un de ces navires, Marie Stuart, tristement accoudée, regardait les côtes de France s'amoindrir et blanchir à l'horizon. L'histoire a conservé le costume de la reine en cette circonstance : elle avait la robe de velours blanc qui servait pour le grand deuil des reines de France; une guimpe découpée à pointes de dentelles enveloppait son cou; son voile empesé se recourbait au-dessus de chaque épaule; les manches de toile d'argent étaient étroites en bas, bouffantes en haut; sa chevelure, lisse sur la tête, était crêpée au-dessus des tempes et se rattachait par derrière avec des nœuds de ruban ; un bonnet léger lui descendait en cœur sur le front et couvrait, sans les cacher, trois rangs de perles de la plus belle eau; un collier d'autres perles, qu'elle préférait à tous ses joyaux, ruisselait de son cou (1).

Pauvre Marie ! A mesure qu'elle voyait s'éloigner le rivage, d'inexprimables angoisses s'éveillaient dans son âme; elle laissait en France un tombeau dans lequel dormaient, avec son jeune époux, tous ses rêves, toutes ses illusions, et elle allait trouver en Écosse des bûchers à peine éteints, des gibets encore sanglants; elle quittait une cour charmante, des cœurs embrasés de son souvenir ; elle allait se heurter à des sujets sombres et défiants, à une noblesse hautaine et

---

(1) *Histoire de Marie Stuart*, par M. Dargaud.

jalouse. On l'aimait en France. Hélas! on ne la connaissait plus en Écosse ; peut-être bien allait-on l'y haïr !

Les traversées étaient funestes à Marie. Depuis le jour où le démon du lac de Monteith lui était apparu, elle n'avait pu poser le pied sur un navire sans que quelque malheur survînt. Le Kelpy ne manqua pas cette occasion. Comme on était à quelque distance de terre, deux barques, qui amenaient aux vaisseaux les gens de l'escorte de Marie, chavirèrent; six hommes disparurent dans les flots, l'écume jaillit jusqu'au front de la reine; elle appela à l'aide, mais ce fut vainement; la mer ne rendit pas l'holocauste, et, après des efforts inutiles, on vint annoncer à Marie Stuart que l'équipage avait perdu six hommes.

La royale veuve laissa tomber deux grosses larmes de ses beaux yeux, et comme ses dames d'honneur l'entouraient et essayaient de la consoler, elle dit à Marie Fleming sa favorite :

— Ma foi me défend de croire aux sortiléges, mon cœur me reproche de folles terreurs; mais, en dépit de mon cœur et de ma foi, j'ai vu le démon du lac enrouler ses bras autour de ces barques et les attirer au fond de l'eau.

— Ma reine, dit Marie, chassez ces illusions, il n'y a pas de démon de Monteith, il n'y a que la colère de l'Océan et la miséricorde de Dieu qui permettent la mort.

— Oh ! je crois en Dieu, répliqua Marie avec exaltation, mais je ne puis chasser cette autre croyance de ma jeunesse.

Et quittant sa compagne fidèle, la jeune reine alla, dans une partie retiré du navire, méditer et pleurer à son aise. On l'entendait parfois jeter des adieux mélancoliques à la France ; elle lui envoyait, sur l'aile des vents, ses plus ardentes caresses, puis elle gémissait sur les morts que son vaisseau entraînait dans le sillage ; et quand l'idée du démon du lac revenait à son esprit, elle évoquait tous les souvenirs de son enfance et comparait la triste reine qui retournait veuve en Écosse à la petite fille qui était allée chercher en France des joies fugitives avec des regrets éternels.

La reine croyait du moins à l'éternité de sa douleur ; mais Marie Stuart était de ces natures altérées qui absorbent les larmes comme le sable brûlant du désert absorbe la rosée, et qui n'ont jamais fini avec les tentations de la terre et les enivrements du cœur ; elle était sincère dans son désespoir. Lors de cette traversée, en présence de ce rivage bien-aimé qu'elle quittait pour toujours, après cette scène de deuil qui l'avait profondément rémuée, elle croyait de bonne foi à l'impossibilité de retrouver son sourire de reine et sa gaieté d'enfant ; mais elle devait passer bien des fois encore par ces violentes alternatives de joies insensées, de désespoirs terribles.

Donc la traversée fut triste ; Marie pleura beaucoup. Elle avait dit au timonier de l'éveiller au point du jour, si l'on apercevait toujours les côtes de France.

Le vieux marin n'oublia pas cet ordre, et Marie salua une dernière fois, aux lueurs du matin, les rivages de sa patrie adoptive ; puis tout disparut, l'horizon devint infini, et la reine se trouva seule avec ses regrets, entre le ciel et la mer. On arriva un dimanche matin ; mais un brouillard épais empêcha le débarquement, et ce ne fut que le lendemain, 19 août 1561, que Marie Stuart posa le pied sur la terre d'Écosse.

IV

LE LAC DE LOCH-LEVEN

Des années se sont passées. La jeune fille insoucieuse du monastère d'Inch-Mahome est devenue une femme énergique et violente. La passion a remplacé sur son front et dans ses yeux les flammes limpides de sa première innocence. La fée du lac de Monteith a perdu son auréole. On l'aime encore, on l'aimera toujours, mais d'un amour fatal, plein de frénésie et de remords, d'un amour qui flétrit et qui tue; on l'aime, parce qu'elle est belle, que son regard est irrésistible, que sa bouche sait des paroles magiques; mais on n'a plus pour elle cette vénération suprême, ce culte religieux qui la faisait adorer des montagnards et des pêcheurs. C'est que Marie Stuart n'est plus seulement la veuve de François II, c'est qu'elle est aussi la veuve de Darnley, immolé pour elle et par elle; c'est que le sang de Riccio, le chanteur italien, poignardé dans sa chambre, a rejailli sur sa robe; c'est que Chastelard est mort sur un échafaud pour l'avoir aimée et s'être cru aimé d'elle; c'est qu'après tant de sang répandu, elle s'est librement donnée à Bothwel le pirate, à Bothwel son troisième mari, assassin de son second mari Darnley; c'est que la fille de Jacques V n'a pas seulement été impitoyable comme son père pour l'hérésie, c'est qu'elle a mérité d'être maudite et méprisé de John Knox, l'invincible apôtre du presbytérianisme, le seul homme qu'elle ait vainement voulu séduire et fasciner; c'est que James Muray, son frère, qu'elle a comblé d'honneurs et de biens, trouve sa gloire et sa vertu dans l'ingratitude; c'est que le malheur et la honte suivent partout cette reine infortunée, pleine de génie, resplendissante de beauté; c'est qu'à force de caprices étranges, de désordres et de crimes, elle serait devenue odieuse à l'histoire, si Dieu n'avait voulu qu'elle commençât sur la terre son expiation. Epouse oublieuse, elle sera mère oubliée; reine imprudente, elle sera délaissée et trahie; puis enfin elle rachètera par son immolation tout le sang précieux qu'elle a fait verser.

A l'heure où nous la retrouvons, Marie Stuart, vaincue mais infatigable, s'échappe du château de Loch-Leven, où sa noblesse révoltée l'a renfermée, pour recommencer sa vie de lutte, de guerre, de violence et de passion.

C'était le 2 mai 1568: la reine attendait impatiemment, depuis plusieurs jours, le signal de délivrance que lui avaient fait annoncer Georges Douglas et John Beautoun, deux de ses fidèles et derniers amis.

Georges, parent du laird de Loch-Leven, n'avait pu voir Marie sans subir, comme tout le monde, sa fascination. Chargé de la garder, il avait voulu favoriser son évasion; mais découvert et contraint de fuir, il avait rassemblé au dehors quelques partisans de la reine, et laissé à un de ses plus jeunes parents, enfant de seize ans, surnommé *le petit Douglas*, le soin d'ouvrir les portes de la prison à cette séduisante et fatale beauté.

Le petit Douglas s'était acquitté avec d'autant plus d'ardeur de la mission qu'il avait reçue, que lui aussi s'était senti ému d'une tendre pitié pour l'enchanteresse. Or, le 2 mai, après le souper, comme Marie s'était retirée dans sa chambre, on frappa à la porte. Le petit Douglas parut, et, posant un genou en terre, annonça à la reine qu'elle allait être libre et qu'il avait dérobé les clefs du château.

— Libre! murmura la reine; soyez béni, vous qui avez pris en pitié celle que son peuple abandonne!

— Madame, le temps presse... interrompit Douglas, que les témoignages de cette reconnaissance embarassaient.

— Je suis prête, répondit Marie Stuart en se levant; et quelques instants après, posant son bras sur le

17.

bras tremblant de son jeune libérateur, elle franchissait, sous un déguisement, les portes du château. Une barque était amarrée au rivage. Le lac de Loch-Leven, sombre et silencieux, balançait l'esquif. La lune, complice de la fuite, s'était voilée. C'était une admirable nuit pour une évasion.

Avant de mettre le pied sur la barque, la fée d'Inch-Mahome se souvint du lac de Monteith, de ses promenades d'enfant, peut-être aussi du Kelpy, et retenant le petit Douglas, qui s'apprêtait au départ :

— Hélas! dit-elle, toutes les fois que je me suis embarquée, ce fut pour un malheur, et les eaux que j'ai parcourues ont toutes reçu mes larmes.

— Les eaux de Loch-Leven recevront mon sang plutôt que vos pleurs, reprit avec énergie le petit Douglas. Si je ne parviens à vous rendre libre, je me tuerai.

— Taisez-vous, enfant, et priez Dieu!

Alors se retournant vers les sombres murailles qui avaient été confidentes de ses douleurs, la reine d'Écosse adressa une ardente prière au ciel. Chose étrange! plus son cœur se calcinait au feu des passions humaines, plus il s'ouvrait aussi aux effusions divines. La fille du catholique Jacques V éprouvait au fond de toutes ses voluptés une soif inextinguible qui ne se satisfaisait réellement que par la prière.

Quand elle eut fini, Marie sauta dans la barque, et celle-ci, emportée par les rames, vola sur le lac comme un alcyon.

A quelques brasses de la rive, la reine regarda le fanal qu'elle avait laissé sur sa fenêtre pour avertir du moment précis de sa fuite ses amis cachés dans les environs. Le petit Douglas distingua un soupir.

— Que regrettez-vous, madame? demanda timidement l'enfant.

— Je ne regrette rien : j'ai peur, dit Marie Stuart. Cette lumière rouge est une triste étoile ; on dirait une lueur sanglante.

— C'est la liberté qui rayonne, ô ma reine !

— Oui, la liberté de combattre, la liberté de punir des rebelles ! Du sang ! toujours du sang ! Douglas, Douglas ! je n'étais pas faite pour cette vie terrible.

Douglas abandonna les rames, et voyant Marie Stuart rêveuse, se prit à la contempler tristement.

Il semblait que cette heure était toute de méditation. Loch-Leven était oublié, les dangers avaient fui ; on eût dit une promenade paisible et douce. Marie regardait les flots, Douglas regardait Marie, et le silence n'était interrompu que par le glissement de l'eau sur les flancs de la barque.

Dans cette nuit paisible, la reine fugitive dégonflait son cœur et aspirait les parfums de sa vie passée dans les parfums du printemps. Elle songeait au beau séjour de France, à son triste retour, à ses fautes, à ses crimes, et ses remords s'épurant dans cette sérénité immense, elle sentait son âme se dégager peu à peu de ses angoisses.

— Douglas, dit-elle enfin, comme si elle résumait sa méditation, n'aimez jamais! conservez votre cœur pur comme l'éclair de vos regards. C'est le seul conseil que je puisse vous donner en retour de la liberté.

— Il est trop tard, madame, répondit Douglas avec une voix tremblante et en se mettant à ses genoux; je vous ai vue pleurer, et quand j'ai juré de vous sauver, j'ai juré de vous aimer jusqu'à la mort.

— Vous aussi, pauvre enfant!

Il y eut un long silence que nul n'osait rompre. La lune, jusque-là voilée par les nuages, se montra tout à coup et son pâle rayon enveloppa la barque. Le petit Douglas aperçut alors au fil de l'eau un lis qui penchait sa tête, touchant emblème pour une reine de France! Il sortit à moitié de l'esquif, à l'aide de la rame atteignit la fleur et l'offrit à Marie Stuart. Une perle brillait sur le bord du calice; c'était une goutte d'eau ou une goutte de larmes.

— Madame, dit Douglas, vous avez fait fleurir le lac, et le démon de Loch-Leven s'est paré pour vous voir passer.

— Quoi ! ce lac aussi a ses démons ?

— Sans doute, et les ballades rapportent...

— Oh ! ne me parlez pas de ballades, Douglas, je les ai trop aimées et trop chantées. Le démon de Loch-Leven ne vaut pas mieux que celui de Monteith, et il ne rendrait pas à la triste reine des augures meilleurs que ceux que le Kelpy a rendus à l'enfant.

Et Marie Stuart souriant avec amertume, raillant doucement la superstition dont elle n'osait pourtant se déclarer affranchie, raconta sa promenade sur le lac de Monteith, ses fiançailles avec le démon, et les tristes voyages qu'elle avait faits depuis sur les eaux.

Quand elle eut fini, Douglas s'écria : — Je sais, moi, une offrande agréable au Kelpy de Loch-Leven ; et tirant de son sein les clefs du château qu'il avait emportées dans sa fuite, il les jeta dans le lac.

A peine l'eau était-elle refermée, qu'un coup de feu retentit. On s'était aperçu de l'évasion de la reine et on tirait sur l'esquif !

Douglas pâlit ; Marie Stuart poussa un cri et la barque reprit sa course, ou plutôt son vol, vers la rive opposée. Le trajet se fit en silence. Mais en touchant le rivage, la reine dit à son guide :

— Vous le voyez, Douglas, les lacs d'Écosse ne veulent pas de moi ; la mort m'y poursuit.

A quelque distance du bord, le petit Douglas cueillit un chardon, et l'offrant à la reine, qui portait déjà un lis :

— Reine de France et d'Écosse, lui dit-il, faisant allusion à ces deux emblèmes, vos sujets vous attendent.

Puis il souffla dans un cor suspendu à sa ceinture. Georges Douglas, John Beautoun, Claude Hamilton, qui attendaient cachés dans les herbes, accoururent saluer la fugitive.

Marie se vit bientôt entourée d'une noblesse fidèle et dévouée. L'espoir rentra dans son âme ; elle se crut maîtresse enfin du sort et s'écria en embrassant ses amis :

— Je suis sauvée !

Hélas ! elle était perdue. Sa promenade sur le lac de Loch-Leven ne fit que précéder de peu de temps une longue et cruelle captivité ; et le 8 février 1587, la fille de Jacques V, la veuve de François II, la reine de France et d'Écosse, après dix-huit années de tortures et de prison, réalisant la prophétie paternelle, posa sa tête, toujours jeune et belle, sur le billot d'Élisabeth.

Le bourreau trembla quand il fallut frapper, et s'y prit à deux fois. L'âme de Marie s'échappa réconciliée avec Dieu par le repentir et la prière. Tous nos lecteurs connaissent les détails de cette horrible et sublime agonie.

Peut-être qu'avant de monter sur l'échafaud de

Fotheringay, dans les heures douloureuses qu'elle consacra à repasser et à offrir à Dieu sa vie, Marie Stuart se souvint des superstitions de son enfance et des prédictions sinistres du démon du lac.

Quoi qu'il en soit, le génie des eaux s'est emparé de son souvenir et porte son deuil. Sur les bords du Men, qui coule au pied de Fotheringay, on cueille de petites fleurs rouges qui sont nées, dit la légende, des gouttes du sang de l'infortunée Marie.

FIN DU DÉMON DU LAC

TABLE

	Pages
Le prince Bonifacio................................	1
La Dame blanche de Bade......................	185
Le Petit homme rouge...........................	219
Le Démon du lac..................................	269

Paris. — Imprimerie Poupart-Davyl et Comp., rue du Bac, 30.

EN VENTE A LA MÊME LIBRAIRIE
13, rue de Grammont, 13

ALARCON (Tr. de l'espagnol)
Le Final de Norma 1
ANDERSEN
Nouveaux contes suédois 1
ASSOLLANT
Aventures de Karl Brunner 1
Une ville de garnison 1
AUDEBRAND
Schinderhannes 1
MARC BAYEUX
La Sœur aînée 1
DE BELLOY
Les Toqués 1
A. DE BERNARD
Les Frais de la guerre 1
BERTRAND
Les Mémoires d'un Mormon 1
LUCIEN BIART
La Terre chaude 1
ÉMILE BUSQUET
Louise Meunier 1
DE BRÉHAT
Les Jeunes Amours 1
Histoires d'Amour 1
Les Petits Romans 1
Un Drame à Calcutta 1
Les Chemins de la Vie 1
A. CASTELNAU
Zanzara, la Renaissance en Italie .. 2
CHAMPFLEURY
Le Violon de faïence 1
CARLETON ET DE WAILLY
Romans irlandais. Scènes de la vie champêtre 1
DE CHERVILLE
Aventures d'un Chien de chasse 1
COLOMBEY
Histoire anecdotique du Duel 1
L'Esprit des Voleurs 1
Les Originaux de la dernière heure. 1
LA COMTESSE DASH
Mémoires des autres 1
PAUL DELTUF
Mademoiselle Fruchet 1
Adrienne 1
Les Femmes sensibles 1
Jacqueline Voisin 1
Comtesse de Silva 1
ALPHONSE DÉQUET
Clarisse 1
CH. DICKENS (Tr. de B. Derosne)
Nouveaux contes de Noël 1
CHARLES DUCOM
Nouvelles gasconnes 1
DURANTY
La Cause du beau Guillaume 1
ECKERMANN ET CHARLES
Entretiens de Gœthe 1
ERCKMANN-CHATRIAN
Les Contes de la Montagne 1
Maître Daniel Rock 1
Contes des bords du Rhin 1
Les Confidences d'un Joueur de clarinette 1
Madame Thérèse 1
L'illustre docteur Mathéus 1
Histoire d'un conscrit de 1813 1
E. FORGUES
Une Parque. — Ma vie de garçon. 1
Elsie Venner 1
Gens de Bohême 1
G. FOULD
Enfer des Femmes 1
ARNOULD FRÉMY
Journal d'une Jeune Fille pauvre. 1
Les Amants d'aujourd'hui 1
Les Femmes mariées 1
Joséphin le Bossu 1

Mme GARCIN, NÉE VAUTHIER
Charlotte 1
Léonie 1
B. GASTINEAU
Amours de Mirabeau 1
Les Femmes et les mœurs de l'Algérie 1
Mme DE GIRARDIN
L'Esprit de Mme de Girardin 1
LÉON GOZLAN
La Folle du n° 16 1
Le Vampire du Val-de-Grâce 1
Les Émotions de Polydore Marasquin 1
COMTE DE GRAMMONT
Les Gentilshommes riches 1
Les Gentilshommes pauvres 1
IMMERMANN ET NEFFTZER
La blonde Lisbeth 1
J. JANIN
Contes non estampillés 1
CH. JOBEY
L'Amour d'une Blanche 1
CH. KINGSLEY (Tr. B. Derosne)
Alton Locke 2
Vive l'Occident 2
OCTAVE LACROIX
Padre Antonio 1
AMÉDÉE LANCRET
Les Fausses Passions 1
TH. LAVALLÉE
Jean-sans-Peur 1
CH. LEVER (Tr. de B. Derosne)
Histoire d'une Famille irlandaise .. 2
MANÉ, THÉCEL, PHARÈS
Histoires d'il y a 20 ans 1
MARC MONNIER
Garibaldi. — Conquête des Deux-Siciles 1
HENRI MARET
Tour du Monde parisien 1
La Marjolaine 1
JK. MARVEL
Rêveries d'un Célibataire 1
MAYNE REID (LE CAPITAINE)
(Tr. de Mme Allouard)
Les nègres marrons 2
WHYTE MELVILLE (Tr. B. Derosne)
L'Interprète 1
Propre à rien 2
BIAGIO MIRAGLIA
Cinq Nouvelles calabraises 1
HENRI MONNIER
La Religion des Imbéciles 1
EUG. MÜLLER
La Mionette (5e édition) 1
Madame Claude 1
Contes rustiques 1
ADRIEN PAUL
Les Duels de Valentin 1
Blanche Mortimer 1
PAUL PERRET
Mademoiselle du Plessé 1
Dame Fortune 1
LAURENT PICHAT
Les Poètes de combat 1
Le Secret de Polichinelle 1
Gaston 1
EDGAR POË
Contes inédits 1
ARTHUR PONROY
Le Présent de noces 1
R. DE PONT-JEST
Le Fire-Fly, souvenir des Indes et de la Chine 1
Bolino le Négrier, souvenir de l'Océan indien 1

MAX RADIGUET
Les Derniers Sauvages 1
CHARLES READE
Fatal argent 2
ADRIEN ROBERT
La Princesse Sophie 1
Nouveau Roman comique 1
ROBERT HOUDIN
Les Tricheries des Grecs 1
RUFINI
Découverte de Paris 1
G. SALA (Tr. de B. Derosne)
La Dame du premier 2
G. SAND
Flavie (3e édition) 1
Souvenirs et impressions littéraires. 1
Autour de la table 1
Les Amours de l'âge d'or 1
Les Dames vertes 1
Théâtre complet 3
Promenades autour d'un Village.. 1
Les Beaux Messieurs de Bois-Doré. 2
AURÉLIEN SCHOLL
Histoire d'un premier Amour 1
Aventures romanesques 1
Les Amours de Théâtre 1
EDMOND TEXIER
Choses du Temps présent 1
THACKERAY (Tr. de B. Derosne)
Les Aventures de Philippe 2
Les Newcomes 4
Les Virginiens 4
THIERS
Histoire de Law 1
TOURGUÉNEF
Dimitri Roudine 1
Une Nichée de Gentilshommes 1
Dernières Nouvelles 1
TROIS BUVEURS D'EAU
Histoire de Murger 1
L. ULBACH
Monsieur et Madame Fernel 1
Le Mari d'Antoinette 1
Histoire d'une Mère et de ses Enfants. 1
Françoise 1
Pauline Foucault 1
Suzanne Duchemin 1
L'Homme aux cinq louis d'or 1
Les Roués sans le savoir 1
Voyage autour de mon Clocher 1
Le prince Bonifacio 1
Mémoires d'un Inconnu 1
Louise Tardy 1
CLAUDE VIGNON
Jeanne de Mauguet 1
Un Drame en province 1
Les Complices 1
Les Récits de la Vie réelle 1
Victoire Normand 1
AUGUSTE VILLEMOT
La Vie à Paris 2
ALEXANDRE WEILL
L'Amour allemand 1
WILKIE COLLINS (Tr. Forgues)
La Femme en blanc (4e édition) .. 2
Sans nom (2e édition) 2
Une Poignée de Romans 1
H. WOOD (Tr. de North Peath)
Lady Isabel 1
GONZALEZ (Tr. de l'espagnol)
La Dame de nuit 1
ZSCHOKKE
Contes inédits 1

Mlle CLÉMENCE ROYER
Les Jumeaux d'Hellas 2

Lightning Source UK Ltd.
Milton Keynes UK
UKHW020805260320
360924UK00005B/52